समुद्र की लहरों में

खुशवंत सिंह के नए बहुचर्चित
उपन्यास Burial At Sea का हिन्दी रूपातंर

अनुवाद
ऋषि माथुर

ISBN : 9789350641132

संस्करण : 2014 © खुशवंत सिंह

SAMUDRA KI LAHARON MEIN (Novel)

Hindi edition of 'Burial At Sea' by Khushwant Singh

राजपाल एण्ड सन्ज़

1590, मदरसा रोड, कश्मीरी गेट-दिल्ली-110006

फोन: 011-23869812, 23865483, फैक्स: 011-23867791

website : www.rajpalpublishing.com

e-mail : sales@rajpalpublishing.com

समुद्र की लहरों में

खुशवन्त सिंह

राजपाल

दो दिन, दो रात उसका पार्थिव शरीर राजभवन के दरबार हॉल में रखा रहा। वहां से अरब सागर ठीक सामने नज़र आता था। राजभवन के दरवाज़े हर किसी के लिए खोल दिए गये थे। ताकि लोग उस शख़्स को अपनी श्रद्धांजलि दे सकें जिसने देश के लिए बहुत कुछ किया। याद नहीं आता कि उस दौर में इतना किसी और ने किया। हालांकि बहुत कम लोग उसे व्यक्तिगत रूप से जानते थे, लेकिन जीते जी उसका नाम महान लोगों में शुमार हो गया था। राजभवन के गेट से मील भर दूर तक हाथों में फूल-मालाएं लिए श्रद्धांजलि देने वालों की कतार थी। क़ायदे-कानून को ताख़ पर रख दिया गया था। पुलिस थी, लेकिन सिर्फ़ ये देखने के लिए कि लोग बिना रुके अर्थी के आगे बढ़ते रहें। मौत के बाद भी उसके चेहरे पर विजय और विद्रोह के भाव थे। कुछ लोग उसकी अकूत दौलत की वारिस, उसकी बेटी को एक झलक देखने की फ़िराक में इधर-उधर मंड़रा रहे थे, लेकिन उन्हें मायूस ही लौटना पड़ रहा था। सिर्फ़ उसकी बुजुर्ग बहनें, कुछ खास लोगों के साथ, हॉल में नज़र आ रही थीं।

उसकी मौत के अगले दिन ही अखबारों में उसकी वसीयत छपी थी, जिसमें उसने अपनी सारी संपत्ति अपनी एकलौती औलाद भारती के नाम करने के साथ, यह भी चाहा था कि उसे समुद्र के किनारे गेटवे ऑफ इंडिया और एलिफैंटा टापू के बीच उस जगह प्रवाहित किया जाए जहां उसके जल भारती नाम के याट यानी हल्के जहाज़ लंगर डाले रहता था। उसने अपनी आधी ज़िंदगी तो इस नौका पर ही बितायी थी। इसपर सवार होकर वह बंबई के शोर और बदबू से बचे रहकर शहर के बेहतरीन नज़ारे

का मज़ा लिया करता था। और यहीं वह अपना सफ़र खत्म करना चाहता था। उसने यह भी साफ़ कर दिया था कि उसके अंतिम संस्कार के वक़्त कोई धार्मिक क्रिया कर्म न किया जाए।

अंतिम संस्कार का सारा कामकाज भारती की देखरेख में हो रहा था। अपने पिता के शव को राजभवन से ले जाने के लिए ठीक दस बजे तोपगाड़ी के इंतज़ाम के लिए उसने गवर्नर से कह दिया। शवयात्र मैरीन ड्राइव से होते हुए जानी थी। बीच में, उसके पिता के नाम पर बनी जय भगवान टावर्स नाम की तीस मंज़िली इमारत पर दस मिनट ठहरना था, ताकि इस इमारत के दफ्तरों में काम रकने वाले कर्मचारी उसे विदा कर सकें जिसने उन्हें रोजगार दिया। वहां से शवयात्र गेटवे ऑफ इंडिया की ओर बढ़ेगी जहां जल भारती लंगर डाले खड़ी है। सिर्फ पांच गाड़ियां शववाहन के पीछे चलेंगी। पहली गाड़ी में भारती होगी। अगली दो गाड़ियों में उसकी बुआएं, उनके पति और बच्चे होंगे। चौथी कार में उसके गुरु और योग शिक्षक स्वामी धनंजय महाराज। और आखिरी गाड़ी, जो कि एक खुली वैन होगी, उसमें उसके पिता की करीबी, तांत्रिक साध्वी मां दुर्गेश्वरी और उनका पालतू शेर। सिर्फ़ भारती, उसे योग सिखाने वाली मां दुर्गेश्वरी देवी और शेरू को याट पर चढ़ने की छूट थी।

ठीक दस बजे राजभवन से तोप का एक गोला दाग़ा गया। उसकी आवाज़ सारे शहर में गूंज गयी। कबूतरों के झुंड के झुंड हवा में उड़ गये और इमारतों पर वापस बैठने से पहले देर तक आसमान में चक्कर काटते रहे। हज़ारों कौवे कांव-कांव करते हवा में उड़ गये, जैसे धमाके का विरोध कर रहे हों। फिर सन्नाटा छा गया। सेना के बैंड की मातमी धुन के स्वर के साथ शवयात्र वाल्केश्वर हिल से नीचे चौपाटी की ओर बढ़ चली। मैरीन ड्राइव के दोनों ओर बड़ी तादाद में लोग मौजूद थे। जहां से अर्थी गुज़रती, छज्जों पर खड़े लोग ऊपर से गुलाब की पंखुड़िया फेंकते। महिलाएं उस पुरुष के लिए आंसू बहा रही थीं जिन्हें भले ही ज़्यादातर ने देखा नहीं था, लेकिन उसकी मौजूदगी ताउम्र अपने इर्द-गिर्द महसूस करती रही थीं।

जय भगवान टावर्स पर ठहरने के बाद शवयात्र गेटवे ऑफ इंडिया की ओर बढ़ चली। उस रास्ते पर भी सड़क और आसपास की सारी खुली

जगह खचाखच भरी थी। सफेद साड़ी पहने भारती अपनी कार से निकली। अपनी सूज़ी आंखों को छुपाने के लिए उसने गहरे रंग के चश्में लगा रखे थे। अर्थी को तोपगाड़ी से उतारा गया। छह सैनिकों ने उसे कंधा देकर धीमे-धीमे चलते हुए याट तक पहुंचाया। वहां खड़ी जय भगवान की बहनों ने अर्थी के आगे सिर झुकाया और चुपचाप लौट पड़ीं। चौराहे पर लगी मूर्ति जैसे शांत हावभाव और लंबे कद वाले स्वामी धनन्जय महाराज, सफेद मलमल की लुंगी और वैसा ही कपड़ा तन के ऊपरी हिस्से पर डाले भारती के साथ चल रहे थे। इसी तरह मां दुर्गेश्वरी भी बाघ की खाल का अधोवस्त्र और केसरिया रंग का रेशमी कुर्ता पहने शेरू की चांदी की ज़ंजीर थामें चल रही थीं। जैसे ही यह तीनों आंखों से ओझल हुए, भीड़ जय भगवान जिंदाबाद और जय भगवान अमर रहें के नारे लगाने लगी।

भारती, स्वामीजी और मां दुर्गेश्वरी अपने बाघ के साथ नौका पर चढ़े। नौका का लंगर ऊपर चढ़ाया गया, और वह बढ़ चली बादलों से पटे आकाश तले धूसर-हरे से समुद्र की ओर।

समुद्र में जहां जय भगवान का पार्थिव शरीर लहरों के हवाले किया गया, वहां क्या-क्या घटा यह भारती, स्वामीजी और मां दुर्गेश्वरी के अलावा अगर और कोई जान सकता था तो वह सिर्फ़ शेरू ही था।

लोग क्यास लगाते रहे कि अगर जय भगवान नहीं चाहता था कि उसके अंतिम संस्कार में कोई धार्मिक कर्मकांड किया जाए तो फिर उस समय स्वामीजी और तांत्रिक महिला वहां क्या कर रहे थे? किनारे पर लोगों ने स्वामीजी को संस्कृत श्लोकों का उच्चारण करते और योगासनों के बारे बताते सुना। लेकिन ये किसी की समझ में नहीं आया कि वह यह सब क्यों कर रहे हैं। वह जय भगवान और भारती के कितना क़रीब हैं? जीते-जागते शेर को साथ लिए मां दुर्गेश्वरी की मौजूदगी तो और भी हैरत

में डालने वाली थी। अफ़वाह तो यह थी कि जय भगवान नास्तिक होते हुए भी इस तांत्रिक महिला के मायाजाल में फंस गया था। लेकिन एक गंवार कर्मकांडी औरत और गढ़े हुए उद्योगपति के बीच यह कैसा तालमेल था? यह अलग बात है कि ऐसे सवालों और अटकलबाज़ियों का सिलसिला हफ़्ते दर हफ़्ते, और फिर बरसों जारी रहा, लेकिन इन सवालों के जवाब सामने नहीं आये।

सिर्फ़ दोनों महिलाओं, उस शेर और स्वामीजी को पता था कि जय भगवान की इच्छा के खिलाफ़ उसकी आत्मा की शांति के लिए प्रार्थना की गयी थी और उसके पार्थिव शरीर को अरब सागर की लहरों के सुपुर्द करने से पहले उसपर गंगाजल छिड़का गया था। सिर्फ़ उन्हें मालूम था कि उसके बाद इनमें से एक ने फिर कभी बम्बई नगरी न लौटने की क़सम खाकर यह कहते हुए शहर छोड़ दिया था—'सुखी रहो, सब तुम्हारा है, अपनी है तो बस गंगा माई और उसकी याद।'

लेकिन जय भगवान के शरीर को समुद्र में उतारने से चंद मिनट पहले नौका में उसके निजी केबिन में क्या हुआ था, इस बात का पता न तो स्वामीजी को था और न ही भारती को। भारती ने मां दुर्गेश्वरी को वचन दिया था कि वह उसे जय भगवान के साथ कुछ पल बिलकुल अकेला रहने देगी। उसने अपना वचन निभाया। मां दुर्गेश्वरी केबिन में गयीं। अंदर से दरवाज़ा बंद कर लिया। खुली अर्थी की ओर बढ़ीं। फिर पल भर बिलकुल स्थिर खड़ी रहने के बाद वह झुकीं और मृतक के होठों को कस के चूम लिया। दरवाज़ा खोलने से पहले उन्होंने अपनी कुर्ती की जेब से छोटी-सी कैंची निकाली और जय भगवान के बचे-खुचे चमकदार बालों में से तीन लटें काट लीं। यादगार के तौर पर कुछ तो रहा उसके पास।

जय भगवान के संस्मरण तीन दशक पहले प्रकाशित हुए थे। इनमें मुख्य रूप से राजनीतिक और सामाजिक मुद्दों पर अपने विचारों के साथ उसने भारत को एक महान राष्ट्र बनाने की अपनी योजनाओं का ब्यौरा दिया था। उसने अपने परिवार, मित्रों और अपने भावनात्मक जीवन के बारे में बहुत कम लिखा। उसके जीवन के इन पहलुओं के बारे में जो भी छपा वह मुख्यतः कही-सुनी पर आधारित था। जैसे वह सबसे इतना कट कर क्यों रहता है? उसने दूसरी शादी क्यों नहीं की? दुर्गेश्वरी की कितनी पकड़ थी उस पर?

भारती का भी यही हाल था। जोड़-तोड़ कर लिखी गयी एक-दो जीवनी थीं उसकी, जो उसके साक्षात्कारों पर आधारित थीं। इनमें से किसी में भी उसने अपने परिवार के दूसरे सदस्यों या दूसरों के साथ अपने निजी संबंधों के बारे में कुछ नहीं कहा था। वह किसी विशेष राजनीतिक, सामाजिक या आर्थिक विचारधारा से नहीं जुड़ी थी। हालांकि उसने भारत और स्विट्ज़रलैंड के स्कूलों में पढ़ाई की थी, लेकिन कोई इम्तिहान उसने पास नहीं किया था और न ही उसके पास कोई डिग्री थीं। जब कभी उससे भविष्य के बारे में कोई सवाल किया जाता तो वह एक यही सीधा-सा जवाब दिया करती थी—जितनी अच्छी तरह हो सके, अपने पिता की परंपरा को आगे बढ़ाना है।'

अपने पिता की तरह वह भी सबसे अलग-थलग रहने वाली थी। अकसर बीमार रहने वाली अपनी मां और आकर्षक पिता की छवि उसके रूप-रंग में झलकती थी। उसके प्रेम प्रसंगों को लेकर अटकलों का बाज़ार गर्म रहता था। कुछ लोगों का मानना था कि वह अपने पिता के प्रभाव में इस कदर जकड़ी है कि उसे कोई ऐसा पुरुष मिलता ही नहीं जिसे पति बनाया जा सके। कुछ का मानना था कि पुरुष के साथ की कोई इच्छा नहीं थी, बल्कि पुरुष से नज़दीकी से दिक्कत है। सच्चाई तो यह थी कि वास्तव में किसी को भी उसके बारे में इससे ज़्यादा कुछ नहीं पता था कि वह बदमिज़ाज, नकचढ़ी और अपने ख़िलाफ़ आने वालों के लिए बेरहम थी।

इसके बावजूद, जो लोग इन पिता-पुत्री के थोड़ा भी नज़दीक रहे,

उनकी बातों से मिली जानकारी से इस कमी को दूर किया जा सकता है। समझदारी से लगाया अंदाज़ भी काम आता है। हम सच्चाई का ठोस दावा भले ही न कर सकें लेकिन पढ़ने लायक सामग्री तो ये बनती ही है।

जय भगवान के पिता कृष्ण लाल मट्टू अपने इकलौते बेटे को रुतबे वाले अंग्रेज़ों की तरह पालना-पढ़ाना चाहते थे। मट्टू साहब अपनी पत्नी को पूरी तरह से पढ़ी-लिखी नहीं मानते थे क्योंकि वह सिर्फ़ हिंदी लिख-पढ़ सकती थीं। वह अपनी पत्नी और बच्चों से अकसर कहा करते थे कि अंग्रेज़ों से निपटने के लिए हमें उनकी ही तरह अंग्रेज़ी बोलनी पड़ेगी, उनके साथ बराबरी की हैसियत से मेलजोल रखना पड़ेगा। कीमती चीनी मिट्टी के बरतनों में उनके जैसा खाना चांदी के कांटे-छुरी से खाना होगा। और उन्हें ऐसी बेहतरीन स्कॉच और फ्रांस की शराब पिलानी होगी जो उनकी भी पहुंच में नहीं हैं। तब हम उनसे सीधे मुंह कह सकेंगे कि अब भारत से भागो और भारतीयों को अपने मसले खुद सुलटाने दो।

ऐसी बातें सोचना मट्टू के ही बस की बात थी। उन्होंने दिल्ली और देश के कुछ दूसरे हाई कोर्टों में वकालत करके अच्छा खासी दौलत कमा ली थी। क़ानून की जबरदस्त जानकारी और अपनी बात रखने के दमदार अंदाज़ की बदौलत वह कई बार बहस में अंग्रेज़ बैरिस्टरों पर भी भारी पड़ते थे। हिंदुस्तान की तमाम रियासतों के राजे-महाराजे, ज़मींदार और उद्योगपति उन्हें अपना वकील रखते थे और मुंहमांगी रक़म अदा करते थे। ऐसा जबरदस्त था उनका जलवा कि लोग कहते थे कि अदालत में मट्टू अपना मुंह भी न खोलें, बस खड़े हो जाएं, तो समझो मुवक्किल ने आधी लड़ाई जीत ली। वकालत के शुरुआती दिनों में ही मट्टू ने दिल्ली के सिविल लाइन्स में अपने लिए एक दुमंज़िला आलीशान मकान बनवा

लिया था। मेहमानों के ठहरने के लिए बड़े से बग़ीचे से घिरे चार कमरों के बंगले में उन्होंने अपना दफ़्तर बना रखा था। बग़ीचे में गुलाब की ऐसी-ऐसी किस्में थीं जो भारत में कहीं और तो थी ही नहीं। किस्म-किस्म के दूसरे अनोखे फूल भी लगवा रखे थे। बंगले का नाम रखा था 'शांति भवन'। शांति भवन एक तरह से उनकी दौलत और रुतबे की निशानी जैसा था। उन्हें जब भी मौका मिलता, बड़े और अमीर लोगों को वह वहां बुलाते थे और उनकी फैली हुई आंखें देखकर वह अंदर ही अंदर खुश हुआ करते थे। तमाम दौलतमंद और रुतबे वाले हिंदुस्तानियों का वहां आना-जाना था। अंग्रेज़ भी खूब आते थे। उनकी खुलकर ख़ातिरदारी की जाती थी। क्या मेहमाननवाज़ी होती थी उनकी! माशाअल्ला! क्या रजवाड़ों के साहबज़ादे और क्या सूबों के अंग्रेज़ गवर्नर, सब उनके न्योते का आंख बिछाए इंतज़ार करते थे। उनकी दावतों में बेहतरीन खाने और शराबों के दौर चलते थे। और कभी-कभी तो वह अपने मेहमानों की ख़ातिर शहर के पुराने मुहल्लों से बेहद पोशीदा तरीके से नफ़ीस तवायफ़ों को भी बुला लिया करते थे, अपने मेहमानों की ख़ातिर। नाच-गाने की महफिले सजती थीं। मुजरे के दौर चलते थे।

दिल्ली में जो लोग मट्टू के मेहमान होते थे उनमें दूसरे लोगों के अलावा महात्मा गांधी भी थे। दोनों में एक अलग तरह की नज़दीकी थी। दक्षिण अफ्रीका से लौटे सिर्फ धोती लपेटकर रहने वाले राष्ट्रवादी नेता के घूम-घूम कर अहिंसा और ब्रह्मचर्य की सीख के साथ सभी विदेशी चीज़ों का बहिष्कार करने के उपदेश की खबरें उसे अटपटी लगती थीं। कभी-कभी उन पर खीज भी होती थी। ये भी कहा जाता था कि उन्हें उपवास करने, पेट साफ़ रखने और पाखाने की सफ़ाई खुद करने का जनून सा है। उनकी पहली मुलाकात हुई दिल्ली में इंडियन नेशनल कांग्रेस के एक नेता के घर। मट्टू सोच रहे थे कि उन्हें अच्छे चाल-चलन पर भाषण सुनने को मिलेगा, लेकिन उन्हें बेहद हैरत हुई जब गांधी ने अंग्रेज़ों के बनाए क़ानून में ही उन्हें पछाड़कर देश के आत्म-सम्मान को बढ़ाने के लिए उनकी तारीफ़ की। गांधी जी ने उनसे कहा था—मट्टू साहब, ये भी एक किस्म की आज़ादी की लड़ाई है।

मट्टू की कामयाबी से जलने वालों का इलज़ाम था कि वह भारत विरोधी और अंग्रेज़ी दस्तूरों के ग़ुलाम हैं। यह बात बोझ बनकर बरसों से उन्हें तकलीफ़ दे रही थी। गांधीजी की बात ने मलहम का काम किया। वह गांधीजी को खुलकर चाहने लगे। इसके बावजूद उन्होंने न तो शानोशौक़त की ज़िंदगी छोड़ी और न ही अंग्रेज़ी तौर-तरीक़े।

एक बार गांधीजी जब दिल्ली आए, तब वह अंग्रेज़ी अंदाज़ में बच्चों की परवरिश के मुद्दे पर उनका नज़रिया जानने पहुंचे। उन्हें लग रहा था कि गांधी जी इसके बिलकुल ख़िलाफ़ होंगे। लेकिन गांधीजी ने चुपचाप उनकी बातें सुनने के बाद इतना कहा—ठीक है, मैं मानता हूं कि हमारे बीच कुछ ऐसे भारतीय तो होने ही चाहिए जो अंग्रेज़ों को उन्हीं की ज़बान में बता सकें कि कब उन्हें यह देश छोड़ना है। बस ऐसे लोगों की जड़ें भारत की ज़मीन में गहरी होनी चाहिए।

मट्टू गांधीजी की इस बात से बहुत खुश हुए। वह अपने पूरे परिवार को गांधीजी से आशीर्वाद दिलाने ले आए। गांधीजी ने पांच साल के उनके बेटे को उठाकर अपनी गोदी में बैठा लिया। बेटा, बड़े होकर तुम क्या बनना चाहते हो? लड़के ने बिना किसी झिझक के सीधे कह दिया—बापू, मैं आपकी तरह महात्मा बनाना चाहता हूं।

गांधीजी ने उसे खींचकर अपने सीने से लगा लिया। तुम अपने बापू से भी बड़े आदमी बनोगे। ईश्वर तुम्हें लंबी उम्र दे।

इसके कुछ वक़्त बाद ही मट्टू ने लंदन के टाइम्स अख़बार में इश्तहार छपवाया : 'एक भारतीय परिवार के चार बच्चों, एक लड़के और दो लड़कियों के लिए *नैनी-गवर्नेस* की आवश्यकता है। रहने-खाने की व्यवस्था के साथ साढ़े चार सौ पाउंड सालाना तनख्वाह। सेवाकाल कम से कम तीन वर्ष। इंग्लैंड से भारत और भारत से इंग्लैंड आने-जाने का किराया मिलेगा। प्रमाण पत्रों के साथ आवेदन करें। हो सके तो फोटो भी साथ भेजें।"

महीने भर के अंदर ही तीस से ज़्यादा दरख्वास्त आ गयीं। मट्टू ने एक-एक को बड़ी ध्यान से देखा और आवेदकों के फोटो बच्चों और पत्नी को भी दिखाए। उन्हें एक पसंद आयी—वेलेरी बॉटमली, उम्र पैंतीस

साल। वह कॉलेज की पढ़ी थी और इससे पहले फ्रांस में ओर्लियंस शहर के पास एक रईस के घर गवर्नेस के तौर पर काम कर चुकी थी। फिलहाल वह लंदन में अपने माता-पिता के साथ रह रही थी। अफ्रीका में धर्म प्रचारक के तौर पर काम करने के बाद उसके पिता वहीं विकर यानी वरिष्ठ पादरी के रूप में काम कर रहे थे।

एक महीने बाद वेलेरी बॉटमली दिल्ली आ गयी। मट्टू खुद उसे रेलवे स्टेशन से घर लेकर आए। घर पर सारा परिवार उसके स्वागत के लिए मौजूद था। वह ठीक अपनी तस्वीर जैसी दीख रही थी, बल्कि उससे ज़्यादा जीवंत। और हां, तसवीर सी बेरंग नहीं। लाल-भूरे से बाल, कंजी आंखें, गुलाबी रंगत और चेहरे पर छोटे-छोटे तिलों की भरमार। उसकी हड्डियां खूब चौड़ी थीं और सेहत बिलकुल दुरुस्त। और मट्टू की नज़र से उसकी भरी छाती और गोल-गोल नितम्ब भी नहीं बचे। न जाने क्यों उन्हें लगा कि एक पुराने पादरी की बेटी में ये खूबियां तो होनी ही चाहिए। उनसे अभिवादन के जवाब में वह बोली—"मैं भारत आकर खुश हूं। और मुझे मालूम है कि यहां मुझे बड़ा मज़ा आएगा, और आप लोगों के साथ बहुत अच्छा वक़्त बीतेगा।"

मट्टू परिवार में वेलेरी बॉटमली के आने के साथ उनके रहन-सहन के तरीके और शांति भवन के पारिवारिक समीकरणों में बदलाव आया। पहले दो सप्ताह तो वेलेरी ने सारे हालात का जायज़ा लेने में लगाए। वह सभी से बड़ी तहज़ीब से पेश आती थी। नौकरों के साथ भी। मट्टू को वह 'सर" कहती थी, और उनकी पत्नी को 'मैडम।" उनकी रज़ामंदी से उसने बच्चों के अंग्रेज़ी नाम रख दिए थे। उन दिनों अंग्रेज़ गवर्नेस रखने वाले हिंदुस्तानी रईसों में ये बात आम थी। वेलेरी ने सबकी मौजूदगी में बच्चों से अंग्रेज़ी में कहा—मुझे आप लोगों के नाम पुकारने में दिक्कत होती है। अगर आप बुरा न माने तो मैं आपको नैन्सी, आपको रूबी, आपको फियोना कहूं? और मुझे बताया गया है कि आपके नाम का मतलब है जीत, इसलिए छोटे सर, मैं आपको विक्टर कहूंगी।" सब खुशी-खुशी राज़ी हो गये। बल्कि खुद भी एक दूसरे को अंग्रेज़ी नामों से पुकारने लगे। वेलेरी ने सबको सिखाया कि कैसे कुछ मांगते वक़्त पहले *प्लीज़* कहना चाहिए,

और मांगी हुई चीज़ मिल जाने पर उसके लिए *थैंक यू* कहकर आभार जताना चाहिए। सिर्फ़ मैडम मट्टू अंग्रेज़ी तौर-तरीकों की इस तसवीर से बाहर रह गयीं। कांटा-छुरी दरकिनार कर उन्होंने हाथ से खाना जारी रखा। खाने के बाद *फिंगर बाउल* में उँगलियों के सिरे साफ करने के बजाए *वॉश बेसिन* पर हाथ धोने के साथ पहले की तरह कुल्ले और गरारे करना जारी रखा। उनके पति ने कह दिया कि इससे बेइज़्ज़ती महसूस होती है, तो मैडम ने अलग बैठकर खाना शुरू कर दिया। उधर चपाती की जगह डबलरोटी ने ले ली थी, जबकि घी चुपड़ी दो-तीन गर्मागरम रोटियों के बिना मैडम का खाना ही पूरा नहीं होता था।

जो भी हो, वेलेरी बॉटमली अपने काम पर पूरा ध्यान देती थी। लड़कियां तो कॉनवेन्ट में पढ़ने जाती ही थीं, विक्टर को अंग्रेज़ी, गणित, भूगोल और भारतीय इतिहास वह खुद पढ़ाती। उर्दू और हिंदी पढ़ाने के लिए मौलवी और पंडित लगे थे। लेकिन इन चीज़ों में विक्टर की कोई दिलचस्पी नहीं थी। वेलेरी से पढ़ने में उसे मज़ा आता था। वह उसे फ्लैटो, गैलीलियो, किंग आर्थर वगैरह के बारे में बताती और बाइबल में से कुछ पढ़कर सुनाती थी। उसने विक्टर को उन मोटरकारों और हवाई जहाज़ों की तसवीरें भी दिखाई जो शुरू-शुरू में बने थे। विक्टर तरह-तरह के सवाल पूछता रहता और वह जवाब में जितना कुछ बता सकती थी, बताती थी। जब लड़कियां स्कूल से लौटतीं, तो वह होमवर्क करने में उनकी मदद करती। और जब उन्हें गलत ढंग से अंग्रेज़ी बोलते पकड़ती तो सुधारते हुए अंग्रेज़ी बोलने का वह अंदाज़ बताती जिसे इंग्लैंड में सही माना जाता है।

बच्चों के खेलकूद का भी पूरा ध्यान रखती थी वेलेरी। उसी ने उन्हें बैडमिन्टन और टेनिस खेलना सिखाया। इतवार के दिन वह उन्हें लाल किला, पुराना किला, कुतुब मीनार, हुमायूं का मक़बरा, सफ़दरजंग का मक़बरा और लोदी गार्डन में लोदी बादशाहों के मक़बरे जैसी किसी जगह घुमाने ले जाती थी। धीरे-धीरे वेलेरी का मन दिल्ली और मट्टू परिवार में खूब रम गया। पहले वाले घरों से भी ज़्यादा।

हालांकि उसे तीन साल बाद घर जाने के लिए छुट्टी और टिकट

मिल सकता था, लेकिन उसने छुट्टी नहीं ली। वह उनके परिवार की सदस्य सी बन गयी थी और बच्चों को वैसा ही अंग्रेज़ बना दिया था जैसा मट्टू चाहते थे। यानी वेलेरी बॉटमली बड़े काम की साबित हुई।

मट्टू भी अपने मुवक्किलों से फ़ारिग होने के बाद वेलेरी के कमरे में चले जाते थे। एकाध जाम पी लिया करते थे। बड़े-बड़े ख़्वाब देखने वाले मट्टू पहले ही अपनी खूबसूरत लेकिन घरेलू पत्नी से जुड़े नहीं थे, ऊपर से अंग्रेज़ अफ़सरों और पश्चिमी तौर-तरीकों पर चलने वाले राजपरिवारों के बीच अपनी जगह बना लेने के बाद अब तो उनके बीच सिर्फ नाम का रिश्ता रह गया था। मट्टू ने कभी इस सच्चाई को छुपाने की ज़रूरत भी नहीं समझी। वेलेरी समझती थी कि दिन भर कड़ी मेहनत के बाद उन्हें भी आराम की ज़रूरत होती है। किसी के साथ हंसी-खुशी के पल-दो पल बिताने की ज़रूरत होती है। शुरू में उसने बड़ी चतुराई से तय किया कि मट्टू को क्या दे—सिर्फ़ दोस्ताना बातचीत, और थोड़ी स्कॉच जो वह आने से पहले भिजवा देते थे। वेलेरी की बदौलत पहली बार कई उम्दा किस्म की फ्रेंच मदिरा भी खाने की मेज़ पर आयीं। ये सिर्फ़ उसके और उसके 'सर" के लिए होती थीं। बच्चे वैसे ही लंबे-लंबे कांच के गिलासों में शरबत वगैरह पीते थे, लेकिन पीने से पहले *चीयर्स* और *ड्रिंक टू योर हेल्थ* कहने की रस्म अदा करना नहीं भूलते थे। विक्टर को सबसे ज़्यादा खुशी इस बात की थी कि उसके साथ बड़ों जैसा व्यवहार किया जाता था। वह भी वेलेरी को पसंद करता था। लड़कियां, जो कि उससे बड़ी थी, ज़रूर इस बात से दुखी थीं कि इस औरत के आने के बाद से उनकी मां परिवार में रहते हुए भी अछूत सी बन गयी थी। उन्हें शक होने लगा कि ज़रूर उनके पिता और वेलेरी के बीच नज़दीकियां बढ़ती जा रही हैं। लड़कियों को उससे इतनी चिढ़ हो गयी थी कि आपस में बातचीत करते समय वह वेलेरी के मोटे कूल्हों पर भद्दे ढंग से कटाक्ष करने से बाज़ नहीं आती थीं। जबकि सच्चाई यह है कि चिढ़ का यह दौर शुरू होने के काफ़ी समय बाद कहीं मट्टू और वेलेरी वाकई में एक दूसरे के क़रीब आए। काफ़ी थकान भरे दिन के बाद एक शाम, मट्टू वेलेरी के पास पहुंचे और उससे कुछ बड़े *पेग* बनवा कर पीये। तीसरा गिलास पीते-पीते वह भावुक

होने लगे। उसे बताने लगे कि अपने से मेल न खाने वाली औरत से शादी करने के बाद से उनकी ज़िंदगी में कितना अकेलापन है। वेलेरी ने विरोध भी किया कि ऐसी बातें करना तो मैडम के साथ नाइंसाफी होगी। उसने मट्टू से धीमी आवाज़ में बोलने को भी कहा, ताकि कहीं परिवार के सदस्य और नौकर उन्हें ऐसी बातें करते हुए न सुन लें। उसकी बात सुन कर मट्टू उठे और फटाफट दरवाज़े की चटखनी लगा दी। वापस सोफे तक लौटे लेकिन उसपर बैठने के बजाय वेलेरी के ठीक सामने घुटने टेक कर बैठ गये। गिड़गिड़ाने लगे—'मैं कितना अकेला पड़ गया हूं।' फिर रोने को हो आए, और बोले—'कुछ करो मेरे लिए। वेलेरी का दिल पसीज गया। उसने अपनी चोली खोल दी। उसके स्तन बाहर निकल पड़े। और आह भरते हुए मट्टू ने ने अपना चेहरा उनके बीच छुपा लिया। वेलेरी ने फुसफुसाकर कहा—हमारे पास ज़्यादा वक़्त नहीं है। घर के लोग क्या सोचेंगे।' उसके इस उतावलेपन से खुश मट्टू फटाफट सीधे बैठ गये और उससे कपड़े उतारकर आगे की ओर झुक जाने को कहा। उसने वैसा ही किया। अपने नितंब मट्टू की ओर कर दिए। मट्टू के मुंह से मस्ती भरी घुरघुराहट निकल गयी। घुटनों के बल बैठने के साथ ही मट्टू ने पीछे से उसे पकड़ लिया। बोले—इस तरह जल्दी हो जाएगा।' दबी सी भद्दी हंसी के साथ पादरी की बेटी बोली—आप तो *जंगली* इंसान हैं, सर।' और मट्टू तो बस उतावले लड़के की तरह अपनी मनमानी करने में जुटे रहे। चालीस साल की उम्र में उनके बचपन का सपना जो पूरा हुआ था—गोरी मेम के साथ इस तरह जुड़ने का।

पांच साल और बीत गये। जय भगवान, यानी विक्टर हर तरह से किसी अंग्रेज़ ज़मींदार का बेटा लगने लगा—गुलूबंद, वेस्टकोट और धारीदार पतलून। बेहद सलीकेदार। एक शाम मट्टू ने वेलेरी से कहा—मैं उसे इंग्लैंड के सबसे अच्छे पब्लिक स्कूल में भेजना चाहता हूं। उसके बाद ऑक्सफोर्ड या कैम्ब्रिज, और फिर इन्ज़ ऑफ कोर्ट। इसके लिए क्या किया जाए, कैसे किया जाए।'

वेलेरी ने जरा सोचा, फिर जवाब दिया—इंग्लैंड में ढेरों बेहतरीन पब्लिक स्कूल हैं। ईटन है, हैरो है। और रग्बी, विन्चेस्टर, सेन्ट पॉल्स,

हेल्सबरी भी किसी से कम नहीं हैं। मैं आपकी तरफ़ से लिखकर ऐप्लिकेशन फ़ॉर्म मंगवा लूंगी। वहां के पढ़े किसी पुराने छात्र के परिचय करा देने पर आसानी हो जाती है। मुझे यक़ीन है कि वाइसरॉय और कुछ प्रांतों के गवर्नर इन्हीं स्कूलों में पढ़े होंगे। इनमें से कई से आपकी जान-पहचान होगी।'

'ऐसी कोई दिक्कत नहीं है।' मट्टू ने जवाब दिया। 'तुम ऐप्लिकेशन फ़ॉर्म मंगवा लो, बाकी मैं देख लूंगा।'

मट्टू ने सोचा नहीं था कि यह सब इतना आसान होगा। अदालती कामकाज के लिए उनका इलाहाबाद जाना हुआ। वहां गवर्नर से मुलाकात करने पहुंचे। उनसे अपने बेटे के बारे में चर्चा की। गवर्नर ईटन के पढ़े थे। अपने पुराने स्कूल की तारीफ़ में बोले—बहुत बढ़िया है! वह तो दुनिया में सबसे अच्छी जगह है जहां ख़यालों में खोए रहने वाले लड़कों को भी ऐसा दुरुस्त कर दिया जाता हैं कि वह जेंटलमैंन बन जाते हैं। .....उसका नाम क्या बताया आपने?'

'जय भगवान मट्टू। उसने अब तक घर पर ही पढ़ाई की है। अंग्रेज़ गवर्नेस की देखरेख में, जिसका नाम है वेलेरी बॉटमली। सच कहूं तो बड़ी भली महिला है। उसे इंग्लैंड के पब्लिक स्कूल में भेजने की बात उसी ने सुझायी। उसने मेरे बेटे को अंग्रेज़ी नाम दिया है—विक्टर।'

गवर्नर ने काग़ज़ की एक पर्ची पर कुछ लिखा। फिर बोले—मैं एक पत्र लिख दूंगा। उसे लड़के के ऐडमिशन फ़ॉर्म के साथ लगा दीजिएगा। फिर ज़रा ठहर कर कहा—'अगर मैं आपकी जगह होता तो इंग्लैंड भेजने से पहले उसके नाम से मट्टू हटा देता। विक्टर जे. बी. ज़्यादा आसान रहेगा। और अगली बार जब आप इलाहाबाद आएं तो उसे भी साथ लाएं। मैं उसे देखना चाहूंगा।'

हफ़्ते भर बाद ही फिर मट्टू का इलाहाबाद आना हुआ। इस बार वो अपने बेटे और वेलेरी को भी साथ ले आए। तीनों को गवर्नर की पत्नी ने चाय पर बुलाया था। विक्टर को पहले ही समझा दिया गया था कि गवर्नर और उनकी पत्नी के सामने किस तरह पेश आना है। गवर्नर की पत्नी से हाथ मिलाने के लिए आगे बढ़ते हुए विक्टर ने कहा—'योर

एक्सेलेंसी, बड़ी मेहरबानी जो आपने हमें यहां बुलाया।' वेलेरी ने दोनों का अभिवादन तो किया लेकिन अपना मुंह नहीं खोला। गवर्नर ने विक्टर से चंद सवाल किए–'क्या उम्र है तुम्हारी, बेटा?'

'अगले साल मैं तेरह का हो जाऊंगा, *योर एक्सेलेंसी*।'

'बढ़िया। बहुत बढ़िया। और तुम बनना क्या चाहते हो? भारत के नामी वकील या हाई कोर्ट के जज?

जी, मैंने अब तक कुछ तय नहीं किया है। पिताजी तो चाहते हैं कि आगे चलकर मैं उनकी वक़ालत संभाल लूं, लेकिन मैं रेल के इंजन, कार और ट्रक जैसी चीज़ें बनाना चाहता हूं। मुझे लगता है कि भारत को वक़ीलों से ज़्यादा इन चीज़ों की ज़रूरत है।'

उसकी बात सुनकर सब हंस पड़े। गवर्नर बोले, 'तुम बिलकुल ठीक कहते हो। बुरा मत मानना कि मैं तुम्हारे पिता के सामने यह बात कह रहा हूं, लेकिन वकील किसी मुसीबत से कम नहीं होते।' इस बात पर ठहाकों का एक और दौर चला। अब गवर्नर वेलेरी बॉटमली की ओर मुख़ातिब हुए। 'मुझे नहीं लगता कि इसे *प्रिपरेटरी स्कूल* में डाले जाने की ज़रूरत है। आप क्या सोचती है मिस बॉटमली?'

'जी, सर। *प्रिपरेटरी* में जो कुछ पढ़ाया जाता है वह मैंने इसे पढ़ा ही दिया है। होशियार है ही ये। इतना बड़ा भी हो गया कि सीधे किसी पब्लिक स्कूल में जा सकता है।'

'ठीक कह रही हैं। जितना मैंने देखा उससे तो लगता है कि आपने खूब मेहनत की है इसके साथ।'

'धन्यवाद, सर।'

ईटन के हेडमास्टर को एक और ख़त लिख दिया गया। ईटन के पढ़े एक क़ाबिल और ऊंचे ओहदे वाले शख़्स ने लड़के से बातचीत कर ही ली थी। बस इतना काफ़ी था –मास्टर विक्टर जे.बी. के लिए मिकेलमस उत्सव के दौरान यानी सितंबर के आखिरी सप्ताह में ईटन में दाखिला लेने का रास्ता साफ़ हो गया।

मट्टू ने महात्मा गांधी को ख़त लिखकर यह जानकारी दी कि उनके बेटे को ईटन में दाख़िला मिल गया है। साथ ही उनका आशीर्वाद मांगा।

मट्टू के फैसले को सही ठहराते हुए गांधी ने पोस्टकार्ड पर जवाब लिख भेजा। —'हमें अंग्रेज़ों से जितना कुछ मिल सकता है ले लेना चाहिए ताकि उनसे बराबरी से लड़ा जा सके। लेकिन जैसा कि मैं पहले भी बता चुका हूं, हमारी जड़ें अपने हिंदुस्तान की ज़मीन में ही जमी रहनी चाहिए।' उन्होंने आगे लिखा—'बम्बई मैं अकसर जाता ही हूं, अगर मैं उन दिनों वहां रहा जब उसे जाना है, तो जय से कह देना कि मुझसे मिले, मेरा आशीर्वाद किसी काम का है तो उसे ज़रूर मिलेगा। मैं दूसरे लोगों के लिए महात्मा हो सकता हूं, लेकिन उसके लिए तो मैं बापू गांधी हूं।'

मट्टू ने वह ख़त अपनी बेटियों को दिखाया और पत्नी को पढ़कर सुनाया। विक्टर को लेकर सब बेहद गर्व महसूस कर रहे थे। वह था भी बापू गांधी का प्यारा बच्चा। महात्मा का दबदबा तो सब पर था ही। श्रीमती मट्टू तो हर रोज़ दोपहर में नियम से चर्खे पर एक घंटे सूत कातती थीं। लड़कियां भी हाथ की कती-बुनी खादी पहनने लगी थीं। मट्टू ऐसे किसी दबाव में नहीं आए थे, लेकिन गांधी को मानते बहुत थे। वेलेरी बॉटमली को भी इस बात का एहसास था कि वह एक ऐसे लड़के की मार्गदर्शक है जिसे अव्वल दर्जे का हिंदुस्तानी और अंग्रेज़ दोनों ही बनना है। विक्टर की रवानगी से कुछ हफ़्ते पहले उसने विक्टर से एक निबंध लिखने को कहा—"मेरे सपनों का भारत।" बंबई में गांधी से मुलाकात से पहले वह यह निबंध उन्हें भेजना चाहती थी।

विक्टर गंभीर लड़का ज़रूर था, लेकिन उसने कभी गहराई से यह नहीं सोचा था कि वह भारत के भविष्य को कैसा देखना चाहता है। एक तरफ़ उसके दिमाग़ में सिकंदर और नेपोलियन के कारनामे थे, तो दूसरी तरफ़ कार समेत दूसरी ऐसी मशीनों की बातें भरी रहती थीं जो उसे अपने देश में देखने को नहीं मिलती थीं। गांधीजी क्या सोचते हैं यह

उसे मोटा-मोटा ही समझ में आता था। उसने गांधी के विचार समझाने के लिए अपने पिता से भी कहा था। इसपर मट्टू ने उसे कुछ किताबें पढ़ने को दीं। उलटे उन्होंने यह सलाह दे डाली कि गांधी या किसी दूसरे शख़्स की बातों में आने के बजाय खुद सोचों कि क्या करना ठीक है।

विक्टर ने पूरे जोश के साथ पिता की बातों पर अमल करना शुरू कर दिया। तेरह साल के लड़के से जितनी उम्मीद की जा सकती है उससे कहीं ज़्यादा। नोट्स बनाना, लिखना, फिर फाड़कर दोबारा नये सिरे से लिखना। वह अपने पिता, मां, बहनों और गवर्नेस से तरह-तरह के सवाल करता। एक सुबह सबसे बड़ी बहन के गले पड़ गया। उसने ताना मारा—'अक्खड़ कहीं का, सोचता है जैसा कि उसे ही आधुनिक भारत का संविधान लिखना है।' विक्टर ने उसकी बात को एक कान से सुना और दूसरे से निकाल दिया।

अगले पखवाड़े विक्टर का निबंध आखिरकार तैयार हो ही गया। उसने शुरुआत ऐसे की—'मैं देख रहा हूं, एक ऐसा महान राष्ट्र जो बैठे-बैठे सपने में डूबा, इंतज़ार कर रहा है एक ऐसे शब्द का जिसे सुनते ही वह फिर से जी उठेगा।

'ये तुमने कहां से लिया?' वेलेरी बॉटमली ने पूछा।

'कोई एडवर्ड कारपेंटर हैं, उन्हीं के लेख से। मुझे अच्छा लगा।'

'तो तुम्हें बताना चाहिए न कि यह बात किसने कही है। किसी और की लिखी बात को अपना बताकर तो नहीं लिखा जा सकता न?'

विक्टर ने बड़ी बेइज़्ज़ती महसूस की। उसने कहा—ठीक है, मैं उसका नाम दे दूंगा।'

वेलेरी ने आगे पढ़ना शुरू किया। उसने गांधी की सभी बातों को ग़लत ठहराने की कोशिश की थी—हाथ की कताई का कपड़ा, आत्मनिर्भर गांव और बेसिक शिक्षा। विक्टर भारत की वह तसवीर देखना चाहता था जिसमें बड़ी-बड़ी कपड़ा मिल, स्टील के कारखाने, कार बनाने वाली फैक्टरी, बड़े-बड़े बांध और हज़ारों मील लंबी नहरें हों, हर गांव तक पक्की सड़क जाती हो, खूब सारे स्कूल, कॉलेज और अस्पताल हों। यानी दुनिया का सबसे संपन्न देश हो, जात-धर्म के झगड़े वग़ैरह न रहें। अपने निबंध का

अंत उसने एक लैटिन वाक्य से किया—*नोवस ऑरदो सेक्लोरम।* यानी आने वाले युगों के लिए नयी व्यवस्था।

इसे पढ़कर वेलेरी मुस्कुराई। लड़का कुछ ज़्यादा ही इतराता है। उसने उसे थोड़ी-सी लैटिन सिखायी ज़रूर थी, लेकिन इस वाक्य का अर्थ वह शायद अच्छी तरह समझा नहीं था। वेलेरी ने पूछ ही लिया—'और यह कहां से मिला?'

वैसे ही अक्खड़पन से उसने जवाब दिया—'अमेरिकी संविधान से।'

'मैं नहीं समझती कि तुम्हारे पिता को ये बातें पसंद आएंगी। फिर भी, उनको दिखा तो दो।' वेलेरी ने कहा।

मट्टू ने अपने बेटे का लिखा निबंध कई बार पढ़ा। उसकी कई प्रतियां तैयार करवाईं। एक गांधीजी को भेज दी, एक युनाइटेड प्रॉविन्सेज़ के गवर्नर को भेजी और बाकी अपने दोस्तों को भिजवा दीं। सबने उसके निबंध की तारीफ़ की। गवर्नर का जवाब आया—अगर तेरह साल की उम्र में ऐसे निबंध लिख सकता है तो यह लड़का बहुत आगे जाएगा। मट्टू को इस बात पर तो कोई शक नहीं था कि उनका बेटा बहुत आगे जाएगा, लेकिन उसके विचारों पर गांधी की क्या प्रतिक्रिया होती है ये सोचकर ज़रूर परेशान थे।

कुछ सप्ताह बाद विक्टर और वेलेरी बॉटमली ने बंबई के लिए फ्रंटियर मेल पकड़ी। दिल्ली रेलवे स्टेशन से उन्हें शानदार तरीके से विदा किया गया। मट्टू के तमाम रिश्तेदार और मित्र मालाएं लेकर आए। यहां तक कि परिवार के पुजारी जी, जो ब्राह्मणों के विदेश जाने को ठीक नहीं मानते थे, उन्होंने भी आकर प्रार्थना की ताकि समंदर पार जाने के पाप के फल से बच्चे को बचाया जा सके। विक्टर की मां और बहनों के तो आंसू बह निकले। लेकिन उसके पिता ने चेहरे पर शिकन नहीं आने दी। इतना ज़रूर कहा कि इंग्लैंड पहुंचने पर तार कर देना। और हर इतवार को फोन पर अपना हाल-चाल बताना मत भूलना।

वेलेरी बॉटमली विक्टर के साथ जा रही थी। अपनी छुट्टियां बिताने के साथ उसे यह भी देखना था कि ईटन में विक्टर ठीक से रहना शुरू कर दे। उसने मट्टू परिवार के सदस्यों से चुपचाप विदा ली और दोनों

के लिए बुक कराए गये फर्स्ट क्लास के कूपे में चली गयी। जैसी ही ट्रेन ने स्टेशन छोड़ा, वेलेरी ने देखा कि विक्टर की आंखों में आंसू छलछला आए थे। विक्टर कोई भावुक किस्म का लड़का नहीं था, लेकिन अब कई बरस तक वह अपने परिवार वालों को नहीं देख पाएगा, यह सोच कर उसका दिल भर आया। उसने गले में पड़ी मालाएं उतारकर मेज़ पर रख दीं और खिड़की की तरफ मुंह करके पीछे छूटते खेतों-गावों को देखने लगा। एक्सप्रेस ट्रेन थी। मथुरा पर रुकी नहीं। आगरा पर भी बमुश्किल पांच मिनट रुकी और फिर बंबई की ओर अपनी रफ़्तार से बढ़ चली। वेलेरी ने उसे छेड़ा नहीं। दोपहर के खाने के वक़्त तक दोनों शांत बैठे रहे। वेलेरी ने खाने का डिब्बा खोला। श्रीमती मट्टू ने उनके लिए खाने के साथ-साथ छोटी-छोटी तश्तरियां और कांटे-छुरियां रख दी थीं।

'मुंह क्यों बना रखा है, हैं?' खिंचाई करने के अंदाज़ में वेलेरी ने पूछा? 'ओल्ड ब्लाइटी में तुम्हें बड़ा मज़ा आएगा। अंग्रेज़ परिवारों के सबसे अच्छे लड़कों के साथ खेलने-कूदने के अलावा, जब छुट्टियां बिताने लंदन आओगे तो खूबसूरत अंग्रेज़ लड़कियों के साथ मौज़-मस्ती कर सकोगे। हाइड पार्क के आसपास मैं तुम्हारे लिए एक अच्छा सा फ्लैट ढूंढ दूंगी जहां तुम अपने दोस्तों को बुला सकोगे। खूब मज़े लेना। इंग्लैंड, और यूरोप की सैर करना। मुझे पता है तुम्हें इस सब में बड़ा आनन्द आएगा।'

विक्टर को भी मालूम था कि वेलेरी ठीक कह रही है। महीनों से वह इसी सब के सपने देखा करता था। ईटन, विंडसर कासल, लंदन, ऑक्सफोर्ड, कैम्ब्रिज, न्यू फॉरेस्ट, कॉट्सवोल्ड्ज़ और मिडलैंड्ज़ की खूबसूरत तसवीरें उसने इकट्ठी कर रखी थीं। उन तसवीरों में बैले नर्तकियों के साथ घोड़े और साइकिलों पर सैर करती लड़कियों की तसवीरें भी थीं। उन्हें देखकर विक्टर के मन में उन्हें जानने की ललक पैदा हो गयी थी। लेकिन घरवालों से जुदाई के कारण उसका दिल अब तक भारी था। उसने चुपचाप खाना खाया। इंतज़ार करता रहा उदासी दूर होने का। ऐसा उसने पहले कभी नहीं महसूस किया था। फिर उसे पता कैसे होता कि इससे उबरने के लिए क्या करे।

खाना खाने के बाद दोनों की आंख लग गयी। जागे तो फिर वही

खेत-खलिहानों का लगातार चलने वाला सिलसिला। दोपहर बाद तक विक्टर काफ़ी हल्का महसूस करने लगा। रात के खाने के वक़्त दोनों ने पहले की तरह बातचीत की। फिर सो गये। दूसरे दिन सवेरे ट्रेन बम्बई के विक्टोरिया टर्मिनस पहुंच गयी। मट्टू के एक उद्योगपति दोस्त ने उन्हें लेने के लिए अपने सेक्रेटरी को भेजा और उन्हें मालाबार हिल्स पर अपने घर बुलवा लिया। बम्बई में उन्हें दो दिन बिताने थे। इसके बाद उन्हें साउथम्टन जा रहे पी ओ के स्टीमर *स्ट्रैथक्लाइड* पर सवार होना था।

विक्टर ने पहले कभी समुद्र नहीं देखा था। मैरीन ड्राइव पर गाड़ी से जाते हुए जब पहली बार उसने पानी का अनंत विस्तार देखा तो भौचक्का सा होकर देखता रह गया। मालाबार हिल के जिस मकान वह लोग ठहरे थे वहां से भी अरब सागर का बेहतरीन नज़ारा मिलता था। और नज़रों की पहुंच तक फैला पानी का यह विस्तार भी भारत का हिस्सा है, यह जानकर तो उसका सीना गर्व से फूल जाता था। कुछ भी संभव लगने लगता था। उसी सवेरे विक्टर ने समुद्र से ऐसा अंतरंग रिश्ता जोड़ लिया जो साल दर साल और मज़बूत होता गया।

वेलेरी और विक्टर दोपहर के खाने के वक़्त अपने मेज़बान के घर पहुंच गये, वहां मेज़बान, उनकी पत्नी और कई बेटे और बेटियों का भरा-पूरा परिवार था। खाने में गुजराती शाकाहारी भोजन था जिसे चांदी के थल और कटोरियों में परोसा गया था। कांटे-छुरी नहीं दिए गये। उन्हें हाथ से खाना खाना पड़ा। हाथ गंदे हो गये। लेकिन मेज़बान ने शायद इस पर ध्यान भी नहीं दिया। वह तो गोरे-चिट्टे कश्मीरी लड़के के कद को देखकर और यह जानकर अभिभूत थे कि वह इंग्लैंड के सबसे अच्छे पब्लिक स्कूल में पढ़ने जा रहा है। वह यह जानकर और भी प्रभावित हुए कि गांधीजी इसी लड़के से मिलने के लिए अहमदाबाद में अपने आश्रम से इतनी दूर बम्बई आए हैं। महात्मा गांधी एक दूसरे उद्योगपति के घर ठहरे थे और वहीं उसे अगले सवेरे ठीक ग्यारह बजे उनसे मुलाकात करनी है। सब जानते थे कि गांधीजी को वक़्त की पाबंदी पर बड़ा ध्यान देते हैं। हालांकि वहां पहुंचने के लिए कार से चंद मिनट ही लगते हैं, लेकिन समय से वहां पहुंचने के लिए उसे ही ध्यान रखना होगा।

विक्टर खुद गांधीजी से मिलने पहुंचा। उसे एक बड़े कमरे में ले जाया गया। गांधीजी वहीं ठहरे थे। वह फ़र्श पर बैठे पोस्टकार्ड पर चिट्ठियों के जवाब लिख रहे थे। उनके एक तरफ पोस्टकार्ड की गड्डी रखी थी। विक्टर के आने पर उन्होंने अपने सेक्रेटरी से कह दिया कि अब आधे घंटे तक किसी को अंदर न आने दिया जाय। 'आओ बेटा, मेरे सामने बैठो। फ़र्श पर बैठना आरामदेह तो नहीं है, लेकिन हमारे देश के ज़्यादातर लोग फर्श पर ही बैठते और सोते हैं।' पल भर में ही विक्टर ने गांधीजी की मौजूदगी में शांति का एहसास किया। उसने उनके नज़दीक ऐसी हल्की और अपनेपन का भान कराने वाली महक का एहसास किया जैसी वह अपनी मां के आसपास पाता था। विक्टर ने देखा कि उसका निबंध गांधीजी के पास ही रखा है। 'तुमने जो कुछ इसमें लिखा है वह मैंने पढ़ा। लगता है भारत के भविष्य को लेकर तुम मेरे विचारों से सहमत नहीं हो। तुम भारत पर पश्चिम का असर और यहां तरह-तरह की चीज़ों की भरमार देखना चाहते हो। तुम अपनी जगह ठीक भी हो सकते हो क्योंकि ज़्यादातर भारतीय अमीर होना, बड़े-बड़े घरों में रहना, कार रखना और बढ़िया कपड़े पहनना चाहते होंगे। मेरा मानना है कि ये सब हासिल किया जा सकता है, लेकिन ऐसा करके लोग अपनी आत्मा और भारतीयता की अपनी पहचान से हाथ धो बैठेंगे।'

'बापू, ये आत्मा की बात मेरी समझ में नहीं आती।' विक्टर ने बीच में कहा।

गांधी मुसकराए और पूछा—'क्या तुम ईश्वर पर विश्वास करते हो?'

'मैं दावे के साथ नहीं कह सकता।' विक्टर ने जवाब दिया। 'मैंने उसे देखा नहीं है।'

'क्या तुम सच्चाई पर विश्वास करते हो?'

'हां, करता हूं। तभी तो मैं चाहता था कि आप मेरा निबंध पढ़ें। मुझे पहले से ही डर था कि मेरी लिखी बातें आपको ठीक नहीं लगेंगी, लेकिन ये सब मेरे दिल से निकले विचार हैं। मुझे तो इन्हीं में सच्चाई नज़र आती है।'

'अगर आप सच्चाई में विश्वास रखते हैं तो आप ईश्वर पर भी

विश्वास करते हैं। इससे ज़्यादा इस मुद्दे पर और कुछ नहीं कहा जा सकता।' यह कहने के साथ गांधीजी ने विक्टर के सिर पर अपना हाथ रखकर उसे आशीर्वाद दिया। फिर बोले—'तो तुम ईटन जा रहे हो और फिर ऑक्सफोर्ड जाओगे। इससे अच्छा और कुछ नहीं हो सकता। इसके बाद इन्ज़ ऑफ कोर्ट में दाखिला लेकर बैरिस्टर बन जाना। मैं इनर टेम्पिल में था। मैं बैरिस्टर बन गया, लेकिन कुछ ही बरसों में मैंने वकालत छोड़ दी। मेने महसूस किया कि दूसरों के झगड़ों से रोज़ी कमाने से ज़्यादा ज़रूरी काम हैं करने के लिए। तुम इस बात से सहमत हो न?'

'हां, मैं मानता हूं। लेकिन जो मैं सोचता हूं उसपर अमल करने से पहले मैं अपने पैरों पर खड़ा होना चाहता हूं।'

'मेरी दुआएं तुम्हारे साथ हैं। जब चाहो मुझे लिख सकते हो। मैं कम भले ही लिखूं, लेकिन हर ख़त का जवाब ज़रूर देने की कोशिश करता हूं। ईश्वर तुम्हारा साथ दे।'

ये दस मिनट की छोटी-सी मुलाक़ात थी। विक्टर ने गांधीजी के पैर छुए और उठकर चला गया—महात्मा का आशीर्वाद पाने के सुखद एहसास के साथ।

वेलेरी और विक्टर अगले दिन बम्बई में घूमे। वो एलिफैंटा की गुफ़ाएं देखने गये और खाने के लिए ताज होटल। दोनों के लिए उस शाकाहारी गुजराती खाने से पेट भरना मुश्किल हो रहा था जो उनका मेज़बान खिलाता था। रात के खाने के बाद *ताज* से निकलते हुए विक्टर ने कहा—'इस शहर में लोगों के सिवा और कुछ भारतीय नहीं लगता। सारी बड़ी इमारतें ब्रिटिश शैली की हैं। अकेली विशुद्ध भारतीय इमारत ऐलीफैंटा की गुफ़ाएं ही हैं। वह भी टापू पर। समुद्र से घिरी। बम्बई से दो मील दूर।'

वेलेरी की समझ में नहीं आया कि विक्टर शिकायत कर रहा था या फिर वह महज़ वहां के हालात बयां कर रहा था, इसलिए उसने कुछ भी नहीं कहा।

अगले दिन, उनके मेज़बान उनके साथ उस गोदी तक गये जहां *स्ट्रैथक्लाइड* लंगर डाले था। जहाज़ तक पहुंचने के लिए दो रास्ते थे, एक

पहले दर्जे के मुसाफ़िरों के लिए और दूसरा निचले दर्जे वालों और कुलियों के लिए। बमुश्किल दो दर्जन गोरे मुसाफ़िरों ने पहले रास्ते का इस्तेमाल किया। विक्टर उस रास्ते से जाने वाला अकेला हिंदुस्तानी था। दूसरा रास्ता हिंदुस्तानियों और उनका सामान ढो रहे कुलियों से भरा था। वेलेरी और विक्टर ने अपने मेज़बान से विदा ली और जहाज़ के डेक पर जा पहुंचे। जहाज़ के एक अधिकारी ने साथ जाकर उन्हें उनके केबिन तक पहुंचाया। उनके केबिन अगल-बगल में थे।

घंटे भर बाद ही *स्ट्रैथक्लाइड* के सायरन गूंजने लगे। उसकी रस्सियां खोल दी गयीं। और जहाज़ धीरे-धीरे खुले समुद्र की ओर बढ़ चला। विक्टर देर तक बम्बई शहर को पीछे छूटते देखता रहा। यह सोचते हुए कि अब कई साल बाद भारत देखना नसीब होगा। एक नयी दुनियां में उसकी खोज यात्रा शुरू हो चुकी थी।

आधा सितंबर बीत चुका था लेकिन मानसून के बाद की उथल-पुथल से समुद्र में ऊंची लहरें उठ रही थीं। वेलेरी और विक्टर दो लोगों वाली मेज़ पर खाने बैठे, लेकिन इससे पहले कि दूसरा कोर्स परोसा जाता, विक्टर वेलेरी से कहकर चुपचाप अपने केबिन में जाकर लेट गया। करीब घंटे भरे बाद वेलेरी उसके लिए कुछ ब्रेड रोल और फल लेकर पहुंची। 'विक्टर, तुम ठीक तो हो?' उसने पूछा। 'कुछ खा लो तो अच्छा है।' प्लेट को उसके साथ वाली मेज़ पर रखते हुए उसने कहा। 'बस पेट में कुछ गुड़गुड़ सी हो रही है। इस तरह हिलने-डुलने का आदी तो हूं नहीं। चिंता मत करो जल्दी ठीक हो जाऊंगा।'

विक्टर ने ब्रेड रोल और फलों को हाथ तक नहीं लगाया, और न ही वेलेरी के साथ चाय पीने गया। बस पीठ के बल सीधे लेटे-लेटे खुद पर खीज रहा था कि जब वेलेरी और दूसरे अंग्रेज़ों को जहाज़ के हिलने-डुलने

से कोई फर्क नहीं पड़ता तो मुझे दिक्कत क्यों हो रही है। बरसों सुविधाओं और रईसी ठाठ-बाट के माहौल में परवरिश होने से एक किस्म का घमंड आ गया था उसमें—वह खुद को ज़रा भी कमज़ोर या ख़राब हालत में नहीं देख सकता था।

शाम को उसने चाहा कि उठे, और वह अपने पिता का खासतौर से उसके लिए बनवाया डिनर जैकेट पहन कर डेक पर टहलने जा पहुंचा। बहुत कम लोग थे वहां। इधर-उधर टहलते हुए वह सूरज को गहराती रंगत वाले पानी में डूबते देख रहा था। जब खाने की घंटी बजी तो वह सीधे डाइनिंग हॉल में जाकर बैठ गया। वेलेरी भी कुछ ही देर में वहां आ गयी। उसने काली और लंबी-सी ड्रेस पहन रखी थी। विक्टर को उसे देखते हुए इतने साल हो गये थे लेकिन वह उसे इतनी खूबसूरत पहले कभी नहीं लगी। 'मैं तुम्हें सब जगह देख आई, न तुम अपने केबिन में मिले और न बार में। कहां थे?'

'कोशिश कर रहा था कि कुछ भूख लगे।' विक्टर ने मुसकराते हुए जवाब दिया। 'मैं डेक पर इधर-उधर टहलता रहा जब तक कि जहाज़ के डोलने का आदी नहीं हो गया। अब मैं खाने का पूरा मज़ा ले सकता हूं।'

और ऐसा ही हुआ। बैंड ने डांस के लिए संगीत बजना शुरू किया। फॉक्सट्रॉट, सांबा और वॉल्ट्ज़ के लिए। तीन जोड़े आगे आये। वेलेरी ने विक्टर को कुर्सी से खींचकर उठा दिया—'आओ, तुम्हें भी डांस सीख ही लेना चाहिए वरना इंग्लैंड में लोगों से मेलजोल बढ़ाना मुश्किल हो जाएगा।'

जो उसने कहा, विक्टर ने वही किया। पहले वह देखता कि वेलेरी कैसे पांव रख रही है, फिर अपने से मिलाता। शुरू में थोड़ा बेढब तरीके से नाचने के बाद वह समझ गया कि कैसे करना है। 'जब तक हम साउथम्पटन पहुंचेंगे तब तक तुम बेहतरीन डांसर बन जाओगे।' वेलेरी ने उसे भरोसा दिलाया।

अगले कुछ दिनों तक सब कुछ ठीकठाक चलता रहा। उसने डेक टेनिस, बिंगो, तम्बोला और जहाज़ पर होने वाले दूसरे खेलों में हिस्सा लिया। एक शाम जब वह खाने के लिए वेलेरी के आने का इंतज़ार कर रहा था तब उसने महसूस किया कि करीब की मेज़ पर बैठा एक

ऑस्ट्रेलियाई जोड़ा उसके बारे में बातें कर रहा है।

'ये काला देखने में तो अच्छा है, है न?' वह अधेड़ महिला बोली।

'शिह.... तुम्हें ऐसे भद्दी भाषा नहीं इस्तेमाल करनी चाहिए।' उसके पति ने उसे टोकते हुए कहा।

विक्टर ने सुन लिया था। उसका चेहरा तमतमा गया। लेकिन उसने ठंडे दिमाग़ से काम लिया।

'मैंने तो उसे शक्ल-सूरत से अच्छा ही बताया है?' उस महिला ने ख़ुद को सही ठहराते हुए तर्क दिया। 'यह ज़रूर कोई राजकुमार या राजा होगा। उसके साथ जो गोरी औरत है वह उसकी गवर्नेस है, ये मुझे पता लग चुका है।'

अब विक्टर पहले से बेहतर महसूस कर रहा था। लेकिन उसने तय कर लिया कि इस जोड़े से कोई वास्ता नहीं रखना है, बल्कि मन से वह उनका विरोधी बन गया। अजीब बात तो यह है कि यही वह ऑस्ट्रेलियाई जोड़ा था जो उससे और वेलेरी के दोस्ती गांठने की कोशिशें कर रहा था।

विक्टर को भद्दे अंदाज़ में काला बताने वाली महिला ने ख़ुद पहल की। विक्टर की मेज़ पर आकर उसने कहा—'माफ कीजिएगा, आप दोनों हमारे साथ क्यों नहीं खाते? आप दोनों आपस में बातें करते-करते ऊब नहीं जाते?'

इसके बाद दोनों की मेज़ जोड़ दी गयीं और ऑस्ट्रेलिया वालों ने इस खुशी में फ्रेंच शैम्पेन की बोतल मंगवा ली। 'देखिए, हमारे यहां की शराब बढ़िया होती हैं लेकिन ये जहाज़ वाले यहां परोसने के लिए सबसे सस्ती और बेकार वाइन मंगाते हैं। घटिया लोग, कंजूस कहीं के!'

श्रीमती ऑस्ट्रेलियन के बगल में विक्टर बैठा। इधर उसके पति ने शैम्पेन गिलासों में डालनी शुरू की, उधर श्रीमतीजी ने सिगरेट सुलगा ली। विक्टर ने इससे पहले किसी महिला को सिगरेट पीते नहीं देखा था। वह ताज्जुब के साथ वह उसे देखने लगा। उसके सुर्ख होठों और नाख़ूनों का तो उसपर जैसे जादू ही चल गया था। उन्हें एकटक घूरता रहा। अपनी दिलचस्पी को छुपा नहीं पाया। वह महिला इस बात का खूब मज़ा ले रही थी। जल्दी ही उसने मेज़ की आड़ का फायदा उठाते हुए अपना हाथ

विक्टर की जांघों पर रख दिया, और अपने लंबे नाख़ून उसके अंडाशयों पर धीरे-धीरे फिराने लगी। विक्टर के लिए उत्तेजना के उन पलों में खुद पर काबू रखना मुश्किल हो रहा था, लेकिन उसने ऐसा कुछ ज़ाहिर नहीं होने दिया। 'तो आप ईटन जा रहे हैं, हैं न?' उसने पूछा। 'मैं तो दावे से कह सकती हूं कि आप उनसे बेहतर अंग्रेज़ी बोल सकते हैं, आपका बरतानिया लहज़ा मुझे भा गया है। लेकिन आप उन लोगों की तरह घमंडी मत बन जाना। ऐसे ही सांवले-सलोने राजकुमार बने रहना, बल्कि कुछ तौर-तरीके उन्हें भी सिखा देना।'

इतने में खाना आ गया, और उस महिला ने एक बार ज़रा ज़ोर से दबाने के बाद विक्टर की जांघ से अपना हाथ हटा लिया। उस रात विक्टर को श्रीमती ऑस्ट्रेलियन का सपना आया। उसने देखा कि वह छाती खोले, हाथ में बड़ी-सी सिगरेट लिए उसके बिस्तर के बगल में बैठी उसकी जांघें सहला रही है। उसके शरीर से पके हुए फलों सी गंध आ रही है। पहली बार सोते में उसका वीर्य निकल गया। उसके लिए यह पहला और अजीब अनुभव था।

अगले दिन वह उन ऑस्ट्रेलियाईयों से बचता रहा, लेकिन शाम होते-होते फिर वह एक ही मेज़ पर बैठे थे। गनीमत है इस बार उस महिला ने अपना हाथ विक्टर की जांघ से दूर रखा, और सारे समय ऑस्ट्रेलिया से जापान के अपने पिछले जहाज़ी सफ़र की कहानियां सुनाती रही।

जब *स्ट्रैथक्लाइड* ने अदन में लंगर डाला तब तक उनकी आपस में खूब छनने लगी थी। वेलेरी की सलाह मानते हुए कोई भी अदन शहर देखने के लिए जहाज़ से नहीं उतरा। उसने उन्हें समझाया—'वहां देखने लायक कुछ और नहीं है सिवाए उन गलियों के जहां हिंदुस्तानी दुकानें चलाते हैं और अरब भिखारी सारे दिन कॉट की पत्तियां चबाकर उसके नशे के नीचे अपनी भूख को मसल देते हैं।' तब तक इंतज़ार करना चाहिए जब तक जहाज़ लाल सागर में न पहुंच जाए।' वह बोली—'वहां का जादू ही कुछ अलग है।' यह बात सच निकली। समुद्र झील जैसा शांत था, और उस पर सरकते जहाज़ के इर्द-गिर्द डॉल्फ़िन उछल-कूद कर रही थीं। चांदनी रातें, जाम के दौर और खुले डेक पर लोगों का झूमना-नाचना। इस

सब की यादें विक्टर के दिमाग़ से बरसों बरस मिटने वाली नहीं थीं।

ऑस्ट्रेलिया वालों ने मिस्र के इस्माइलिया बंदरगाह तक के टिकट लिए थे, जहां से उन्हें पिरामिड और स्फ़िंक्स देखने के बाद फिर पोर्ट सईद पर जहाज़ में वापस आना था। वेलेरी चूक गयी थी ऐसा करने से। या फिर उसने इसे नज़रअंदाज़ किया, या ऐसा करने से चूक गयी। 'मैं उजड्डू ईजिप्शियन गाइडों के साथ जाने के बजाय इन जगहों को तसवीरों वाली किताबों में देखना बेहतर समझती हूं। वो हम अंग्रेज़ों से नफ़रत करते हैं और हर सैलानी के बटुए से आखिरी सिक्का तक निकाल लेना चाहते हैं।' विक्टर को यह बताते वक़्त वेलेरी के अंदाज़ में अफसोस के स्वर थे। वह आगे बोली—'स्वेज़ नहर से गुज़रते वक़्त तुम यह देखकर खुश होगे कि अंग्रेज़ों ने इन ऐहसानफ़रामोश कमीनों के लिए क्या-क्या किया है।'

यह नहर फ्रेंच इंजीनियर द लेज़ेप्स ने बनायी है, न कि अंग्रेज़ों ने, विक्टर ने उसे सुधारते हुए बताया।

'हां, हां, ठीक है, लेकिन बनाया तो ब्रिटेन के पैसे से।' वेलेरी ने अपनी चलाते हुए कहा। फिर बोली—'वो अंग्रेज़ ही हैं जिनकी बदौलत इस नहर में जहाज़ों की आवाजाही रहती है। तुम देखोगे कि बहत्तर मील लंबी इस संकरी सी नहर में जब जहाज़ आता है तो न तो उसे चलाने वाले फ्रेंच होते हैं और न ही मिस्र वाले, अंग्रेज उन्हें नहर के एक सिरे से दूसरे सिरे तक चला कर ले जाते हैं। एहसानमंद होना चाहिए उनका।'

नहर से जहाज़ का गुज़रना वाकई सफ़र का यादगार हिस्सा था। हालांकि विक्टर ने वेलेरी से यह नहीं बताया, लेकिन विक्टर अंग्रेज़ नाविकों की होशियारी से बड़ा प्रभावित हुआ। लंबी कतार बनाए जहाज़ एक के पीछे एक लगकर धीरे-धीरे आगे बढ़ रहे थे। नहर कई जगह तो इतनी संकरी थी कि अगर जहाज़ की रेलिंग पर लटक कर न झांको तो इधर-उधर पानी ही नहीं नज़र आता था। विक्टर को याद आया कि उसके पिता को एक कांग्रेस नेता की भेजी एक पत्रिका में उसने पढ़ा था कि अंग्रेज़ों ने महायुद्ध के दौरान हज़ारों भारतीय सैनिकों को वहां भेजा था ताकि नहर अंग्रेज़ों के हाथ में रहे और तुर्क फौजें उसपर कब्ज़ा न कर लें। पहले उसने सोचा कि वेलेरी को यह बात बताए, फिर कुछ सोचकर इरादा बदल दिया।

नहर के इधर-उधर से दूर तक फैली भूरी रेत वाला रेगिस्तान, बीच-बीच में पड़ने वाली बस्तियां, कहीं-कहीं खजूर के झुरमुट, और हर तरफ धूल ही धूल, वह चुपचाप यह सब देखता रहा। कुछ घंटों में जहाज़ पोर्ट सईद जा लगा। वहां उसे आठ घंटे ठहरना था—ईंधन और खाने-पीने की ताज़ी चीज़ें लेने के लिए। सवारियों को जहाज़ छूटने से एक घंटे पहले वापस लौट आने की हिदायत के साथ किनारे जाने की छूट दे दी गयी थी।

वेलेरी ने विक्टर को चेतावनी दी—'फेरीवालों से कुछ मत खरीदना। वो आवारा और धोखेबाज़ होते हैं। अगर कुछ खरीदना ही हो तो यहां साइमन आर्ट्ज़ नाम का एक बड़ा सा डिपार्टमेंटल स्टोर है जहां मोलभाव नहीं होता। अगर तुम्हारी जगह मैं होती तो द लेज़ेप्स की मूर्ति की मूर्ति देखने ज़रूर जाती। मूर्ति तक जाने के लिए दोनों ओर से समुद्र से घिरा चौड़े चबूतरे जैसा रास्ता है। उसके बाद भी हम किसी अच्छे से होटल में बढ़िया चाय पीकर जहाज़ पर वक्त से पहले लौट सकते हैं।' वेलेरी ठीक ही कह रही थी। जैसे ही वे लोग जहाज़ से उतरे, खूबसूरती से पैक किए गये डिब्बों में खजूर और चॉकलेट बेच रहे जबेले पहने तमाम सारे फेरी वालों ने उन्हें घेर लिया। कुछ पिक्चर पोस्टकार्ड और दूसरी तसवीरें बेचने वाले भी उनके साथ आ गये। उनके पास ऐसी तसवीरें थीं जिनमें आदमी-औरतों को आपस में और कुत्ते और घोड़े जैसे जानवरों से संभोग करते दिखाया गया था। विक्टर भौचक्का था। उसे लगा कि ऐसे बेढब लोगों से वेलेरी को बचाना चाहिए। इससे पहले कि वह कुछ बोलता, वेलेरी ने खुद मोर्चा संभाल लिया। वह पहले भी ये सब झेल चुकी थी, सबसे मना करने की मुद्रा में हाथ हिलाते हुए वह आगे बढ़ रही थी। पहले तो उन्हें भगाने के लिए वह सलीके से कहती रही—'नहीं, हमें कुछ नहीं खरीदना है। जिद् मत करो, आगे बढ़ो।' उनके न हटने पर उसे रूखेपन से एकाध गालियों का भी सहारा लेना पड़ा। एक पिक्चर पोस्टकार्ड वाले ने पलट कर वही गाली दी। भभककर बड़बड़ाया—'चर्बीदार चूतड़ों वाली कुतिया।'

'हट घिनौने!' वेलेरी पलटकर बोली। उसका चेहरा लाल पड़ गया था।

'आगे एक शब्द भी बोले तो तुम्हारे दांत तोड़ दूंगा। विक्टर तमतमाकर चीखा।'

तस्वीर वाला भद्दी सी हंसी हंसा। 'तू मेरे दांत तोड़ेगा? तू काला हिंदुस्तानी, चापलूस!.... आओ तुम दोनों को दिखाऊं मेरे पास क्या है। गंदी सी निगाहों से वेलेरी की ओर देखते हुए उसने अपने लिंग की ओर इशारा करते हुए झटके से शरीर के निचले हिस्से को आगे कर दिया।

वेलेरी के लिए यह सब अझेल हो चुका था। वह पूरी ताकत के साथ उस आदमी को धक्का देते हुए आगे बढ़ गयी। उसके पीछे-पीछे विक्टर। आखिर फेरीवालों से छुटकारा पाकर वो लोग द लेज़ेप्स की मूर्ति की ओर चल पड़े। उनका बातचीत करने का मूड नहीं रहा था। किसी रेस्तरां में चाय-पानी के बजाय उन्होंने उन्होंने जहाज़ पर वापस लौटने का फैसला किया। वेलेरी किनारे की तरफ़ पीठ करके बैठ गयी। जो सवारियां उनसे पहले लौट आयी थीं या फिर उतरी नहीं थी, वो इस वक़्त जहाज़ पर चढ़ाए गये फेरी वालों के माल के लिए मोलभाव कर रही थी। वेलेरी सबको बताती घूम रही थी कि कोई कुछ न खरीदें। 'ऊपर से बढ़िया खजूर और चॉकलेट की तह लगाकर ये बुरादा बेच डालते हैं। मैं यहां पहले भी आ चुकी हूं। मेरी बात पर भरोसा करें।'

वेलेरी के कहने के बाद किसी ने कुछ नहीं खरीदा। सारे फेरीवालों को अपनी भरी हुई टोकरियों के साथ नीचे उतरना पड़ा। नीचे से उन्होंने गालियों की झड़ी लगा दी। अजीब-अजीब बक-बक करने वाले मिस्र का एक जादूगर को जहाज़ पर आने दिया गया था। वह अपने फ़ौजी टोपी से एक के बाद एक मखमली पीले चूज़े निकाल रहा था। सब वाहवाही कर रहे थे। सब थोड़ी बहुत बख़्शीश दे रहे थे। वेलेरी को नहीं सुहाया। चट बोल पड़ी—'बेचारे चूज़ों पर कितना जुल्म हो रहा है। कल तक सारे मर जाएंगे। मेरी बात सच मानो।' उसने चैन की सांस तब ली जब जहाज़ की रवानगी का साइरन बज गया और जहाज़ और जट्टी के बीच लगे पटरे हटा लिए गये।

'वेलेरी, लगता है कि तुम्हें मिस्र के लोग पसंद नहीं हैं।' रात के खाने के वक़्त विक्टर ने उससे धीरे से कहा।

'ये लोग हैं ही नफ़रत करने लायक। तुमने देखा नहीं वहां क्या हुआ था।' उसने देखा था। लेकिन उसे यक़ीन था कि वैसे हालात में कुछ हिंदुस्तानी भी इसी तरह से पेश आते। तो क्या वह सोचती है कि हिंदुस्तानी भी नफ़रत के क़ाबिल हैं? कुछ देर में उसके दिमाग़ से भी बात आई-गयी हो गयी।

ऑस्ट्रेलियन जोड़ी के पास एक अलग कहानी थी। पिरामिडों और स्फ़िक्स देखकर उन्हें मज़ा आया और वो गाइडों के काम से भी खूब खुश थे। दुनिया की सबसे पुरानी सभ्यता है। श्रीमती ऑस्ट्रेलियन चहक के बोलीं। 'हमारे गाइड इतने भले थे, बड़े सलीकेदार और अच्छी शक्ल-सूरत वाले। मुझसे पूछा जाय तो मैं तो यही कहूंगी कि जितनी पुरानी सभ्यता होती है, उसके बाशिंदे भी उतने सभ्य होते हैं।' वेलेरी ऐसी बनी रही जैसे उसने कुछ सुना ही नहीं। चलो खाना खाएं। वह बोली। अब हम भूमध्यसागर में हैं जिसके उत्तरी किनारों पर और भी ज़्यादा सभ्य लोग हैं—यूनानी, इतालवी, फ्रेंच और स्पेनी। 'बेढब अरबी लोग, लगता है इसके पीछे पड़ गये थे।' यह कहकर उसने विक्टर को आंख मारी। उसने भी जवाब में आंख मारी। बाद में उसे ताज्जुब भी हुआ कि उसने ऐसा किया कैसे। लेकिन उसे कुछ ख़राब नही लगा। बल्कि उसे लगने लगा था कि अब वह पूरी तरह बड़ा हो चुका है।

गहरे नीले भूमध्यसागर से गुज़रता हुआ जहाज़ केप ऑफ़ जिब्रॉल्टर का चक्कर काटता हुआ इंग्लिश चैनल की ओर बढ़ने लगा। फिर उसने साउथम्पटन का रुख़ किया। वहां उन्होंने ऑस्ट्रेलियन सहयात्रियों से विदा ली और लंदन के लिए बोट ट्रेन पकड़ी।

श्रद्धेय थॉमस बाटमली हैरो-ऑन-द-हिल के ऐंग्लिकन चर्च में विकर यानी वरिष्ठ पादरी थे। 'अगर तुम ईटन के बजाय हैरो में होते

तो सब के लिए और भी आसानी होती। हर हफ़्ते छुट्टियां तुम हमारे साथ बिता सकते थे।' उन्होंने विक्टर से कहा। 'ईटन तो ज़रा दूर पड़ता है। जिस दिन से तुम्हारी पढ़ाई शुरू होनी है उस दिन मैं खुद तुम्हें वहां लेकर जाऊंगा।'

चर्च के बगल में ही विकर का निवास था। दूसरी तरफ़ एक छोटा सा कब्रिस्तान था। वहां साइप्रस और दूसरे सदाबहार पेड़ों के बीच गुज़रे ज़माने के पादरियों की कब्रें थीं।

स्कूल की ओर जाने वाली मुख्य सड़क से अलग हटकर था चर्च, और वहां इतवार के सवेरे और शाम को ही चहल-पहल हुआ करती थी। बाकी दिनों वहां नज़दीक के कब्रिस्तान जैसी खामोशी छायी रहती थी। विकर निवास तीन बेडरूम वाली एक कॉटेज थी जिसमें एक बैठक और एक पढ़ने का कमरा अलग था। वेलेरी और उसकी दो बहनों का एक कमरा था। एक विक्टर को दे दिया गया। पहले दिन सारी दोपहर उसने अपने माता-पिता को चिट्ठी लिखता रहा। पिता को उसने अंग्रेज़ी में सफ़र का पूरा ब्योरा देते हुए यह सब भी लिखा कि किस तरह मिस्र के लोग यह बर्दाश्त नहीं करते कि अंग्रेज़ उनपर हावी हों। मां को उसने हिंदी में लिखा—रास्ते में मिले लोगों के बारे में, साथ ही यह भी कि वेलेरी के परिवार वाले उसका कितना ध्यान रख रहे हैं। वेलेरी की एक बहन उसके साथ नज़दीक के डाकखाने तक गयी जहां से विक्टर ने पिता को सही-सलामत इंग्लैंड पहुंचने का तार भेजा।

विक्टर रात के खाने के वक़्त वेलेरी के परिवार के साथ था। वेलेरी की घर वापसी की खुशी में प्रभु को धन्यवाद देने के लिए उन्होंने खासतौर पर खाने में टर्की पकाया था। खाना शुरू करने से पहले सबने सिर झुकाकर ईश्वर को शुक्रिया अदा किया। पूरा परिवार साथ था। खुशी के इस मौके पर विक्टर भी अच्छा महसूस कर रहा था। वेलेरी के पिता ने पोर्ट वाइन की एक बोतल खोली। सबने दो-दो गिलास पीये। विक्टर भी, श्रद्धेय बॉटमली की अफ्रीका में बिताए दिनों की कहानियां सुनते हुए, बीच-बीच में अपने गिलास से चुसकियां लेता रहा।

अगला दिन रविवार था। सवेरे की प्रार्थना सभा में शामिल होने के

लिए विक्टर भी वेलेरी के परिवार के साथ चर्च जा पहुंचा। दिल्ली में वेलेरी हमेशा कश्मीरी गेट पर सेंट जेम्स चर्च जाया करती थी। बड़े दिन की शाम और आधी रात की प्रार्थना के लिए भी वहीं जाती थी। लेकिन उसने विक्टर या मट्टू परिवार के किसी सदस्य से अपने साथ चर्च चलने के लिए कभी नहीं कहा था। पहली बार विक्टर ने देखा कि गिरजाघर अंदर से होता कैसा है। सबको सामूहिक रूप से मसीही भजन गाते और श्रद्धेय बॉटमली को उपदेश देते सुना। इस सब का उसके मन पर कोई प्रभाव नहीं पड़ा। हां, उसे चर्च के अंदर होने वाली गतिविधियों की जानकारी ज़रूर मिली।

अगले दिन वेलेरी विक्टर को बस से नाइट्सब्रिज पर हैरड्स डिपार्टमेंटल स्टोर ले गयी। उसने विक्टर को वहां से ऊंट के बालों का ड्रेसिंग गाउन, ऊनी जुराबें, रेनकोट और छाता दिलवाया। उसकी स्कूल यूनीफॉर्म और ईटन का खास टोप स्कूल के स्टोर से खरीदा जाना था।

तीसरे दिन वेलेरी और उसकी बहनें विक्टर को घुमाने ले गयीं। वो टूरिस्ट बस के ऊपरी हिस्से में बैठकर लंदन की खास-खास जगह देखने पहुंचे। बकिंघम पैलेस, हाउस ऑफ पार्लियामेंट, वेस्टमिन्सटर एबी, ट्राफलगर स्क्वायर, सेंट पॉल कैथेड्रल, टावर ऑफ लंदन, ब्रिटिश म्यूज़ियम और टेट गैलरी। भूख लगने पर खाने के लिए वो सैंडविच साथ ले गये थे। चाय पी गयी क्यू गार्डन्स में। दिन में खूब घूमने के बाद सब शाम को थके-मांदे लौटे। 'लंदन में रहते हुए मैंने इनमें से कई जगह नहीं जा पाती थी। धन्यवाद विक्टर, तुम्हारी बदौलत सब देखने के बाद अब मैं तुम्हारे परिवार वालों को इनके बारे में ठीक से सब बता सकूंगी,' वेलेरी ने उससे कहा।

'तो तुम फिर जा रही हो?' वेलेरी की एक बहन ने ताज्जुब से पूछा। यह पहला मौका था जब वेलेरी की बातों से साफ हुआ था कि वह फिर भारत लौटना चाहती है। 'हम सोच रहे थे कि अब तो हमेशा के लिए आ गयी हो। शादी करके घर बसाने के लिए।

वेलेरी हंसी। 'मैंने अपने काम से सिर्फ तीन महीने की छुट्टी ली है। मेरे पास अब भी विक्टर की बहनों को पढ़ाने और उसके माता-पिता की देखभाल की ज़िम्मेदारी है।'

'मुझे नहीं लगता कि मां-पिताजी को यह ठीक लगेगा। क्या तुमने उन्हें बताया?'

'बता दूंगी। मैं आगे अपने बूते ही रहना चाहती हूं। विक्टर के पिता चाहते हैं कि उसके पास लंदन शहर में एक फ्लैट हो जहां वह छुट्टियों के दौरान ठहर सके। मैं सोच रही हूं कि मेफेयर या मार्बल आर्क के इर्द-गिर्द हाइड पार्क या केंसिंगटन गार्डन के आसपास देखा जाए। लौटने तक मैं वहीं रहूंगी।'

वेलेरी की बहनों ने यह बात उसके माता-पिता को बतायी। उनकी उम्मीदों पर जैसे पानी फिर गया। ज़िंदगी उसकी है, वह जो चाहे कर सकती है। वह इंग्लैंड के बजाय इंडिया में रहना चाहती है तो रहे। उसकी मां बोलीं। श्रद्धेय बॉटमली ने कुछ भी नहीं कहा। वह अपनी बेटी को इतना तो समझते ही थे कि उन्हें साफ था कि वेलेरी का मन इंडिया से नहीं जुड़ा है। वेलेरी ने खुद बताया था कि वह वहां ज़्यादा घूमी ही नहीं। ज़रूर कुछ और है जो उसे उसे खींचता है। लेकिन उन्होंने तय किया कि वह ज़्यादा जांच-पड़ताल नहीं करेंगे।

कुछ ही दिनों में वेलेरी को एल्बियन स्ट्रीट के पीछे एक छोटा सा अपार्टमेंट मिल गया। कुल एक कमरा, छोटी-सी रसोई और नहाने-पखाने की जगह। किराया भी ठीक-ठाक था। उसने छह साल की लीज़ अपने नाम से ही करवा ली। उस इलाके के मकान मालिक दरअसल सिर्फ़ गोरों को ही मकान देते थे। बाद में उनके किराएदार के पास कौन आता-जाता है, या वो किसे रखते हैं इससे उन्हें कोई मतलब नहीं। वेलेरी विक्टर को अपार्टमेंट दिखाने ले गयी। छोटे से घरौंदे जैसी आरामदेह जगह विक्टर को भा गयी। एक बिजली का हीटर पूरे फ्लैट को गर्म रखने के लिए काफ़ी था। वेलेरी उसे आसपास का इलाका दिखा लायी। वह जगह जहां उसे ब्रेड, मक्खन, चीज़ और दूसरी ज़रूरी चीज़ें मिलेंगी। वह उसे स्पीकरस कॉर्नर भी ले गयी जहां खड़े होकर लोगों को अपनी बात कहने की पूरी छूट होती है। कोई ईश्वर की महिमा का बखान करता है, तो कोई कॉम्यूनिस्ट चर्च और राजशाही के खिलाफ आग उगलता है। 'इस जगह को मामूली मत समझो,' वेलेरी ने विक्टर से कहा, 'यहां आप किसी भी

विषय पर अपनी बात कह सकते हैं और कोई कुछ कहेगा। ये आज़ाद देश है जहां अपनी पसंद-नापसंद के मुताबिक कुछ भी बोलने की आज़ादीहै।'

'ऐसी आज़ादी भारत में हमें देखने को नहीं मिलती।' विक्टर ने उससे हंसते हुए कहा। वेलेरी ने मुस्कराते हुए उसे टोका—'देखो विक्टर, तुम कहना कुछ चाहो और कहो कुछ, यह ठीक नहीं है।' इस मुद्दे पर इसके बाद दोनों में से किसी ने कुछ नहीं कहा क्योंकि दोनों को बहसबाज़ी से परहेज़ था, और फिर दोनों एक दूसरे को अंग्रेज़ या हिंदुस्तानी होने के नज़रिए से देखते भी नहीं थे।

शाम को दोनों ने बेज़वॉटर रोड से नॉटिंग हिल गेट तक पैदल सैर की। सड़क के किनारे रंगे-पुते चेहरों वाली तमाम औरतें थीं। कुछ खड़ीं थीं, कुछ टहल रही थीं। तेरह साल के विक्टर को भी समझते देर नहीं लगी कि ये ठीक लोग नहीं हैं। 'कभी भी इनसे बातचीत करने के लिए भी मत रुक जाना। बड़ी ढीठ होती हैं ये गिरी हुई औरतें।' वेलेरी ने उसे चेताया। विक्टर ने वादा किया कि वह उनसे दूर रहेगा।

तीन दिन बाद रेवरेंड बॉटमली और वेलेरी विक्टर को ईटन के हेडमास्टर के सुपुर्द करने पहुंचे। वहां उनका हार्दिक स्वागत किया गया। 'मुझे भरोसा है कि इसे यह यहां खुश रहेगा। हम इसका खूब ध्यान रखेंगे।' हेडमास्टर ने उन्हें विश्वास दिलाया। वह उन्हें स्कूल में घुमाया और वह डॉर्मिटरी भी दिखाई जहां विक्टर को पांच दूसरे लड़कों के साथ रहना था। लड़के अपनी किताबें और कपड़े अलमारियों में रख रहे थे। हेडमास्टर ने विक्टर को उनसे मिलवाया। उसका सारा सामान उसके बिस्तर पर डाल दिया गया। 'मैं समझता हूं कि इसे यहीं अपने साथियों के साथ छोड़ दिया जाय तो बेहतर होगा।' हेडमास्टर ने सुझाया। बॉटमली साहब ने विक्टर से हाथ मिलाया। वेलेरी ने उसे दोनों गालों को चूमा, और अपनी भावुकता छिपाने के लिए झट से मुंह फेर लिया।

हेडमास्टर, वेलेरी और उसके पिता के कमरे से बाहर निकलते ही उनके सम्मान में सीधे खड़े लड़कों को राहत मिली। 'तो तुम हो विक्टर? ये भी कोई भारतीय नाम है?' उनमें से सबसे बड़े दिखने वाले लड़के ने पूछा।

'मेरा पूरा नाम विक्टर जय भगवान है। आसानी के लिए विक्टर।'

'अच्छा आसानी-के-लिए-विक्टर, तुम मेरी सेवा करोगे।' उसी लड़के ने बात बढ़ायी। 'तुम मेरे कपड़े इस्तरी करोगे। मेरे जूते चमकाओगे और वह सब करोगे जो मैं कहूंगा।'

वेलेरी ने पहले ही विक्टर को नये लड़कों से काम करवाने की इस परंपरा के बारे में खूब खुलकर बता दिया था। विक्टर ने हिंदुस्तान से चलने से पहले ही कई बार तमाम कल्पित स्थितियों के बारे में सोचकर यह तक विचार लिया कि इन हालात से वह कैसे निपटेगा। 'जी, हुज़ूर,' अब विक्टर झुककर बोला, 'हमें भारत में अंग्रेज़ों के जूते चमकाते सौ साल से ज़्यादा हो चुके हैं। मुझे यहां इंग्लैंड में खुशी-खुशी आपके जूते पॉलिश करूंगा।'

'बहुत खूब,' उसका मज़ाक उड़ाते हुए कहा—हम तुम्हारे साथ दूसरी तरह की ज़बरदस्ती भी करेंगे, अगर तुम्हें कोई ऐतराज़ न हो।'

'कतई नहीं, हुज़ूर, अंग्रेज़ों ने हमें उसकी भी आदत डलवा दी है। और अब उन्हें भी हिंदुस्तानियों की ज़बरदस्तियों की आदत सी पड़ रही है।' विक्टर ने जवाब दिया।

विक्टर के इस आखिरी वाक्य का असर यह हुआ कि उससे कुछ भी नहीं करवाया गया। कुछ दिन बाद विक्टर उस लड़के के जूते पॉलिश कर रहा था और वह लड़का विक्टर के। ज़ोर-ज़बरदस्ती की कोशिश किसी ने नहीं की। इतना ज़रूर है कि दोनों साथ नहाने लगे, बिना एक दूसरे के नीचे वाले बालों पर नज़र डाले। ईटन की रहन-सहन में ढलने में विक्टर को कोई दिक्कत नहीं हुई। वह लैटिन समेत दूसरे सभी विषयों में अपने साथ के लड़कों में पहले तीन-चार स्थान पर रहने लगा। हालांकि चलताऊ ज़बान पर उसकी पकड़ उतनी अच्छी नहीं थी, लेकिन साहित्यिक अंग्रेज़ी में वह दूसरों से अच्छा था। बाहर वक़्त बिताना उसे ज़रा कम अच्छा लगता था क्योंकि आबोहवा में कुछ ज़्यादा ही ठंडक और नमी रहती थी, जो उसे पसंद नहीं थी। इसीलिए उसे खेलकूद में भी मज़ा नहीं आता था, फिर भी वह रस्मी तौर उनमें हिस्सा लेता रहा। लायब्रेरी के गुनगुने माहौल में बैठकर पत्र-पत्रिकाएं पढ़ने में उसे ज़्यादा मज़ा आता था।

दिसम्बर आया तो लड़कों ने क्रिसमस की छुट्टियां अपने-अपने परिवार के साथ बिताने की योजनाएं बनानी शुरू कर दीं। उस बड़े लड़के का मन था कि विक्टर क्रिसमस सुफ़ोक में उसके परिवार के साथ बिताए। वेलेरी चाहती थी कि विक्टर हैरो में उसके घर रहे। लेकिन विक्टर ने दोनों की पेशकश ठुकराते हुए वेलेरी से पूछा कि जब वह क्रिसमस की छुट्टियों में अपने घर जाएगी तो क्या वो एल्बियॉन वाले फ्लैट में रह सकता है। 'क्रिसमस पर अकेले?' उसने पूछा। फिर बोली—'तुम अजीब किस्म के जीव हो! ठीक है, मैं थोड़ा टर्की का मीट और थोड़ा क्रिसमस पुडिंग तुम्हारे लिए पहुंचा दूंगी। बस उन्हें गर्म करना और पोर्ट वाइन की एक बोतल खोल लेना। किंग जॉर्ज गिरजे से क्रिस्मस कैरल्स का बढ़िया कार्यक्रम बीबीसी पर प्रसारित किया जाता है। तुम्हें अच्छा लगेगा।'

क्रिसमस से तीन दिन पहले विक्टर ने लंदन शहर के बीच में पहंचाने वाली सुबह की बस पकड़ी। वह मारबल आर्क पर उतारा, जहां से एल्बियॉन म्यूज़ तक का पांच मिनट का रास्ता था। वेलेरी उसकी इंतज़ार कर रही थी। उसने छोटी-छोटी रंग-बिरंगी झंडियों, गुब्बारों और बिजली के नन्हें-नन्हें बल्ब से सजे छोटे से क्रिस्मस ट्री से फ्लैट सजाया था। उसके लिए गर्मागरम खाना तैयार किया। वहीं से उन्होंने दिल्ली फोन किया। विक्टर ने अपने माता-पिता और बहनों से बात की। उन्हें बताया कि वह बिलकुल ठीक है, खुश है।

'तो ये तय है कि तुम अपना इरादा बदल मेरे साथ हैरो नहीं चलोगे? यानी इंग्लैंड में अपने पहले क्रिसमस पर अकेले रहोगे?' वेलेरी ने पूछ। इस बीच उसने खाने की चीज़ें समेट दीं, और बर्तन वगैरह साफ़ कर दिए।

'बिलकुल पक्का,' विक्टर ने कहा। 'मैं इधर-उधर घूम-फिर कर देखूंगा कि लंदन में लोग कैसे मौज-मस्ती करते हैं।'

'तुम्हें सड़कों पर ज़्यादा लोग मिलेंगे ही नहीं। भले लोग अपने परिवारों के साथ होंगे। पब नशे में धुत लोगों से भरे होंगे। सड़क होशियारी से पार करना।'

'मैं अपना ध्यान रखूंगा, फ़िक्र मत करना।' विक्टर ने जवाब दिया, 'मुझे बॉक्सिंग डे के बाद स्कूल में जाना होगा।'

'और मैं भी उसी शाम यहां वापस लौट आऊंगी। क्रिसमस मुबारक हो! अपना ध्यान रखना।' ये कहते हुए वेलेरी ने विक्टर के दोनों गालों को चूम लिया। फिर अपना छोटा-सा थैला और घरवालों के लिए पैक किए हुए उपहार उठाकर चल पड़ी।

विक्टर हत्थेदार कुर्सी पर धंस गया। पांव पसारकर। सड़कों की भीड़भाड़ और बेकार की गपशप से दूर अकेले में उसे अच्छा लग रहा था। उसे लोगों से कोई शिकायत नहीं है, उसे सब अच्छे लगते हैं। लेकिन कभी-कभी वह उनसे ऊब जाता है। आखिर जब से उसने होश संभाला, खुद को दूसरों से बेहतर समझता रहा है। उसे अंदर से इस बात का एहसास था कि वह दूसरों से अलग है। इसके लिए कोई सबूत नहीं चाहिए था उसे। उसे तब से यह पता था जब पांच साल की उम्र में बापू गांधी ने उसे अपने घुटनों पर बैठा कर उसके बड़े आदमी बनने की भविष्यवाणी की थी। यह एहसास अकेला होने पर और भी पुख़्ता हो जाता। ऐल्बियॉन म्यूज़ के उस क्रिसमस से वह समय शुरू हुआ जब उसे बीच-बीच में अकेले रहने के मौके मिलते रहे। आने वाले बरसों में, ताउम्र। उसने सोचा कि कहीं निकलने से पहले एक छोटी-सी झपकी ले ली जाय। तकिया उठाया तो उसके नीचे उसे लाल रिबन से बंधा एक छोटा-सा पैकेट मिला जिसपर रॉबिन और हॉली की पत्तियों वाला छोटा-सा कार्ड लगा था। विक्टर ने पढ़ा, उसपर लिखा था—मेरी क्रिसमस, और वेल का प्यार। उसने पैकेट खोला। पैकेट में नीली और सफेद पट्टियों वाली रेशमी टाई थी, और उससे मेल खाता रेशमी रुमाल। तब उसे ध्यान आया कि उसे भी वेलेरी को क्रिसमस का तोहफ़ा देना चाहिए था। उसने तय किया कि नये साल पर वह उसे ज़रूर कुछ लाकर देगा।

उसी शाम वह देखने गया कि स्पीकर्स कॉर्नर पर क्या चल रहा है। वहां सन्नाटा छाया था। वह ऑक्सफ़ोर्ड स्ट्रीट की पटरी पर टहलता रहा। सारी दुकानों में खूब जगमग रोशनी की गयी थी और रेनडियर स्ले के साथ फ़ादर क्रिसमस नज़र आ रहे थे। दुकानों में आखिरी वक्त क्रिसमस की खरीदारी कर रहे लोगों की भीड जुटी थी। वहां से वह रीजेंट स्ट्रीट की ओर मुड़ गया। वहां भी सब कुछ वैसा ही था सिवा इसके कि भीड़

कुछ कम थी। आगे पिकाडिली सर्कस पर फिर भीड़ थी, युवा जोड़े वहां ईरोज़ की मूर्ति के चारों ओर जमा थे। यहां से वह लीसेस्टर स्क्वायर की मुड़ा जहां उसे जेरार्ड स्ट्रीट नज़र आ गयी। उसे बताया गया था कि वहीं पर लंदन के दोनों भारतीय रेस्तरां हैं। कई रंगी-पुती वैसी औरतों के आगे से वह निकला जिनसे दूर रहने की हिदायत वेलेरी ने दी थी। कुछ उससे पूछती थीं—'चलना है मेरे साथ? मज़ा करेंगे?'; 'क्रिसमस की छूट मिलेगी। सिर्फ पांच पाउंड देने होंगे।' वह सबको नज़रअंदाज़ करते हुए आगे बढ़ता रहा। आगे उसे कोहिनूर नाम का बड़ा-सा भारतीय रेस्तरां मिल गया। उसमें घुस गया। अंदर घुसना था कि बासी सब्ज़ी की सड़ांध उसकी नाक में भर गयी। कई महीनों से उसने भारतीय खाने की महक तक नहीं सूंघी थी।

एक जगह बैठकर उसने मेन्यू कार्ड पर नज़र दौड़ायी। सारी चीज़ें कुछ ज़्यादा ही महंगी थीं। उसने तय किया कि दाल और गोश्त के साथ चपाती खाएगा। एक भारतीय वेटर ऑर्डर लेने आया। बस ऑर्डर लेकर चला गया, मुसकराया तक नहीं। उसके ऑर्डर में भी तो कोई जान नहीं थी। इससे उसे गुस्सा आ गया और वह सोचने लगा कि काश उसकी जेबें भरी होतीं तो वह भी उनके मुंह पर पैसा मारता। कम ही लोग खाने आए थे वहां। दो भारतीय परिवार थे, जल्दी-जल्दी हाथों से खाना खा रहे थे, और दो अंग्रेज़ जो सोडे के साथ स्कॉच पी रहे थे और पापड़ कुतर-कुतर कर खा रहे थे। गंदगी का बोलबाला था। विक्टर खाने का मज़ा इसलिए ले पाया क्योंकि खाना भारतीय था। खाने के साथ कई किस्म के चटनी और अचार पेश किए गये थे। सादी-सी दाल का ज़ायका बढ़ाने के लिए उसने चटनी-अंचार का सहारा लिया। खाना खत्म होने तक उसे लगने लगा था कि की कीमत वसूल हो गयी।

विक्टर जिस रास्ते आया था उसी रास्ते वह वापस लौट पड़ा। अब तक दुकानों के शटर गिर चुके थे। ठंडक भी बढ़ गयी थी, और अब सड़कों पर और भी कम लोग नज़र आ रहे थे। सिर्फ़ वेश्याएं इधर-उधर मंडरा रही थी ग्राहकों की तलाश में। शायद इस उम्मीद में कि उनके लिए भी कहीं गर्मागरम खाने का जुगाड़ हो सके।

क्रिसमस के दिन लंदन में अजीब-सा सन्नाटा था। ट्रैफिक का शोर न के बराबर। अल सवेरे चर्च के घंटे बजे। खूब अच्छी धूप खिली थी। विक्टर हाइड पार्क में टहलने गया। वहां भी कम ही लोग थे। आज भी स्पीकर्स कॉर्नर पर सन्नाटा था। चहल-पहल के नाम पर उसे सिर्फ़ रॉटन रो के बगल-बगल घोड़ों पर सैर कर रहे कुछ लोग दिखे। खुशनुमा ठंडी हवा का मज़ा लेते हुए वह करीब दो घंटे तक ऐसे इलाके में टहलता रहा जिसे ठीक ही लोग लंदन के फेंफड़े कहते हैं। जब वह बेज़वॉटर पार करके ऐल्बियॉन स्ट्रीट पहुंचा तब तक उसे थकान और भूख ने घेर लिया था। फ्लैट पर पहुंचते ही उसने पूरी प्लेट टर्की का मीट ओवन में गर्म होने को रख दिया। जब तक वह गर्म होता उसने पोर्ट वाइन की बोतल खोल एक *वाइन ग्लास* भर लिया। उसे स्वाद अच्छा लगा और कुछ ठंडक भी दूर हुई। वाइन का एक और गिलास पीने के बाद उसे लगने लगा जैसे उसपर हल्का-हल्का सुरूर छाने लगा है। उसे गर्म टर्की और उसके अंदर भरे मसाले का स्वाद अच्छा लगा। खाने के बाद उसने अपनी प्लेट, चाकू और कांटा धोये। इसके बाद वह सिरहाने रखा टेबल लैंप जलाकर बिस्तर पर लेट गया। नुक्कड़ की दुकान से खरीदा दोपहर का अख़बार पढ़ने के लिए। लेकिन उसे जल्दी नींद आ गयी। टेबल लैंप बुझाए बिना ही वह सो गया था।

गहरी बेहोशी जैसी नींद। सपने तक नहीं आये। चर्च के घंटों की आवाज़ से उसकी आंख खुली, तब उसके समझ में आया कि चर्च में शाम की प्रार्थना सभा का वक़्त हो गया है। कोई तीन घंटे से ज़्यादा सो चुका था वह। इतने देर के अकेलेपन और पोर्ट वाइन के सुरूर का असर था कि उसे अचानक स्ट्रैथक्लाइड पर मिली वह ऑस्ट्रेलियाई महिला का ख़याल आ गया। अपनी जांघों पर उसके हाथ की गुनगुनाहट। बिस्तर पर लेटे-लेटे वह उसके सुर्ख होठों और गोरे स्तनों के बारे में कल्पनाएं करने लगा। उसके दिमाग़ में जेराई स्ट्रीट पर मिली वह वेश्या भी याद आयी जिसने सिर्फ पांच पाउंड में मौज़ मस्ती की पेशकश की थी। अगर उसके साथ जाता तो वह क्या करती? अपने कपड़े उतार डालती, फिर उसके उतारती, फिर क्या? उसे साफ नहीं था कि उस वक़्त क्या होता, लेकिन

संभावनाओं की कल्पना से ही वह उत्तेजित हो गया। तकलीफ़देह उत्तेजना। वह अपने आप से कुछ देर खेलता रहा, लेकिन फिर उसने वहीं रुक जाने का मन बना लिया। हस्तमैथुन की इच्छा से निपटने का जो तरीका ईटन में अपनाया जाता था, वही उसने भी किया। वह गुसलखाने में गया और अपने सिर पर कई जग ठंडा पानी उड़ेल लिया। इससे उसकी ज़ोर पकड़ती उत्तेजना बिलकुल ठंडी पड़ गयी। उसे लगा कि एक बार फिर पार्क का एक चक्कर काट आएगा तो उसके दिमाग़ से कामेच्छा का सफ़ाया हो जाएगा।

उसने हाथ मुंह धोकर अपने लिए एक कप चाय बनाकर पी, और फिर फ़्लैट से निकल पड़ा। उसने हीटर जलता छोड़ दिया ताकि लौटने पर फ़्लैट गर्म मिले। इस वक़्त शहर सुबह से भी ज़्यादा वीरान लग रहा था। स्पीकर्स कॉर्नर से लेकर सर्पेन्टाइन तक उसे एक भी शख़्स नहीं नज़र आया। नदी में चप्पू वाली सारी नाव किनारे से बंधी थीं। एक भी मल्लाह नहीं था। दो-तीन बुज़ुर्ग महिलाएं वहां ज़रूर थीं जिन्हें शोर मचाती बतख़ों और हंसों ने घेर रखा था। चुगने के लिए ब्रेड के टुकड़े डाल रही थीं वह। बतख़ों की आवाज़ों के अलावा वहां और सब कुछ शांत था।

विक्टर ने अपने घर की ओर रुख किया। नॉटिंघम हिल गेट से मार्बल आर्क के लिए उसने बेज़वॉटर रोड पकड़ा। इक्का-दुक्का गाड़ियां, और फुटपाथ पर कोई नहीं। मार्बल आर्क के पास उसे एक अकेली इंसानी आकृति नज़र आयी। पतले से रेनकोट में लिपटी। उसके गले में गंदा-सा मफ़लर लिपटा था। जैसे ही विक्टर उसके पास पहुंचा, वह मुड़ी और विक्टर की ओर मुंह करके बोली—'हेलो।' वह जाड़े से कांप रही थी।

विक्टर ने उसके हेलो का जवाब हेलो से दिया। फिर पूछा—'इतनी ठंडी शाम को बाहर सर्दी में क्या कर रही हो?' बीस से कुछ ही ऊपर रही होगी उसकी उम्र। ठंड से उसका चेहरा सफेद पड़ गया था, जैसे खून ही न हो।

'क्या कर रही हूं? इंतज़ार। क्रिसमस डिनर के इंतज़ाम का। क्या तुम मेरे खाने के लिए कुछ करना चाहते हो? सिर्फ पांच पाउड लगेंगे।'

विक्टर उसे कोई जवाब देने से पहले पल भर को ठिठक गया। खून

जमा देने वाली सर्दी में निपट अकेली खड़ी उस लड़की पर विक्टर को दया आ रही थी। 'आओ। मैं तुम्हें बढ़िया डिनर खिलाता हूं। टर्की और क्रिसमस पुडिंग। और तुम्हें एक खोटा सिक्का भी नहीं खर्च करना पड़ेगा।'

लड़की ने विक्टर को गौर से देखा। वह कुछ ज़्यादा ही छोटा लग रहा था। पता नहीं उससे काम लेने लायक है या नहीं। लेकिन अंग्रेज़ न होते हुए भी वह कुलीन परिवार का लग रहा था। लड़की ने विक्टर की बांह पकड़ ली और बोली—'तो चलो, चलें। मेरा नाम जेनी है।'

उसके हाथ बर्फ से ठंडे थे और वह रास्ते भर कांपती रही। विक्टर उसके साथ फ़्लैट में घुसा। 'ओ, ये तो बड़ा ही अच्छा, आरामदेह है। और टोस्ट की तरह गर्म। यह कहते हुए उसने अपना रेनकोट और स्काफ उतारकर कुर्सी पर डाल दिए। खुद गैस के सामने तापने बैठ गयी।'

'अकेले रहते हो यहां?' विक्टर से उसने पूछा।

'हां। जब स्कूल बंद होता है तो यहां चला आता हूं।'

'इतनी गुनगुनी और आरामदेह जगह है, इसमें दीमक की तरह दुबक जाने का मन करता है। बिलकुल सही जगह है किसी से बदन जोड़ने के लिए।' उसने कहा।

विक्टर ने उसकी बात के दूसरे हिस्से की सुनकर भी अनसुनी कर दी जबकि उसके बोलते-बोलते विक्टर फिर उत्तेजित हो चुका था। 'एक ग्लास मीठी पोट वाइन लोगी? उससे ठंडक दूर होगी।' उसने लड़की से पूछा।

'ले लूंगी, बहुत शुक्रिया! बड़ी मेहनरबानी।' उसने जवाब दिया। फिर बोली—'तुम अच्छे लड़के हो। तुम्हें अपना समय और धन वेश्याओं पर नहीं बर्बाद करना चाहिए।'

विक्टर ने कोई जवाब नहीं दिया। उसने बची हुई टर्की और पुडिंग ओवन में रखा, और रेडियो खोल दिया। अब भी क्रिसमस कैरल्स चल रहे थे। 'कितने अच्छे लगते हैं' -जेनी बोली। जब साइलेन्ट नाइट, होली नाइट बजा तो वह साथ-साथ गाने लगी।

जेनी ने खुद ही दोनों के मेज़ पर चीज़ें लगायीं। टर्की और क्रिसमस पुडिंग परोसा। खाने के साथ उन्होंने और शराब पी। खाने के बाद जेनी

ने मेज़ पर से सारी चीज़ें समेटीं—तश्तरियां और कांटे-छुरी धोए। विक्टर सोच रहा था कि वह अपने आप चली जाएगी या फिर उसे उससे जाने के लिए कहना पड़ेगा। वह विक्टर का यह सोचना भांप गयी।

'तुम मेरे साथ सोना चाहोगे? तुमसे कोई कीमत नहीं मांगूंगी। तुमने मेरे साथ भलाई की है। मैं तो ठंड से मर ही जाती।'

विक्टर ने उसके पहले सवाल के जवाब को टालते हुए सिर्फ़ इतना कहा—' तुम्हें नहीं लगता कि अब तुम्हें घर जाना चाहिए? रात काफ़ी हो गयी है।'

'मेरा कोई घर नहीं है। सिर्फ़ रात भर के लिए मुझे यहां ठहरने दो। और अगर तुम मेरे साथ सोना चाहोगे तो तुम्हें बड़ा मज़ा दूंगी। नहीं चाहोगे, तो भी ठीक है। लेकिन ईश्वर के लिए, मुझे बाहर मत निकालना। फुटपाथ पर कहीं पड़े-पड़े मैं ठंड से मर जाऊंगी। ....मान जाओ न।' यह कहते हुए उसने अपनी बाहें विक्टर के गले में डाल दीं। फिर बोली—'मान जाओ, सिर्फ़ आज रात के लिए। वादा करती हूं, फिर कभी तुम्हें परेशान नहीं करूंगी।'

विक्टर मान गया। 'ठीक है। तुम बिस्तर पर सो जाओ, मैं सोफे पर सो जाता हूं।'

'ओह शुक्रिया!' भावुकता दिखाते हुए उसने विक्टर के होठों को चूम लिया। 'वादा करती हूं, मैं तुम्हें तंग नहीं करूंगी। सवेरा होते ही चली जाऊंगी।'

विक्टर ने पजामा पहना। उसके पास बिस्तर के अलावा ओढ़ने को कुछ और तो था नहीं, इसलिए उसने गैस की अंगीठी जलने दी। जेनी ने अपने सारे कपड़े उतार डाले। उन्हें बिस्तर के ऊपर डाल लिया, और बोली—'अगर तुम्हें ठंड लगे तो बिस्तर में मेरे पास आ जाना।'

विक्टर ने उसकी ओर देखा। वह चाहता था कि लगातार देखता रहे कि औरत का बदन कैसा होता है। लेकिन इतना बेशर्म था नहीं। विक्टर सोफे पर पसर गया और बत्तियां बुझा दीं। कुछ मिनट बाद लड़की के खर्राटे सुनाई देने लगे। विक्टर को नींद नहीं आयी। औरत के साथ नंगे बदन बिस्तर में रात बिताने की बात उसने कितनी बार सोची थी,

बिस्तर में दोनों का साथ-साथ इधर-उधर पलटना और अपने चेहरे से उसके स्तनों का रगड़ना। अब जब यहां एक औरत सारे कपड़े उतार कर बिस्तर में मौजूद थी, और उसके साथ रात बिताने के लिए खुशी से तैयार भी थी, तब वह उससे कुछ कदम दूर सोफे पर पड़ा था। क्या वह कायर है? गधा है? यौन सुख की लालसा उसके मन में उठी शंकाओं और डर पर भारी पड़ी। वह अचानक उठ खड़ा हुआ और जाकर नंगी वेश्या के बगल में लेट गया। बहाना सा बनाते हुए उसने कहा—सोफे पर ठंड लग रही थी। उसका खड़ा लिंग अलग ही कहानी कह रहा था। बिस्तर में तुम्हें गर्माहट मिलेगी, यहां मेरे ऊपर लेट जाओ। जेनी बोली। विक्टर ने ऐसा ही किया। उसने विक्टर के लिए अपने पांवों को चौड़ा फैला दिया। यह जताने की कोशिश में कि उसका खुद पर काबू है, वह बिना हिले उसके ऊपर पड़ा रहा। जबकि सांस को सामान्य रखने की कोशिश में उसके फेंफड़े फटने को हो रहे थे। तभी उसने अपने पैरे से उसकी कमर का पकड़ते हुए उसे अपनी ओर भींच लिया। विक्टर की सांस ऐसे छूटी जैसे तूफ़ान में अचानक खिड़की खुल गयी हो। वह सोच नहीं सकता था कि यौन सुख ऐसा रोंगटे खड़े कर देने वाला होता है—सिर से लेकर पांव तक उसके शरीर में अजीब-सी सनसनी फैल गयी थी। उसे लगा कि काश उसके कुछ और हाथ होते। लड़की के शरीर को जकड़ने के लिए, और एक और मुंह होता ताकि वह उसके दोनों स्तनों को एक साथ चूस सकता। ये उसका पहला मौका था। बमुश्किल एक मिनट खुद को संभाल पाया होगा। पल भर में ही उसका शरीर एकदम अकड़-सा गया और उसके मुंह से अजीब-सी आवाज़ निकल गयी। 'अरे तुम्हारा काम इतनी जल्दी हो गया?' जेनी ने पूछा। कोई बात नहीं, पहली-पहली बार ऐसा ही होता है। आधा घंटा बीतते-बीतते विक्टर फिर तैयार था। इस बार जेनी ने अपने पांव उसके कंधों पर रखे, और विक्टर भी हर झटके के साथ उसके अंदर और गहराई में उतरता गया। इस बार पहले से ज़्यादा देर तक दोनों साथ रहे।

दो घंटे बाद फिर दोनों का जोश उफ़ान पर था। बल्कि इस बार जेनी हांफती सी, अपने दांत और नाखून गड़ाकर विक्टर को और जोश

दिला रही थी। उससे मिन्नतें कर रही थी कि ज़्यादा ज़ोर से करे। विक्टर ने वैसे ही किया।

तो इस तरह बमुश्किल चौदह साल की उम्र में विक्टर जय भगवान का ब्रह्मचर्य बेज़वॉटर रोड की बाज़ारू लड़की जेनी ने भंग किया। इस संस्कार के पूरा होते ही विक्टर को ऐसी गहरी नींद आयी जैसे पहले कभी नहीं आयी थी।

खटर-पटर की आवाज़ से उसकी आंख खुली जेनी अपने लिए चाय बना रही थी। उसने तय किया कि वह सोते रहने का नाटक करता रहेगा ताकि उसे दरवाज़े तक छोड़ने के लिए उठना पड़े। आवाज़ों से उसे सब पता चलता रहा—कब जेनी ने अपना रेनकोट पहना, कब सीढ़ियों से नीचे उतरी, बाहर का दरवाज़ा खोला और बाहर निकलकर ज़ोर से बंद कर दिया। उसने चैन की सांस ली और कुछ ही पल में फिर गहरी नींद में सो गया। टेलीफोन की घंटी बजी तो उसकी नींद टूटी। दूसरी तरफ़ से वेलेरी की चहकती आवाज़ सुनाई दी—'मेरी क्रिसमस, पिछली शाम कैसी रही?'

'मेरी क्रिसमस!' विक्टर ने जवाब दिया। 'बहुत अच्छी। टर्की, पुडिंग और वाइन का मज़ा लिया। क्रिसमस कैरल्स भी सुने। इससे अच्छा क्या होता। मेरी तरफ़ से अपने माता-पिता और बहनों को मेरी क्रिसमस कहना।'

बात खत्म करके वह जैसे ही दूसरी ओर घूमा, फोन की घंटी फिर घनघना उठी। ऑपरेटर की आवाज़ आयी—'मिस्टर विक्टर के लिए लॉन्ग डिस्टेन्स कॉल है।' 'हां, मैं विक्टर बोल रहा हूं। बात करावाइये।' उसके पिता का फोन था दिल्ली से। 'क्या कर रहे हो?' उन्होंने पूछा।

'लंदन में अकेले होने का मज़ा ले रहा हूं। मां कैसी हैं? और बहनें?'

'लो उनसे बात करो।'

उसने बारी बारी से सबसे बात की। देखते ही देखते तीन मिनट बीत गये। फोन कट गया। वह उठा। गुसलखाने में गया। कपड़े पहने। पैंट की पीछे वाली जेब पर उसका ध्यान गया, जहां वह बटुआ रखता था। बटुआ गायब था। उसमें पंद्रह पाउंड थे। उसने कमरे में इधर-उधर

देख डाला। उसका ईटन वाला नीला ऊनी स्कार्फ भी गायब था। वह सोफे पर सिर पकड़ कर बैठ गया। 'कुतिया कहीं की! उसने तो मुझसे अपने पूरे दाम ले लिए। तीनों बार के पांच-पांच पाउंड।' वह बुदबुदाया। उसने विक्टर के पास ईटन तक पहुंचने लायक पैसे भी नहीं छोड़े थे। बस के किराये के लिए वह क्या करेगा?

उसने क्रिसमस का पूरा दिन घर पर रहकर बिताया। कभी पढ़ता तो कभी रेडियो सुनता। वह क्रिसमस के दिन वेलेरी को यह बताकर परेशान नहीं करना चाहता था कि वह पाई-पाई को मोहताज कैसे हुआ। अगले सवेरे, यानी बॉक्सिंग डे पर, उसने वेलेरी को फोन मिलाकर उसे पैसे गंवाने के बारे में झूठी कहानी सुनायी—'वेलेरी, भीड़भाड़ में मेरी जेब कट गयी है, क्या तुम मुझे स्कूल जाने के लिए बस के किराये के पैसे उधार दे सकती हो?'

वह चौंक गयी। 'ये कैसे हुआ! भीड़ वाली जगह जाने पर तुम्हें और होशियार रहना चाहिए। ऐसी जगह जेबकतरे और चोर खूब होते हैं। कल तक काम चला सकते हो? विंडसर की तुम्हारी बस के वक़्त से पहले मैं तुम्हारे पास आ जाऊंगी।'

'अभी मुझे पैसों की कोई जल्दी नहीं है। यहां सबकुछ है। कल मिल जाएं तो चलेगा।' उसने जवाब दिया। उसने फोन रखा और मन ही मन तय किया कि जेनी के बारे में ईटन में अपने साथियों को कुछ नहीं बतायेगा। अगर उन्हें पता चल गया कि एक वेश्या ने उसे लूट लिया है तो उसकी बड़ी बेइज़्ज़ती होगी।

वेलेरी अगली सुबह जल्दी ही आ गयी। अपने थैले के साथ। तब तक विक्टर अपने पिट्टू में कपड़े और किताबें पैक करके ईटन जाने की तैयारी कर चुका था। वेलेरी ने विक्टर को पंद्रह पाउंड देने से पहले अच्छी खासी डांट ही लगा दी। 'पीछे वाली जेब में बटुआ कभी मत रखो। न जाने किसी उठाईगीर के हाथ लगा तुम्हारे पिता की गाढ़ी कमाई का पैसा। चलो, तुम्हें सबक तो मिला। अब आगे होशियार रहना।'

अपना थैला वहीं फर्श पर पटककर वह विक्टर को बस स्टैंड तक छोड़ने चली गयी। विक्टर को क्या पड़ी थी जो बटुए के साथ गये स्कार्फ

के बारे में वेलेरी को बताता। उसने पूछा ही नहीं। अब ईटन पहुंचकर वह सबसे पहले स्कूल वाली दुकान से एक स्कार्फ खरीद लेगा ताकि कोई और सवाल न करे।

विक्टर के अगले छह साल ईटन में बीते। छुट्टियां ऐल्बियॉन में। थोड़े-थोड़े दिन के लिए स्कॉटलैंड, वेल्स, लेक डिस्ट्रिक्ट, स्ट्रैटफोर्ड-ऑन-एवॉन और दूसरी जगह, जहां उसका जी चाहा, घूमकर आया। भारत के मुद्दे पर उसने हाउस ऑफ कॉमन्स के वाद-विवाद में हिस्सा लिया। इतवार की शामों को स्पीकर्स कॉर्नर्स पर बोलने वाले वक्ताओं को सुना। इस बीच हफ़्तावार ख़तों और टेलीफोन पर बातचीत के ज़रिए अपने परिवार से सम्पर्क में रहा। छह साल पहले जब वह लंदन आया था तब उसका कद पांच फुट दो इंच था, अब छह फुट में एक इंच कम रह गया था। तब का छोटा-सा गोल-मटोल लड़का अब खूबसूरत जवान मर्द हो चुका था। ये बात और है कि उसकी आवाज़ अब भी कुछ पतली-सी थी। उसके बोलने में अकसर चीं चीं जैसी आवाज़ का एहसास होता था। बरसों बाद जब किसी खास मौके पर लोग उसे ऑल इंडिया रेडियो पर सुनते थे तो यही कहते थे कि देखो ये गांधी का ऐसा प्रिय भारतीय बोल रहा है जिसने उनकी बराबरी तक उठने की कोशिश की है।

वेलेरी छह महीने इंग्लैंड में छुट्टी बिताने के बाद भारत लौट आयी। किसी की समझ में नहीं आया कि ऐसा उसने क्यों किया, क्योंकि अब तो मट्टू की लड़कियां भी कॉलेज में दाखिला ले चुकी थी, और उन्हें घर पर पढ़ाई में मदद के लिए किसी की ज़रूरत नहीं रह गयी थी। घर तो जैसे अपने आप ही चल रहा था। मट्टू यूरोपियन ढंग के खाने बनवाते थे और उनकी बेग़म अपने कमरे में बैठ कर दाल-रोटी खाया करती थीं। मट्टू ने वेलेरी को बग़ीचे में एक ओर बनी एक बेडरूम वाली कॉटेज दे

दी थी। इससे उनकी कई दिक्कतें दूर हो गयी थीं और सेक्स का अनुभव उनके लिए पहले से सुखद हो गया था क्योंकि अब उन्हें अपने मिलने के वक़्त ये ध्यान नहीं रखना पड़ता था कि कोई सुन तो नहीं रहा है। अब मट्टू की शामें अपने परिवार के साथ कम और वेलेरी की कॉटेज में ज़्यादा बीतती थीं। उनकी पीठ पीछे मट्टू के करीबी दोस्त वेलेरी को मट्टू की मेम या गोरी औरत कहते। और जो कुछ चिढ़ते थे वह उसे मट्टू की रखैल कहते। मट्टू ने न सिर्फ़ वेलेरी को भारत में घर खरीद कर दिया, बल्कि उसे भरोसा दिलाया कि उसका ऐल्बियॉन म्यूज़ वाला फ्लैट अब सारी उम्र के लिए उसी के नाम हो जाएगा। और विक्टर जब कभी लंदन जाएगा, तो उसी में रह लेगा।

ईटन के इम्तिहान पास करते ही विक्टर को ऑक्सफोर्ड के बॉलियल कॉलेज में दाखिला मिल गया। ऑक्सफोर्ड और कैम्ब्रिज के किसी भी कॉलेज में उसे दाखिला मिल जाता, लेकिन उसने बॉलियल को महज़ इसलिए चुना क्योंकि वहां दूसरे सभी कॉलेजों से ज़्यादा भारतीय लड़के थे। इतने बरस बाहर रहने का असर था कि विक्टर के लिए अपने मुल्क और वहां के लोगों की अहमियत बढ़ गयी थी। जब वह वह इंग्लैंड में अच्छी चीज़ें देखता था, तो उसके मन में यही आता था कि काश ये चीज़ें अपने देश वालों को भी किसी तरह मिल सके। कॉलेज खुलने से पहले गर्मी के महीने वह अपने परिवार के साथ दिल्ली में बिताने को खुशी-खुशी राज़ी हो गया। घर वापसी के सफ़र के लिए उसने जिनोआ से इटैलियन लॉयड त्रेस्तीनो का जहाज़ एम वी विक्टोरिया पकड़ा। अपने परिवार के साथ सफ़र कर रहे एक भारतीय राजकुमार के अलावा जहाज़ की फर्स्ट क्लास में सफ़र करने वाला वह ही अकेला भारतीय था। उसने उन लोगों से बातचीत करने की कोई कोशिश नहीं की, न ही उन्होंने कोई पहल की।

इस बार बम्बई से दिल्ली का सफ़र ट्रेन से तय करते हुए विक्टर हर बात पर पहले से कहीं ज़्यादा ग़ौर कर रहा था। दूर तक फैले हुए देहाती इलाके और भीड़ से उफनाते शहर ऐसे लोगों से भरे लगते थे जिनका सारा जोश मर चुका है और उनके देवता भी मदद करने से पीछे

हट गये हों। उनके पास दुनिया के तमाम प्राकृतिक संसाधन हैं फिर भी दूसरे मुल्कों ने बरसों से अपने उपनिवेश बनाकर उन्हें चूसा है। कंगाल बना दिया है। उसकी खुद की नियति ऐसे लोगों से जुड़ी है। अंग्रेज़ भारत को कभी नहीं बदलेंगे। भारतीय चाहें तो खुद बदल सकते हैं। भारतीयों को और कोई औज़ार नहीं चाहिए इसके लिए, सिर्फ़ कुछ कर गुज़रने का बीड़ा उठाकर उद्योगों को बढ़ावा देने की ज़रूरत है। यही उसका मकसद होगा।

दिल्ली के रेलवे स्टेशन पर उसके पिता, बहनें, वेलेरी, रिश्तेदार और दोस्त मालाएं लेकर उसका स्वागत करने आए। जैसे ही वह अपनी बोगी से निकला, उसके पिता के मुनीम और नौकर जय हो, छोटे साहब की जय हो, के नारे लगाने लगे। फूलों से सजी एक पुरानी ओल्ड्समोबाइल गाड़ी में वह अपनी बहनों के साथ पीछे बैठकर घर के लिए रवाना हुआ। पिता आगे की सीट पर बैठे। रास्ते में विक्टर ने पूछा—'मां कहां हैं? ठीक तो हैं वो? वह घर पर तुम्हारा इंतज़ार कर रही हैं।' उसके पिता ने जवाब दिया। वह बिलकुल ठीकठाक हैं, लेकिन भीडभाड़ की वजह से उन्होंने स्टेशन आना ठीक नहीं समझा। ये बात विक्टर के गले नहीं उतरी और वह सही जवाब की उम्मीद में अपनी बहनों की ओर देखने लगा। वह भी पत्थर की मूरत की तरह उसे ताकती रहीं, लेकिन बोलीं कुछ नहीं।

जैसे की कार घर के पोर्टिको में पहुंची, विक्टर की मां चांदी की तश्तरी में रोली और चांदी की दियाली में जलते दीपक लेकर देहली पर आ गयीं। उन्होंने अपने बेटे की आरती उतारी, और उसके माथे पर रोली का तिलक लगाया। फिर तश्तरी एक नौकर को थमा उन्होंने अपने बेटे को बोहों में भरकर कलेजे से लगा लिया। 'बेटा, तुमने अपनी मां के पास वापस लौटने में बहुत देर लगा दी।' यह कहते ही उससे चिपट कर रोने लगीं। 'मां, बात क्या है? तुम रो क्यों रही हो? क्या मेरे लौटने से तुम खुश नहीं हो?' विक्टर ने पूछा। वह बस ज़रा पीछे को हट गयीं और बिना कुछ बोले उसकी ओर देखने लगीं। फिर उन्होंने अपने गाल और आंखों पर ठहरे आंसू पोंछे और अपने कमरे में चली गयीं। जी भर आया होगा

उसके पिता ने गंभीरता से कहा। ये तुम्हारे लौटने के इंतज़ार में दिन गिन रही थीं।

दिन इतनी तेज़ी से बीतेंगे, विक्टर ने सोचा भी नहीं था। सबसे ऊपर तो उसके अपनी चलाने और मनमानी करने वाले उसके पिता। जब देखो वह अंग्रेज़ जज और बड़े अधिकारियों, और रईस हिंदुस्तानी दोस्तों के सामने अपने बेटे को पेश करके शान बघारते। कई बार वह उसे कचहरी ले गये ताकि वह उन्हें मुकदमों में जिरह करते देखे। विक्टर इस बात से दंग था कि हालांकि उसके पिता जजों की जी हुज़ूरी करते थे, लेकिन जजों का झुकाव उसके पिता की ओर रहता था। वह देखता था कि नये वकील उसके पिता के दफ़्तर के चक्कर लगाते रहते हैं, ताकि उन्हें उनके मुकदमों के मसौदे लिखने का मौका मिल सके। वेलेरी के शांति भवन में गवर्नेस के तौर पर रहने की तो वजह ही नहीं समझ में आती थी। लेकिन वेलेरी ने उसके पिता के दफ़्तर की देखरेख का कामकाज हथिया रखा था। वह ध्यान रखती थी कि बाबू लोग समय पर दफ़्तर आ रहे हैं और मट्टू साहब के सारे काग़ज़ात ठीक लगे हैं या नहीं। शाम को वह घर पर उसकी बहनों के साथ होती थी, और उन्हें अंग्रेज़ी कविता पढ़कर सुनाती थी। उसकी बहने हर वक़्त उसपर जान छिड़कती थी। अपनी सहेलियों को उससे मिलवातीं, फिर उससे पूछतीं कि कौन-सी सबसे अच्छी लगी। खूब हंसी-ठिठोली का माहौल रहता था। उसकी कोशिश रहती थी कि मां के साथ ज़्यादा से ज़्यादावक़्त बिताए। इतने बरसों में उसने खुश तो उसे कभी नहीं देखा था, लेकिन अब उसका दुख कुछ ज़्यादा ही बढ़ गया था। जब वह उससे बात करती थी, तो उसकी बातों में उसकी सेहत को लेकर तरह-तरह की शंकाएं रहती थीं। उसे हर दिन दूध मिलता है या नहीं। वह क्या खाता था। उसने ब्राह्मणों की परंपरा निभाते हुए गोमांस और शराब को तो हाथ नहीं लगाया है। सबसे ज़्याद उसे उसकी शादी की फिक्र थी। 'बेटा, अंग्रेज़ औरत से कभी शादी मत करना। वह हमारे परिवार में ढल नहीं पाएगी। मेरे पास अच्छे से अच्छे कश्मीरी परिवारों की लड़कियों के रिश्ते आए हैं। देखने में अच्छी, पढ़ी-लिखी लड़कियां। जब पढ़ाई पूरी करके लौट आओगे तब जिससे चाहो उससे

शादी कर लेना।'

'मां, मैंने अभी तक किसी से शादी की बात नहीं सोची है। तुम मेरे लिए लड़की खुद ही चुन लेना, और जब मैं लौट कर आऊंगा, तब तुम्हारी पसंद की लड़की से शादी कर लूंगा।' जब-जब वह शादी की बात करती, तब-तब विक्टर अपनी मां को इसी तरह भरोसा दिलाता था। कभी पूरी खुद्दारी से जीने वाली औरत जिसे अब पुराने फर्नीचर की तरह हटाकर बड़े से घर के एक कोने में डाल दिया गया हो, उसके लिए वह कम से कम इतना तो कर ही सकता है। उसकी बहनों ने उस बात को सही ठहराया जिका उसे शक था—यानी वेलेरी अब कुल मिलाकर घर की मालकिन की तरह रहने लगी थी। लेकिन उसके पिता या वेलेरी के लिए किसी के मन में खराब भावनाएं या विरोध उसे नहीं देखने को मिला।

उसे होश ही नहीं रहा, कि कब सारा समय बीत गया और उसके जाने का वक़्त आ गया। उसने गांधी को लिखा था कि क्या ऑक्सफोर्ड वापस लौटने से पहले वह उनसे एक मुलाक़ात कर सकता है। गांधी ने अपने अपने पुराने अंदाज़ में पोस्टकार्ड पर जवाब दिया कि मंगलवार को छोड़कर किसी भी दिन साबरमती चले आओ क्योंकि मंगलवार के दिन वह मौन रखते हैं। इसलिए विक्टर ने अहमदाबाद की ट्रेन पकड़ी। इस बार सिर्फ़ उसके परिवार के लोग उसे छोड़ने स्टेशन पहुंचे। अगले सवेरे वह अहमदाबाद पहुंच गया। वहां स्टेशन से उसने साबरमती आश्रम जाने के लिए टैक्सी ली। अजीब-सी बात थी, लेकिन वह गांधी जी से भी तकरीबन वैसा ही जुड़ाव महसूस करता था जैस अपनी मां से। और वाकई में गांधी की कई बातें ऐसी थीं जो बिलकुल मां के विचारों से मेल खाती थीं।

'उम्मीद है कि तुमने पीना नहीं शुरू किया होगा। यूरोप में तो हर कोई पीता है।'

'बस, कभी थोड़ी-सी ले ली। किसी त्योहार के मौके पर।' विक्टर ने जवाब दिया।

'उसे छुओ भी मत। जहर है, जहर।'

'जी बापू, मैं पूरी कोशिश करूंगा उससे बचने की।'

'तुम मांस खाते हो? यह बहुत ख़राब बात है। हमें अपना पेट भरने के लिए बेगुनाह जानवरों को नहीं मारना चाहिए। मांस खाना छोड़ देना चाहिए।'

'स्कूल में हर बार खाने में मीट ज़रूर देते थे, मैं आखिर क्या करता?'

'तुम्हें लंदन में बढ़िया शाकाहारी खाना मिल सकता है। मैंने तो वही खाया, मैं जितने दिन वहां रहा। किसी भी जानवर का मांस खाने से परहेज़ करना चाहिए।'

'वादा नहीं करता बापू, लेकिन, मैं कोशिश करूंगा।'

'और औरते? पश्चिम की दुनिया में ऐसे मौके बहुत मिलेंगे जब आदमी मोह में फंस जाता है। वहां इस पाप के जाल में फंसना आसान है। मुझे भरोसा है तुम्हारे साथ ऐसा नहीं होगा।'

विक्टर शांत था। बापू से वह झूठ नहीं बोल सकता था। गनीमत है बापू ने खुद ही बातों का रुख दूसरी तरफ़ मोड़ दिया।

'तो तुम अब भी मानते हो कि भारत में बड़े-बड़े उद्योग लगने चाहिए? स्टील मिल, कपड़ा मिल और ऐसी दूसरी चीज़ों के कारखाने? लेकिन उन करोड़ों लोगों का क्या होगा जिनकी रोज़ी-रोटी कताई-बुनाई से चलती है।'

'उन्हें कपड़ा मिलों में नौकरी मिलनी चाहिए ताकि वे और ज़्यादा कमाई कर सकें। हम अपना कपड़ा विदेशों को निर्यात भी करके विदेशी मुद्रा भी कमा सकते हैं।'

'उनके गांवों से उखाड़कर शहरों की झुग्गी-बस्तियों में डाल दिया जाए? ये ठीक नहीं।'

इस तरह कोई एक घंटे तक दोनों में बातचीत का सिलसिला चलता रहा। तब गांधीजी के सेक्रेटरी ने आकर उन्हें याद दिलाया कि उन्हें और लोगों से भी मिलना है। उन्होंने अपनी जेब से घड़ी निकालनी, समय देखा और बोले—'समय की अलग अहमियत है, ये हमेशा याद रखना चाहिए।'

'जी, बापू।'

उसने गांधीजी के पैर छूए और उनसे विदा ली। वह खुश था।

हालांकि उसके विचार गांधीजी के विचारों से मेल नहीं खाते थे, लेकिन वह उन्हें एक ऐसे शख्स के रूप में देखता था जिसके लिए अपनी नियति देश की नियति से अलग नहीं है। उसे मालूम था कि गांधीजी की लोगों सेवा की भावना की बात उसकी अपनी ज़िंदगी का उसूल भी बनेगी।

अहमदाबाद से विक्टर ने बम्बई के लिए ट्रेन पकड़ी और बम्बई से उसे वापस जिनोआ लौटता *एम वी विक्टोरिया* मिल गया। वहां से वह ट्रेन से फ्रांस के एक सिरे से दूसरे तक पहुंचा, जहां से उसे इंग्लिश चैनल पार करने के लिए दूसरा जहाज़ मिल गया। वेलेरी ने एक सफ़ाई वाली से भी हफ़्ते में एक बार घर के झाड़ू-पोंछे के लिए आने की बात कर ली थी। इसलिए जब वह ऐल्बियॉन वाले फ़्लैट पहुंचा तो वहां सबकुछ साफ़-सुथरा था। विक्टर को दिल्ली के शांति भवन से ज़्यादा अब यह फ़्लैट अपना घर लगता था।

ईटन का आखिरी इम्तिहान देने के फौरन बाद विक्टर ऑक्सफोर्ड चला आया था। उसने बालियल के मास्टर से मुलाकात की तो उन्होंने उसे भरोसा दिलाया कि उसे एडमिशन मिल जाएगा। उसे बताया गया कि कॉलेज बरसर से मिली सूची देखकर वह तय कर ले कि उसे क्या करना है। यह जगह उसके पुराने कॉलेज से साईकल से थोड़ी ही दूर थी। उसने कानून, दर्शन और अर्थशास्त्र पढ़ने के लिए एडमिशन फॉर्म भरे। इनर टेम्पल में भी उसे दाखिला मिल गया था। गांधीजी ने भी यही सुझाया था कि हर सेशन में कुछ शाम वहां जरूर मौजूद रहना चाहिए। पास रहने की वजह से वह बीच-बीच में ऐल्बियॉन जा सकता था।

ऑक्सफोर्ड में विक्टर अपनी उम्र के कई भारतीय छात्रों के संपर्क में आया। करीब दर्जन भर भारतीय लोग थे अलग-अलग कॉलेजों में मिलाकर, और ये भारत के विभिन्न राज्यों से थे। हर पखवाड़े ये सब इंडियन मजलिस में मिल कर भारत से जुड़े तमाम तरह के मुद्दों पर चर्चा किया करते थे। कभी कभी ये लोग दूसरे लोगों को भी बुलाया करते थे। दूसरे देशों के कंज़र्वेटिव, सोशलिस्ट और कम्यूनिस्ट वक्ताओं को भी कभी-कभी अपनी विचार रखने के लिए बुला लेते थे। विक्टर को इन सभाओं में बड़ा मज़ा आता था और वह अकसर बीच में बोलकर अपने

विचार रखने के मौके ढूंढ लेता था।

विक्टर की कोशिशों के बावजूद उसकी दूसरे किसी भारतीय लड़के से दोस्ती नहीं हो पायी। उनमें से तीन तो भारतीय राजकुमार थे जो पूरी शान-ओ-शौकत से रहते थे। वो अपने साथ खानसामे और दूसरे नौकर लाए थे। खेलकूद और अंग्रेज़ लड़कियों के साथ मेलजोल बढ़ाने में वो पढ़ाई से ज़्यादा दिलचस्पी लेते थे। विक्टर को ये लोग कुछ ज़्यादा ही हेकड़ीबाज़ लगते थे। दूसरे लड़के या तो मालदार मध्यमवर्गीय परिवारों से थे या फिर सरकारी अधिकारियों के बेटे थे। उनका मकसद था—किसी तरह भारतीय प्रशासनिक सेवाओं में शामिल होना या उसमें रह जाने पर भारत में मोटी पगार देने वाली ब्रिटिश कंपनियों में नौकरी। अंग्रेज़ लड़कियों के पीछे पड़े रहना उनके लिए बड़ा अहम काम होता था। इंग्लैंड में उनके लिए सबसे ऊपर थी मेम की फुड्डी। बाकी सब बाद में। विक्टर के पास इनके लिए वक़्त नहीं था और वह उन्हीं चंद लड़कों के साथ रहना पसंद करता था जिन्हें वह ईटन के दिनों से जानता था।

अपनी पहली गर्मी की छुट्टियां उसने ऐल्बियॉन में बितायीं। जहां दिन में तो वह पढ़ता था और दोपहर बाद हाइड पार्क में देर तक टहलने निकल जाता था। दिन के उजाले में एक दूसरे से लिपट कर लेटे जोड़ों को देखकर उसे कुछ दिक्कत होती थी। वह सोचता था कि क्या इन लोगों के पास कोई और जगह नहीं है जहां ये अकेले में अपना प्रेमालाप कर सकें? शर्म-ओ-हया का दम भरने वाला तो वह था नहीं, लेकिन दिन में देखे ये नज़ारे रातों को उसके दिमाग़ पर छा जाया करते थे, उसकी नींद खराब करते थे। एक गुनगुने बदन को बाहों में भरने की आरजू में वह करवटें बदला करता था। छुट्टियों में वह मैनचेस्टर गया इंग्लैंड की सबसे नयी और बेहतरीन कपड़ा मिलें देखने, और यह पता लगाने कि उनके माल से गांधी को इतनी चिढ़ क्यों है। इस मुद्दे के तमाम पहलुओं पर सोच-विचार के बाद उसका ये विश्वास और पक्का हो गया कि मैनचेस्टर के कपड़े को तभी बाहर किया जा सकता है जब बीते ज़माने की कताई-बुनाई छोड़ भारत में कम लागत पर कपड़ा तैयार होने लगेगा। भारत में मज़दूरी तो पश्चिमी देशों के मुकाबले दसवां हिस्सा ही थी, ज़रूरत थी तो बस

नयी किस्म की मशीनों और होशियार कारीगरों की। उसने इसके बारे में अपने पिता और गांधीजी को लिखा। इसी तरह शेफ़ील्ड में कई दिन रुककर उसने इस्पात के कारखाने देखे। भारत में लोहे और कोयले की तो कोई कमी थी नहीं, ज़रूरत थी तो सिर्फ़ आधुनिक मशीनों और विशेषज्ञों की जो चाकू और रेज़र ब्लेड से लेकर रेल के इंजन और पुल तक सब कुछ बना सकें, ताकि निर्यात के लिए भी तैयार माल बचे।

उसने अपने पिता और गांधीजी को इसके बारे में भी लिखा। उधर ऑक्सफोर्ड में उसने अपने यह विचार एक इंडियन मजलिस में सबके सामने रखे। सब ने उसकी बात तो सुनी, लेकिन चुपचाप, ऊबते हुए। विक्टर ने भी उनसे बात करनी बंद कर दी।

करीब साल भर बाद विक्टर को एक भारतीय मिला जिससे वह गंभीर विषयों पर बात कर सकता था। वह बालियल में नया आया था, किसी ऐसे वज़ीफ़े पर जिसके तहत इन्ज़ ऑफ़ कोर्ट्स की उसकी फीस और भरती के खर्चों की भरपायी होती थी। वह दुबला पतला, मरियल सा काली रंगत, चमकीली आंखों और घुंघराले काले बालों वाला आदमी था जिसकी नाक का फड़कनी बंद ही नहीं होता था।

उसे देख विक्टर को शेक्सपीयर के नाटक के दुबले पतले और बेचैन से दिखने वाले कैज़ियस की याद आती थी। नाटक के कैज़ियस की तरह ही ये आदमी भी कुछ ज़्यादा ही सोचता था। उसका नाम था माधवन नायर। केरल से आया था। आगे चलकर इस शख़्स ने विक्टर की ज़िंदगी पर काफ़ी असर डाला।

नायर कुछ खाता-पीता नहीं था, सिवाय चाय के। कई कप, चाय, नमकीन बिस्कुट और टमाटर के सूप से उसका गुज़ारा होता था। हालांकि वह एक फटहा-सा ओवरकोट पहने रहता था, फिर भी उसे हमेशा सर्दी से कांपता पाया जाता था। कभी किसी से मेलजोल नहीं बढ़ाता था, और माना जाता था कि वह कम्यूनिस्ट है। विक्टर की उससे पहली मुलाकात एक मजलिस के दौरान हुई थी जब यह चर्चा चल रही थी कि भारत के भविष्य में यहां के राजे-महाराजों की क्या भूमिका होगी। रजवाड़ों से आए लड़कों ने कहा कि उनकी अहम भूमिका होगी क्योंकि उनमें से कई को

तो अंग्रेज़ों की सरकार वाले प्रांतों से भी बड़ी रियासतों पर राज करने का तजुर्बा है इसलिए वह बहुत कुछ कर सकते हैं। यह सुनकर नायर अपनी कुर्सी से उछल पड़ा और अपने भर्राए हुए मलयाली अंदाज़ में बोला—'तुम राजे कचरे के डिब्बे में होगे! ग़रीब किसानों का खून पीकर मोटी हुई जोंकों! तुम दुनिया के चीकट हो, कमीनों! जितनी जल्दी तुम्हारा ज़मीन से सफाया हो जाय, उतना ही भारत के लिए अच्छा होगा।'

नायर का इतना बोलना था कि शोर मच गया—कुछ लोगों ने मांग की कि वह माफी मांगे। नायर उनके बीच विद्रोही की मुद्रा में मौजूद रहा, खौफनाक हद तक जोश से भरा। विक्टर उसके इस तेवर से बेहद प्रभावित हुआ। मीटिंग के बाद वह नायर के पास गया और उसके मुड़ी सी उंगलियों वाला हाथ अपने हाथ में लेते हुए बोला—'मैं जय भगवान हूं। दिल्ली से आया हूं। मैं तुम्हारी सारी बातों को सही मानता हूं।' बस, दोनों की दोस्ती हो गयी।

नायर के पास कम्यूनिस्ट पार्टी की सदस्यों को मिलने वाला पहचान-पत्र तो नहीं था, लेकिन गांधीजी वाली इंडियन नैशनल कांग्रेस का वह पक्का सदस्य था। लंदन में वह लेबर पार्टी के वामपंथी समाजवादी गुट से जुड़ा हुआ था। भारत से वह कुछ लोगों की सिफारिश पर आया था और लंदन में उसने कुछ धुर वामपंथियों के साथ मिलकर फ्री इंडिया सोसायटी बना ली थी। शुरुआत में उसमें मुश्किल से दो दर्जन से ज़्यादा सदस्य नहीं थे। इनमें अंग्रेज़ समाज के सबसे ऊपरी पायदान वाले स्त्री-पुरुष महिलाएं थे। ये लोग नायर को अपने घर पर भी बुलाते थे। उनके लिए वह निराला इंसान था जिसे अपने घर बुलाने से वह यह जता सकते थे कि वह नये ज़माने के वामपंथी और अलग सोच वाले हैं।

एक-दो अंग्रेज़ लड़कियां तो उसकी सादगी पर मरती थीं। उसका ख़याल रखने में उन्हें सुख मिलता था। ज़ाहिर है, वह उन्हें कहीं भी आसानी से ले जा सकता था, बिस्तर पर भी। उसके बाद वह उनके साथ दबंगई और चिड़चिड़ेपन के साथ पेश आता था, फिर भी वह उसके पीछे आती थीं।

नायर और विक्टर का कोई मेल नहीं था, लेकिन दोनों में शुरू से

ही अच्छी पटने लगी। विक्टर को उसके तीखे तेवर और विरोधियों के साथ जैसे को तैसा वाला सुलूक करने की उसकी क़ाबलियत भा गयी थी। उसकी याददाश्त भी गज़ब की थी और एक सिरे से बता सकता था कि किस तरह अंग्रेज़ों ने भारत को सदियों दुहा है। दूसरी ओर नायर विक्टर की इसी बात से खुश था कि वह उसे अच्छा समझता है और खुद को इस अमीरज़ादे का पथ प्रदर्शक मानता था। राजनीति में कोई खास दिलचस्पी न होते हुए भी विक्टर नायर की फ्री इंडिया सोसायटी से जुड़ा हुआ था।

वह कॉलेज के बाद का अपना ज़्यादातर वक़्त साथ बिताते थे। विक्टर अकसर रात का खाना उसे अपने साथ खिलाता था। नायर बहुत कम खाता था—टमाटर के सूप के साथ एक टोस्ट, और ऊपर से चाय के कई-कई प्याले। मीट वह खाता नहीं था और न ही बीयर या वाइन लेता था। 'ये क्या तुम साधु-संतों की तरह रहते हो? इस सीलन भरे ठंडे मौसम में कैसे काम चला लेते हो, ये मेरी समझ से बाहर है?'

नायर ने खींसें निपोर दीं। 'शरीर को इतना सारा कचरे की ज़रूरत नहीं होती जिसे तुम लोग सुबह, दोपहर, शाम अंदर भरते रहते हो। यह सब बदबू के साथ बाहर आ जाता है।' फिर दोनों बहुत देर तक बातें करते रहे। नायर अंग्रेज़ों को भारत से खदेड़ने पर ज़ोर देता रहा, और विक्टर इस पर कि भारत में सम्पन्नता और खुशहाली कैसे लायी जाए।

'देखो, तुम अपने विचार लिख क्यों नहीं डालते? मैं तुम्हारी मदद करूंगा। दूसरे लोगों को भी तो पता चले कि भारत को लेकर तुमने क्या सपने देख रखे हैं।' नायर ने अगली शाम विक्टर से कहा।

'मैं, लिखूं? मज़ाक मत करो।' विक्टर ने कहा। 'अगर जीने के लिए ये ज़रूरी भी होता तो भी मैं लिख तो नहीं सकता था। मैं तो सिर्फ़ अपने माता-पिता को चिट्ठियां लिखता हूं। उनके सिवा, एक प्रेम पत्र तक नहीं लिखा है आज तक।'

'शुरुआत तो कभी भी की जा सकती है। एक लंबा-सा प्रेमपत्र लिखो भारत के नाम, ये सोचकर कि वह तुम्हारी महबूबा है।'

'कौन पढ़ेगा मेरा लिखा कचरा? समय की बर्बादी के सिवा कुछ

नहीं होगा। इसके अलावा मुझे ऑक्सफोर्ड और बार के फाइनल इम्तिहानों की तैयारी भी तो करनी है। समय ही कहां है?'

'समय निकालो। हर शाम बक-बक करने के बजाय रोज़ एक पन्ना लिखो और धीरे-धीरे अपनी पूरी बात काग़ज़ पर उतार दो।'

'कौन छापेगा?'

'ये मेरे ऊपर छोड़ो। तुम किताब लिखोगे, मैं उसे छपवा दूंगा। हमारा फ्री इंडिया पब्लिकेशन्स भी तो है।'

विक्टर के दिमाग़ में बात बैठ गयी। कितना मज़ा आएगा कि एक किताब के जिल्द पर उसका नाम छपा होगा। दुनिया भर की किताब की दुकानों में वह किताब सजी होगा, यह देखकर कैसा लगेगा। कैसा लगेगा जब लोग उसकी किताब की प्रतियां लेकर उससे दस्तख़त कराने उसके पास आएंगे। उसे जुनून-सा सवार हो गया। ऐसे हुई शुरुआत विक्टर जय भगवान की 'इंडिया ऑफ माई ड्रीम्स की।"

विक्टर ने इम्तिहान के लिए जम कर पढ़ाई की, और इस दौरान अपनी किताब के लिए भी कुछ-कुछ लिख कर रखता रहा। हर अध्याय लिखने से पहले वह नायर से उसपर खूब चर्चा किया करता था। लिखने के बाद फिर उससे चर्चा करता था, फिर सुधार करने के बाद लिखा हुआ उसे दिखाता था। इम्तिहान खत्म होते ही वह किताब पर जुट गया। एक महीने ऐल्बियॉन वाले फ़्लैट पर रहकर काम किया और किताब तैयार हो गयी। एक शाम जब लंदन के इन्ज़ ऑफ कोर्ट्स में वह डिनर पर मिले तब विक्टर ने पांडुलिपि नायर के हवाले कर दी। महीने भर बाद ही लेफ्ट बुक पब्लिशर्स के साथ उसका करार हो गया। विक्टर तो जैसे सातवें आसमान पर पहुंच गया। उसने अपने पिता को तार करके यह खबर दी। तुरंत उसे पिता का भेजा बधाई का तार मिला और साथ ही पांच सौ कॉपियों का आर्डर। उसके पिता अपने दोस्तों को मुफ्त बांटना चाहते थे। दस्तख़त की हुई एक कॉपी गांधीजी को डाक से साबरमती भेजने के लिए भी उन्होंने कहा।

विक्टर को उम्मीद थी कि वह अव्वल दर्जे में पास होगा। लेकिन आई सेकेंड डिविज़न। वह कुछ ज़्यादा परेशान नहीं हुआ। ऑक्सफ़ोर्ड में

पढ़ने की वजह से उसे बार का इम्तिहान नहीं देना पड़ा। उसे ऐसे ही बैरिस्टरी का सर्टिफिकेट मिल गया। उसने फ़ौरन अपने विजिटिंग कार्ड छपने को दे दिए : वी. जय भगवान, बी.ए. (ऑक्स) बैरिस्टर-एट-लॉ। दो सौ कार्डों पर उसने अपना ऐल्बियॉन वाला पता छपवाया और दो सौ पर दिल्ली वाले का।

उसके पिता की राय तो यह थी कि वह घर लौटने से पहले यूरोप अच्छी तरह घूम ले। लेकिन विक्टर ने लंदन में ही कुछ दिन और बिताने का फैसला कर लिया। लंदन से उसका एक अलग तरह का रिश्ता बन गया था। सेंट्रल लंदन में यूं ही टहलने निकल जाना, ट्राफल्गर स्क्वायर में कबूतरों को दाना खिलाते लोगों को देखना, शाम के वक़्त हज़ारों स्टारलिंग यानी तेलीपर चिड़ियों को चहचहाते सुनना, या फिर बाज़ार में सजी दुकानें और लोगों के रेले आते-जाते निहारना। और हाइड पार्क भी तो था, वहां स्पीकर्स कॉर्नर पर भाषण देने वाले, बेज़वॉटर रोड पर टहलने वाले और सबसे ज्यादा—उसके छोटे-से अपार्टमेंट का सुखद शांत माहौल।

मैनचेस्टर में जरूर उसने कुछ दिन बिताए। वह वहां की सबसे बड़ी कपड़ा मिल के जनरल मैनेजर से मिलने जा पहुंचा, और उससे पूछा कि क्या वह उसके साथ मिलकर भारत में एक आधुनिक कपड़ा मिल लगाना चाहेगा। 'मुझे अपने बोर्ड ऑफ डायरेक्टर्स से सलाह करनी पड़ेगी।' उसने मीठा-सा लगने वाला जवाब दे दिया। 'हमारे पास अभी बहुत काम है, लेकिन मैं कह नहीं सकता कि कंपनी आपकी पेशकश पर क्या रुख अपनाती है। मैं आपको तीन दिन में बता दूंगा।' विक्टर समझ गया था कि उनका क्या जवाब होगा। जैसा कि उसने सोचा था, उन्होंने उसकी पेशकश को ठुकरा दिया। आखिर वो भारत में बनी चीज़ों को बढ़ावा देकर अपने पैरों पर खुद ही कुल्हाड़ी क्यों मारते? लेकिन विक्टर का इरादा पक्का था। उसने कपड़ा मिलों में लगने वाली मशीनें बनाने वाली कंपनियों में बात की। वो तो खुशी से अपनी सबसे नयी किस्म की मशीने जायज़ कीमत पर उसे देने को तैार हो गये। उसने ऐसे आर्किटेक्ट और टेक्नीशियनों से मुलाकात की जिन्हें कपड़ा मिलें लगाने और चलाने का तजुर्बा था। भारत में अच्छे पैसे पर तीन महीने काम करने की पेशकश कौन ठुकराता।

विक्टर ने सबके नाम और पते ले लिए, और उनसे वादा किया कि तैयार होते ही उनके पास करारनामें भेज दिए जाएंगे। इस तरह बिलकुल सीधे-सरल तरीके से एक ऐसे बड़े काम की शुरुआत कर दी थी जिससे न सिर्फ़ जय भगवान का बल्कि भारत देश का भी भविष्य जुड़ा था।

विक्टर घर यानी दिल्ली लौटने के लिए लंदन से चला। लेकिन इससे पहले उसने अपने कुछ कपड़े और चीज़ें लंदन वाले फ़्लैट में छोड़ दीं, ताकि वेलेरी को यह एहसास रहे कि वह जब चाहेगा यहां रहने आ जाएगा। सबके लिए तोहफे लेकर विक्टर शांति भवन पहुंचा—पिता के लिए सोने का फाउन्टेन पेन, मां के लिए मोहेर के मुलायम ऊन का शॉल, बहनों के लिए स्कार्फ और फरफ़्यूम की शीशियां, और वेलेरी के लिए तसवीरों वाली बाइबल। जैसी कि उसे उम्मीद थी, उसके पिता के कई दोस्त उसकी किताब पर दस्तख़त लेने के लिए घर आने लगे। उसने किसी से यह नहीं पूछा कि उन्होंने किताब पढ़ी भी है या नहीं।

घर वापसी का जश्न जैसा माहौल ठंडा पड़ते-पड़ते एक दिन नाश्ते के वक़्त उसके पिता ने पूछ ही लिया—'तो जय, अब क्या इरादा है?'

पल भर रुक कर उसने जवाब दिया—'मैं भारत की सबसे बड़ी और आधुनिक कपड़ा मिल लगाना चाहता हूं। यहां, या फिर बम्बई या अहमदाबाद में। मुझे ज़मीन खरीदने और इंग्लैंड से मशीनें मंगाने के लिए ज़रूरी रक़म जुटानी है। मुझे इसके लिए किन चीज़ों की ज़रूरत होगी, यह सब जानकारी मैं इंग्लैंड से इकट्ठी करके लाया हूं।'

कुछ देर सोचने के बाद मट्टू ने जवाब दिया—'मेरे पास तो इतना पैसा है नहीं। हमें पब्लिक कंपनी बनाकर लोगों को शेयर बेचकर पैसा जुटाना होगा। मुझे पूरा यक़ीन है कि मेरे कुछ अमीर मुवक्किलों से कुछ रक़म मिल जाएगी। लेकिन हमें सारे कामकाज की बागडोर अपने हाथ

में रखनी होगी। तुम कोई ठीक-ठाक सी जगह देखो। दूसरे शहरों के मुकाबले दिल्ली के पास जगह आसानी से मिल जाएगी। मैं कुछ दलालों से बात करता हूं जो तुम्हें दिखा देंगे कि कहां कैसी ज़मीन मिल रही है।'

अगले कई दिनों तक खूब ज़ोरों से काम चला। उसे कम से कम पंद्रह एकड़ ज़मीन की ज़रूरत थी जिस पर फ़ौरन कब्ज़ा मिल सके और कोई झगड़ा-लफ़ड़ा भी न हो। ये बात है सन् 1930 के बीच के महीनों की जब दिल्ली में मौके की ज़मीन मिलना आसान नहीं रह गया था। आखिरकार उन्हें यमुना से ऊपर की ओर एक गांव के नज़दीक ज़मीन का टुकड़ा मिल गया। ये बंजर ज़मीन थी। रेह से सफेद। उसने गांव की पंचायत बुलायी और उनसे पूछा कि अगर उनके गांव के बगल में मिल बने तो क्या उन्हें ऐतराज़ होगा। उसे मालूम था कि अगर इस काम में कामयाबी हासिल करनी है तो गांव वालों को साथ लेकर चलना होगा। 'इस बंजर ज़मीन के टुकड़े की जो कीमत आप मुनासिब समझें, मैं चुका सकता हूं। आपके नौजवानों और लड़कियों को इसमें काम भी मिलेगा।

गांव वालों खुश थे। सबकी ज़बान पर एक ही बात थी—आपके आने से हमारे गांव में नूर आ जाएगा। हमारी आने वाली पीढ़ियां भी आपको दुआएं देंगी।'

उसने गांव वालों को समझाया—'कपास उगाओ। बढ़िया किस्म की कपास। जितनी आप उगाएंगे, हम खरीद लेंगे।' उसने गांव वालों के साथ हुक्का पिया। बिना जूठा-सच्चा माने, सब ने एक के बाद एक कश लिए। भाईचारे की खातिर। बुजुर्ग औरतों ने आकर उसके सिर पर हाथ फेर-फेर का दुआएं दीं। जवान लुगाइयां दूर से अपने घूंघट की झिरी से उसे ताकती रहीं। मुंह बाए लड़के-लड़कियां उसे घेरे रहे। या यूं ही खींसें निपोरते रहे। विक्टर के लिए वह खुशी का दिन था। उस दिन रास्ते का पहला रोड़ा जो हट गया था।

उसने यह अच्छी ख़बर घर वालों की दी। इस बीच उसके पिता ने नयी कंपनी बनाने के लिए ज़रूरी काग़ज़ तैयार कर लिए थे। तय कर लिया था कि अब सारी ज़िंदगी वह कंपनी के चेयरमैन रहेंगे और विक्टर कंपनी का जनरल मैनेजर। उसकी मां और बहनों को कंपनी में हिस्सेदार

बनाया जाएगा। बाकी शेयर कंपनी में पैसा लगाने वालों के नाम कर दिए जाएंगे। कंपनी का नाम होगा जय भगवान टेक्सटाइल्स।

अगले ही दिन विक्टर ने आर्किटेक्ट को साथ लिया और रास्ते से तहसीलदार को साथ लेता हुआ मौके पर पहुंच गया। उन्होंने कई जगह निशान लगाए। विक्टर ने आर्किटेक्ट को बताया कि उसे सिर्फ़ कामगरों के रहने के लिए क्वार्टर डिज़ाइन करने हैं। तीन कमरे और छोटे से आंगन, पखाने और गुसलखाने वाले मकान। उन्हें बताया गया कि बाकी चीज़ें डिजाइन करने के लिए इंग्लैंड से आर्किटेक्ट बुलाया गया है। उसने नायर को खत लिखा जिसमें उसे इंग्लैंड में कंपनी के एजेंट के तौर पर काम करने की पेशकश की। उसे अच्छी तनख़्वाह के अलावा यात्रा भत्ता, माल की बिक्री पर कमीशन और दूसरे चीज़ों के लिए अलग से खर्च देने की बात लिखी। उसे आर्किटेक्ट और मैनचेस्टर वाले मेकैनिकों से सारी बात तय करने की ज़िम्मेदारी सौंपी। नायर तो मस्त हो गया। उसने कभी इतना पैसा नहीं देखा था। अब तो वह ऑक्सफोर्ड से अपनी पढ़ाई करने के बाद भी लंदन में रह सकता है। वकालत के भरोसे उसकी ज़िंदगी कटने की उम्मीद तो वैसे कम ही थी। उसने बिना वक़्त ज़ाया किए विक्टर की पेशकश को कुबूल कर लिया।

विक्टर तो जैसे अब हवा में उड़ने सा लगा था। अंग्रेज़ आर्किटेक्ट, टेक्नीशियनों और मशीनों के इंग्लैंड से आने से पहले ही वह देश के दूसरे शहरों के पास भी ऐसी ही मिलें लगाने के सपने देखने लगा था। दूसरी सूती कपड़ा बनाने वाली मिलों में काम करने वालों को अपने यहां बेहतर पगार पर काम पर रखने का उसने मन बना रखा था।

महीने भर बाद आर्किटेक्ट आ पहुंचा। अपनी डिज़ाइन की हुई मैनचेस्टर की मिलों के खाके साथ लेकर। मशीनें दो महीने बाद आयीं। विक्टर ने अपनी मां के हाथों मिल की भूमि पूजा करवाई और नींव रखवायी। उसे मालूम था कि ऐसा करने से मां को बेहद खुशी मिलेगी। जल्दी ही जय भगवान टेक्सटाइल्स का ढांचा खड़ा होने लगा। छह महीने बाद मिल चालू होने की हालत में पहुंच गयी। मट्टू ने उद्घाटन के लिए वाइसरॉय को बुलाया उसने; ऐसे काम के लिए महात्मा गांधी से तो आने

के लिए वह नहीं कह सकता था। कार्यक्रम में शहर के तमाम जाने-माने लोगों को बुलाया गया। छोटे-बड़े कपड़ा व्यापारी भी उनमें शामिल थे। वाइसरॉय ने बटन दबाकर मशीनों को चालू किया। मेहमानों को पूरी मिल में घुमाकर यह दिखाया गया कि अलग-अलग किस्म के कपड़े कैसे तैयार होते हैं। उन्हें चाय के साथ सैंडविच और केक खिलाए गये। जाते वक़्त उन्हें मिल में बनी चीज़े तोहफ़े के तौर पर दी गयीं। पलंगपोश, मेज़पोश, साड़ी, पर्दे, तैलिये और नैपकिन वगैरह के सलीके से बनाए गये बंडल। भारत की और किसी कपड़ा मिल में एक साथ इतनी तरह की चीज़ें नहीं बन रही थीं। विक्टर को छोटी-मोटी बातों में वैसे भी कोई दिलचस्पी नहीं थी। जय भगवान टेक्सटाइल्स को तो देश की सबसे कड़ी मिल बनना ही था।

विक्टर ने अपनी मिल में बनी सब चीज़ों का एक पार्सल बनाकर महात्मा गांधी को उनके साबरमती आश्रम के पते पर भेज दिया ; साथ में उनका आशीर्वाद मांगते हुए यह भी लिखा कि भेजी गयी चीज़ों का जो ठीक समझें करें। चंद दिनों बाद जवाब में पोस्टकार्ड आ गया जिससे साफ हो गया कि पार्सल पहुंच गया है। पोस्टकार्ड पर सिर्फ़ दो शब्द लिखे थे–जीते रहो।

मिल चलने के साथ ही पैसा आने लगा। शेयरहोल्डरों को उनके हिस्से का मुनाफ़े का हिस्सा चुकाने के बाद बची मुनाफ़े की रक़म को विक्टर ने और कपड़ा मिलें बनाने में झोंक दिया। भारत के हर राज्य में एक। इससे कई पुरानी मिलें बंद हो गयीं। उसने उन्हें खरीद कर उन्हें नये तरीके चलाना शुरू किया। भारतीय उद्योगपतियों के लिए तो जैसे उसने नया उसूल बना दिया–ज़माने के साथ चलो या बंद करो। दो साल बीतने से पहले ही ऐसी हालत हो गयी कि महात्मा गांधी और उनके भक्तों को विरोध में जलाने के लिए ब्रिटिश कपड़ा मिलना मुश्किल हो गया। देश भर के बाज़ारों में तो भारतीय कपड़ा छा ही गया, कुछ दूसरे मुल्कों में भी जाने लगा।

इधर उसकी कपड़ा मिलें लगनी शुरू ही हुई थीं कि विक्टर ने चीनी मिलें भी लगाने की ठान ली। अंग्रेज़ चुकंदर से चीनी बनाते थे, इसलिए उसने ऐसे देशों से चीनी बनाने की मशीनें मंगाई जहां गन्ने से चीनी बनायी

जाती थी। इस तरह गन्ने की पैदावार वाले राज्यों में एक के बाद एक जय भगवान चीनी मिलें खड़ी होने लगीं।

विक्टर और उसकी नज़रों में समाये तरक्की के सपने ने देश को हिला कर रख दिया। बमुश्किल पांच बरसों में उसने देश के चौथाई हिस्से में कई-कई मिलें लगा ली थीं। उसकी बड़ी-बड़ी फैक्टरियों के इर्द-गिर्द छोटे-छोटे शहर बसने लगे। उसने अपने कर्मचारियों को इतनी अच्छी तनख्वाह दी जितनी उससे पहले सुनने को भी नहीं मिलती थी। कर्मचारियों के लिए रिहायशी कॉलोनी बनवाई, और इस बात का ध्यान रखा कि उसकी कंपनियों का माल सस्ते दामों पर मिले। कारोबार में अच्छा पैसा आ रहा था, लेकिन उसने इसके लिए तो मिलें लगाई नहीं थीं। असल में उसकी मंशा तो यह थी कि हर हिंदुस्तानी खुशहाल हो। एक दिन उसकी एक बहन ने कहा भी कि अभी तो वह सिर्फ़ तीस साल का है, फिर इतनी मेहनत और इतने ऊंचे इरादे क्यों। उसने जवाब दिया—'मुझे ज्वालामुखी समझो, मेरे अंदर इतनी आग इसलिए है क्योंकि इस देश में अभी बहुत कुछ करना बाकी है। ऐसे में मैं आराम से काम नहीं रह सकता।'

अगले दो सालों में विक्टर ने सीमेंट, साइकिल और कई किस्म के रसायन की फैक्टरी लगायीं। फिर काफ़ी रकम जहाज़रानी के घंघे में लगा दी। इसके बाद उसे अपना काफ़ी कामकाज चलाने के लिए बम्बई में ठिकाना बनाना पड़ा। उसने मरीन ड्राइव पर कुछ अपार्टमेंट ब्लॉक खरीद कर उनकी जगह तीस मंज़िलों वाली इमारत—जय भगवान टावर्स बनवाई। देश में अपने किस्म की पहली इमारत थी। सबसे ऊपरी मंज़िल और उसके ऊपर बने कमरे उन्होंने अपने रहने के लिए रख लिए। बाकी मंज़िलों पर उसके औद्योगिक साम्राज्य के दफ़्तर बनाए गये।

अपने कारोबार में जुटे रहने से विक्टर आज़ादी की लड़ाई से कटा रह गया। हालांकि वह अंग्रेज़ी हुकूमत का हिमायती नहीं था, लेकिन उसमें राजनीति के लिए भी कोई रुझान नहीं था। नायर जैसे लोग राजनीति की बेहतर समझ रखते थे, जो दूसरे देश पर राज करने जैसी सोच के खिलाफ खुलकर बोल सकते थे। दूसरी तरफ़ बापू गांधी और उन्हें मानने वाले अंग्रेज़ी हुकूमत को उखाड़ फेंकने की कोशिशें में जुटे थे। विक्टर के लिए

भारत में औद्योगिक तरक्की और उसकी आर्थिक मज़बूती ज़्यादा अहमियत रखती थी। क्योंकि उसके बगैर आज़ादी का मतलब ही क्या था? देश को नये ज़माने की नब्ज़ पकड़कर चलने के लिए कितना कुछ करना था—घर-घर में उजाला लाने और ज़्यादा मशीनें चलाने के लिए के ज़्यादा बिजली बनाना, दूरदराज़ के गांवों को कस्बों और शहरों से जोड़ने के लिए नयी सड़कें और रेल लाइन बिछाना, खेती की पैदावार बढ़ाने के लिए रसायनिक उर्वरक और कीटनाशक दवाएं बनाना, और अपने ही देश में मोटर-गाड़ियां, जलपोत और हवाई जहाज़ बनाना। बहुत कुछ करने की ज़रूरत थी। इसकी शुरुआत तो सरकार को करनी चाहिए थी। अगर अंग्रेज़ सोचते भी कि ऐसा कुछ किया जाए तो भी उस दौर में तो वो फासिस्ट ताक़तों से चल रही जंग में इस तरह ज़िंदगी और मौत की सी लड़ाई लड़ रहे थे कि उनके पास जंग जीतने के सिवा हुछ और सोचना उनके लिए अपने मुल्क के साथ गद्दारी से कम नहीं था। उन्होंने तय कर लिया था कि जंग खत्म होते ही सत्ता हिंदुस्तानियों को सौंप देंगे। गांधी और चंद दूसरे भारतीय ही उनकी बात पर भरोसा करते थे। विक्टर को लगता था कि अंग्रेज़ अपना वादा पूरा करेंगे। और वह कतई नहीं चाहता था कि आज़ादी मिलने पर भारत एक पिछड़े और बदहाल मुल्क के तौर पर अपना नया सफ़र शुरू करे।

जंग के दिनों में विक्टर के तमाम कारोबार ज़बरदस्त मुनाफ़े में चले। कांग्रेस के कई नेता गांधी के ज़रिए बीच-बीच में उससे चंदा वसूलने के लिए संपर्क करते थे। और हर बार उसने थोड़ा सोचने-समझने के बाद उन्हें कुछ न कुछ दिया ज़रूर। वाइसरॉय की ओर से भी उससे बात की गयी कि वह उनकी सलाहकार समिति में शामिल हो जाए। लेकिन विक्टर ने उनकी इस पेशकश को शलीनता के साथ ठुकरा दिया। वह ऐसी सरकार का सदस्य कैसे हो सकता था जो बापू गांधी और दूसरे कौमी नेताओं को जेल में डाल देती है। उसने तब तक इंतज़ार करना बेहतर समझा जब तक देश आज़ाद नहीं हो जाता। अगर आगे आज़ाद भारत की सरकार किसी रूप में उसका सलाह-मशविरा लेना चाहेगी, तो वह उनके बुलावे पर ग़ौर करने के लिए तैयार था।

जिस जोश-ओ-ख़रोश से विक्टर ने मां को छोड़ परिवार के दूसरे सदस्यों को अपने कारोबार से जोड़ रखा था, उसके चलते किसी के पास अपने निजी मामले सुलटाने के लिए समय ही नहीं बचता था। मट्टू विक्टर की कंपनियों के अध्यक्ष के तौर पर जितना कमा रहे थे, उतना उन्होंने कभी वकालत से भी नहीं कमाया था। लेकिन उन्होंने वेलेरी बॉटमली को अपनी पर्सनल सेक्रेटरी बनाए रखा, और वेलेरी की बातों से भी कभी ऐसा नहीं लगा कि वह इंग्लैंड जाना चाहती है।

मट्टू परिवार भारत का सबसे अमीर परिवार बन गया। लेकिन विक्टर की मां के लिए इस बात का कोई मतलब नहीं था। एक दिन जब वेलेरी आसपास नहीं थी तब उन्होंने कहा था—'तुम सब माया के जाल में फंस गये हो। जय भगवान, तुमने कभी अपनी तीनों बहनों की शादी के बार में भी सोचा है? और अपनी?' जय के पिता ने जवाब दिया—'कई शाही खानदानों और दूसरे रईसों की तरफ़ से रिश्ते आये हैं लेकिन मैं ही उन्हें टाल देता हूं।' 'एक बात तो तय है—मैं अपनी एक भी बेटी किसी राजे-महाराजे की औलाद को नहीं दूंगा। कई को मैं जानता हूं, सब पियक्कड़ और ऐशोआराम पसंद होते हैं। उनके पास परिवार के लिए वक़्त ही कहां होता है?'

'मैं तो उनसे कह देता हूं कि हम लोग ब्राह्मण हैं और आप राजपूत। हमारे बीच शादी-ब्याह के रिश्ते नहीं हो सकते। हमारे धर्म में इसकी मनाही है।' इस बात पर सब ठहाका मार कर हंस पड़े, सिवा उसकी पत्नी के, जिसका अपना अलग नज़रिया था परिवार के प्रति मट्टू की सोच को लेकर। 'क्या और खानदान नहीं हैं?' उसने पलटकर सवाल दागा। 'तुम्हें कोई भी नहीं मिला जो तुम्हारी बेटियों के काबिल हो?'

वो सारे देश में से जिसे चाहे चुन सकती हैं। मट्टू परिवार की हर लड़की अपने आप में दौलत का पिटारा थी। ज़ेवर और साड़ियों के संदूकों के अलावा जय भगवान के कारोबार की एजेंसियां भी उन्हें दहेज में मिलनी थीं। ये बात और है कि भारतीय पैमाने के हिसाब से उनकी शादी की उम्र निकली जा रही थी।

सबसे बड़ी लड़की ने इंडियन सिविल सर्विसेज़ का एक लड़का चुना

जो ऑक्सफोर्ड में एक साल का प्रोबेशन कर चुका था। वह बंगाली था। दूसरी ने बरमा शेल में काम कर रहा एक *बॉक्सवाला* चुना जो कैम्ब्रिज से डिग्री लेकर आया था। वह पंजाबी था। तीसरी वाली ने अहमदाबाद के एक गुजराती कपड़ा मिल मालिक के बेटे को वरा जिसने अपनी मिल में नयी तरह की मशीनें लगाकर अपने धंघे को बंद होने से बचा लिया था। कोई भी ब्राह्मण नहीं था। जब उनकी शादी के इंतज़ाम की बात आयी तो विक्टर बीच में कूद पड़ा। 'हमें अपने देश के लोगों के लिए मिसाल पेश करनी चाहिए। ज़्यादा धन-दौलत का दिखावा न हो, न ही बड़ी-बड़ी बारातें और बैंडबाजे, आतिशबाज़ी और इस तरह का छिछोरापन। हम साफ कह देंगे कि दूल्हे के सबसे नज़दीक के रिश्तेदारों का ही हम स्वागत करेंगे अपने दरवाज़े पर। और शादी बिलकुल सीधे-सादे तरीके से हिंदू रस्मोरिवाज़ से होगी। शाम का खाना, और फिर विदा।'

किसी ने उसके विरोध में एक भी बोल नहीं बोला। एक साल बीतने से पहले तीनों मट्टू परिवार की तीनों लड़कियों के हाथ पीले हो गये और ज़्यादा लोगों को पता भी नहीं चला। अब अकेला बचा विक्टर, बीवी की तलाश में एक अकेला। अपनी बेटियों को विदा करने के कुछ दिन बाद उसकी मां ने पूछा—'तेरा क्या इरादा है, बेटा? क्या मुझे पोते को खिलाने का सुख नहीं मिलेगा?'

'मां, मैंने तुमसे कितनी बार कहा है कि तुम जिसे अपनी बहू बनाने लायक समझोगी, उसी से शादी कर लूंगा।' इश्क विक्टर को बिना छुए निकल चुका था। अब उसके पास न तो प्यार-मोहब्बत के लिए वक़्त था और न ही उसे इस सब की ज़रूरत ही महसूस होती थी। उसने पहले भी अपनी मां से वादा किया था कि वह उनकी पसंद की किसी भी लड़की से शादी कर लेगा। कोई ऐसा कारण ही नहीं था जो उनकी इच्छा पूरी न की जा सके।

'मेरे दिमाग़ में एक लड़की है,' उसकी मां ने चहकते हुए कहा—दूर-दराज़ के भाई-बंधुओं में से एक, रैना परिवार की बेटी है। बड़ी सुशील लड़की है। पता नहीं तुम्हारे कांटे-छुरी वाले अंग्रेज़ी तौर-तरीकों, में ढल पाएगी या नहीं। सिर्फ़ दसवीं पास की है उसने और ज़्यादा अंग्रेज़ी भी नहीं

जानती, लेकिन सारी कश्मीरी लड़कियों की तरह गोरी है। सबसे बढ़कर, वह अपनी शालीनता की वजह से मुझे अच्छी लगती है। अगर तू उसे पसंद कर ले तो मुझे बड़ी खुशी होगी। अगर नहीं पसंद किया तो मुझे दूसरी कश्मीरी लड़की ढूंढनी पड़ेगी।'

'मां, अगर तुम्हें वह ही पसंद है, तो तुम्हारी खुशी में ही मैं भी खुश हूं। क्या नाम है उसका?'

'जयश्री। जयश्री रैना। वह कई बार अपनी मां के साथ यहां आ चुकी है, लेकिन तूने कभी उन लोगों को एक नज़र देखा भी नहीं।'

सच तो यह है कि विक्टर ने उस लड़की और उसकी मां को दो-तीन बार देखा था, जब उन्हें उसकी मां की आया उनके कमरे में छोड़ने जा रही थी। बिलकुल कच्ची उम्र की स्कूल जाने वाली बच्ची सी थी वह। कई दूसरे लोगों की तरह, इतने बड़े घर में आकर वह भी सहमी-सहमी सी लग रही थी। 'मां, तुम पापा से बात करो, अगर वह तैयार हो जाते हैं तो तुम मेरी तरफ़ से उसकी मां से बात चला सकती हो।'

उसी शाम विक्टर की मां ने डरते हुए अपने पति से इस मुद्दे पर चर्चा की। वह सोच रही थी कि कहीं इस बात के लिए उसे उनकी झिड़की न सुननी पड़े। विक्टर की मां को बड़ा ताज्जुब हुआ, और खुशी भी, जब उनकी बात सुनने के बाद जब वह बोले—'चलो हमारी एक औलाद की शादी तो कश्मीरी पंडितों में हो रही है। हमारा वंश तो मुल्क के तामाम लोगों में कहीं खो नहीं जाएगा। बेहद मामूली खानदान है उनका, हमारी बराबरी वाले नहीं हैं। मेरे खयाल से उसके पिता छोटी-मोटी दलाली करते है, और उसी गली में रहते हैं जिसमें कई ग़रीब कश्मीरी पंडित परिवार रहते हैं। लेकिन पैसे से क्या फर्क पड़ता है, हम उन्हें अपनी चीज़ों की एक दो दुकानें दे देंगे ताकि उनकी माली हालत कुछ बेहतर हो जाए। अगर तुम्हारा बेटा तैयार है तो मुझे कोई ऐतराज़ नहीं है।'

मट्टू को ये बात कहीं न कहीं तो कचोटती ही थी कि उसने अपनी बीवी को घर के एक कोने में डाल रखा है, और वेलेरी बॉटमली को अपनी रखैल बना रखा है। जब भी वेलेरी के साथ अकेला होता, और उसकी मर्जी के मुताबिक जंगली जानवरों की तरह पेश आता था, तब भी उसे

यह एहसास रहता था कि उसकी पत्नी एक कमरे मे अकेली पड़ी सुबक रही होगी। उसी की वजह से घर के सभी लोगों ने अंग्रेज़ी में बातचीत करना शुरू कर दिया था, जो कि उसके समझ में ही नहीं आती थी। वह सब अंग्रेज़ों जैसा खाना खाते थे जबकि उसकी पत्नी नहीं खाती थी। अपने पति की वजह से चुपचाप अकेलेपन में ज़िंदगी बिताने को मजबूर थी। अब वह कम से कम उसे उसकी पसंद की बहू देकर अपनी किए को सुधारना चाहता था।

विक्टर की सोच भी कुछ ऐसी ही थी। बीवी में उसकी खुद की कोई खास दिलचस्पी नहीं थी। कॉलेज में भी उसकी जिन अंग्रेज़ लड़कियों से दोस्ती होती थी, उनसे भी उसने कभी भावनात्मक रिश्ते नहीं बनने दिए। जैसे ही किसी को उसके नज़दीक आने का मौका मिलता वह उसके निजी मामलों में दखल देने की कोशिश करती और उसपर मालिकाना हक जताने की फ़िराक में रहती। वह उनमें से किसी के साथ भी शारीरिक संबंध बनाने से कतराता था क्योंकि उसे लगता था कि ये रिश्ते एक तरह से अस्थाई शादी जैसे ही होते हैं जिनके चलते दोनों को एक दूसरे पर भावनात्मक अधिकार भी मिल जाते हैं। जब हो सके वेश्याओं का साथ वह बेहतर समझता था। दोनों को अपने मतलब की चीज़ मिल जाती थी। उसे उनके शरीर, और वेश्या को पैसा। न कोई दिक्कत, न भावनात्मक बोझ। उसे यह भी याद आया कि उसने कभी किसी भारतीय स्त्री के शरीर को तो भोगा नहीं है। किसी कुंआरी का भी नहीं। क्या वह उससे फर्क होगा जो वह पिकाडिली सर्कस या बेज़वॉटर रोड के आसपास की गलियों में मिलने वाली रंडियों से अलग एहसास होगा? और कौन जाने, जयश्री रैना उसके लिए वैसी ही पत्नी साबित हो जैसी वह चाहता है। वह उससे बराबरी का दर्जा हासिल करना चाहेगी इस बात की तो कम ही संभावना थी। वह उसकी मां की तरह होगी जिसने अपने पति को औलादें दीं, और फिर अपने कमरे में लौट आयी।

विक्टर की शादी भी उसकी बहनों की तरह बिलकुल सादगी के साथ हुई। लोगों को न्योता देने के लिए कोई कार्ड नहीं छपे। सिर्फ़ उसकी बहनें इस मौके पर अपने-अपने पति के साथ दिल्ली आयीं। शादी की

रस्में शांति भवन में सम्पन्न हुईं। और जयश्री के माता-पिता, रस्म पूरी कर, अपनी सबसे छोटी बच्ची को मट्टू परिवार के हवाले करके लौट गये।

विक्टर ने शादी वाली रात ही जयश्री को हमबिस्तर बनाया। वह महज़ सत्रह साल की थी, और कुंआरी भी। उसके काफ़ी खून निकला लेकिन बिना चूं किए सारा दर्द सह गयी। दोनों के बीच कोई प्यार-व्यार की बातें नहीं हुईं। बाद में भी, उनके बीच बातचीत कम ही हुई। विक्टर हर रात उसके शरीर को भोगता था, और कभी-कभी तो दोपहर के खाने के बाद भी। यही एक रिश्ता था दोनों के बीच। क्योंकि दोनों ही इस शादी से एक दूसरे के लिए अपने फ़र्ज के इस सीधे-सादे समझौते और शारीरिक संबंधों के सिवा और कुछ उम्मीद भी नहीं करते थे, इसलिए दोनों को संतोष था। विक्टर का वक़्त दिल्ली में शांति भवन और बम्बई में जय भगवान टावर्स के बीच बंट जाता था। जयश्री कभी दिल्ली से बाहर नहीं गयी। विक्टर शहर में होता तो और बात है, वरना जयश्री का ज़्यादातर वक़्त अपनी सास के कमरे में बीतता था। उनकी शादी को दो महीने भी नहीं हुए थे कि पहली बार जयश्री को मासिक नहीं हुआ। फिर दूसरे महीने भी नहीं हुआ। तीसरे महीने से उसे सुबह के समय उबकाईयां आने लगीं। विक्टर की मां खुशी का ठिकाना नहीं रहा। उसने अपनी बेटियों को चिट्ठियां लिखकर ये अच्छी खबर दी। उसने लिखा कि जल्दी ही उसकी गोद में एक पोता आने वाला है और अब के बाद जब वह दिल्ली आएंगी तब अपने भतीजे के साथ खेल सकेंगी। मट्टू ने तो अपने पोते की पढ़ाई तक के बारे में सोचना शुरू कर दिया। विक्टर कुछ खोया-खोया सा रहते हुए भी खुश था कि उसका भी कोई वारिस होगा।

यह खुशी ज़्यादा देर नहीं रही। बच्चे को जन्म देते हुए जयश्री की जान चली गयी। उसे बेटी हुई। इतने बड़े घर में यह पहली मौत थी। सारे घर में उदासी छा गयी। विक्टर को तो जैसे ग़म ने बिलकुल सुन्न ही कर दिया। जो औरत पिछले दस महीने से उसकी पत्नी थी, उससे कभी उसने प्यार के दो बोल नहीं बोले थे। जब वह शांति भवन में होता तो बस यही उम्मीद करता कि वह सोने के कमरे में मिले। उसका इंतज़ार करती हुई। और वह आये, दरवाज़ा बंद करे, कपड़े उतारे और उस पर

चढ़ जाए। किसी-किसी दिन तो उसका छरहरा बदन देखकर विक्टर चौंक जाता था। बच्ची ही तो थी वह। खुद से दोगुनी उम्र के आदमी की गर्मी से निपटना उसने कहां सीखा? उसके आगे हमेशा बिछ जाने वाली उस लड़की, जो उसकी पत्नी थी, उसके लिए विक्टर अपने मन में प्यार उमड़ता महसूस कर रहा था। यह प्यार उमड़ने की बात वह एक दिन उसे बता देना चाहता था। वह उसके साथ बेहतर ढंग से पेश आना चाहता था। जैसे उसके पिता उसकी मां के साथ पेश आते थे, उससे बेहतर ढंग से। लेकिन अब बहुत देर हो चुकी थी। उसके पिता जो कि जल्दी किसी बात से परेशान नहीं होते थे, वह भी इस हादसे से हिल गये। उनकी सारी ज़िंदादिली जाने कहां गुम हो गयी। यहां तक कि वेलेरी तक उन्हें दिलासा देने में नाकाम रही। ताज्जुब की बात है, जिसने इस मौत को ईश्वर की इच्छा मानकर सहजता से लिया वह थीं विक्टर की मां। वह पोता चाहती थीं, हुई पोती। उन्होंने इसे भी ईश्वर की मर्जी मान सिर-माथे ले लिया। अब वह एक हाल की पैदा बच्ची की दादी ही नहीं, उसकी मां भी बन गयीं थीं। उन्होंने दूध पिलाने वाली एक धाय का इंतज़ाम किया। वह शांति भवन आ गयी, अपने एक महीने के बच्चे के साथ। ताकि बच्ची को दूध पिला सके।

मट्टू ने इस नन्ही बच्ची को नाम दिया—भारती। विक्टर की मां भारती को नज़रों से ओझल नहीं देना चाहती थीं। वह उसे दाई की छाती का दूध पीते हुए देखती रहती थीं। फिर अपने कधे पर उसका सिर टिका पीठ थपथपाती थीं ताकि उसे डकार आ जाए। उसे नहला कर, कपड़े बदलकर, अपने साथ बिस्तर पर लिटा लेती थीं। अकसर भारती के गुदगुदे हाथ उसकी छाती टटोलने लगते थे, तब वह ठंडी सांस छोड़ते हुए कहतीं—'बेटी, तेरे लिए यहां कुछ बचा ही नहीं है। आया! देखो यह भूखी है, इसे जल्दी से दूध पिलाओ।'

मट्टू का भी पूराध्यान अपनी पोती की तरफ़ रहता था, और वह घंटों बच्ची से बातें करता रहता था, उससे मुसकराने के लिए मिन्नतें करता रहता था। वेलेरी भी बच्ची के लाड़-दुलार में किसी से पीछे नहीं थी। 'कितनी प्यारी है? अपने बाप पर गयी है। पिता का नाक-नक़्श और मां

की रंगत। बड़े होकर ऐसी खूबसूरत होगी...बस, देख लेना!'

भारती ने अपनी तोतली जुबान से सबसे पहले जो तीन शब्द बोलने सीखे वह थे—दादीमां, दादू और गन्नी मां। अपनी दादी, दादा और वेलेरी को पुकारने के लिए। चौथा शब्द बोली—पापी, अपने पिता के लिए। पापा कहने का यह उसका अंदाज़ था। आखिर विक्टर उसके साथ दूसरों के मुक़ाबले समय भी तो कम बिताता था।

अब विक्टर दिल्ली और बम्बई के बीच पहले से भी ज़्यादा चक्कर लगाने लगा और अकसर सोलह-सोलह घंटे काम करने लगा। उसके पास और कोई चारा भी तो नहीं था। मट्टू अब सत्तर के करीब पहुंच गये थे। और जयश्री की मौत के बाद से काम में उनका ज़्यादा मन भी नहीं लगता था। विक्टर को अपने कंधों पर और ज़्यादा काम का बोझ लेन पड़ा। उसका जहाज़रानी का कारोबार भी उतनी अच्छा नहीं चल रहा था जितना उसने सोचा था। उसने अपने दोस्त नायर के लंदन से लौटने के बाद उसे जय भगवान शिपिंग कंपनी का जनरल मैनेजर बना दिया था। वहां उसने एक ब्रिटिश सांसद की भरी भीड़ में बेइज़्ज़ती कर दी थी। उसी के गुस्से से बचने के लिए उसे भारत लौटना पड़ा था।

यहां आकर उसे विक्टर से न सिर्फ अच्छी-सी नौकरी ही नहीं जय भगवान टावर्स में एक बड़ा-सा फ़्लैट, शोफ़र के साथ एक कार और जितना मर्ज़ी हो उतना खर्च करने का अधिकार भी दे रखा था। यही नहीं, उसे अपने दफ़्तर में किसी को भी नौकरी पर रखने और निकालने की खुली छूट थी। लेकिन नायर से जितने काम की उम्मीद की जाती थी, वह कर नहीं पा रहा था। उसका व्यवहार और बोलचाल में ऐसी तल्खी थी कि उसके कई ज़िम्मेदार अधिकारियों की उससे नहीं पटती थी। यह भी चर्चा थी कि उसने अपनी रखैल को एक बड़ा ओहदा दे दिया था,

जबकि वह महज़ एक टाइपिस्ट थी। कंपनी के लिए मालवाहक जहाज़ों की खरीद में उसके दलाली खाने की बात भी कही जाती थी। बम्बई के व्यापारी वर्ग में उसकी छवि बदतमीज़ और बदगुमान इंसान की थी। विक्टर को उसकी जो शिकायतें मिलीं, वह उसके दफ़्तर के ऐसे वरिष्ठ कर्मचारियों की थीं जिन्होंने नायर की वजह से नौकरी छोड़ी थी। नायर की तमाम सार खामियां उसके पास आने वाले गुमनाम ख़तों के ज़रिए उसके पास पहुंचती थीं। लेकिन विक्टर उन पर धरा भी ध्यान नहीं देता था। उसे नायर की लगन पर ऐसा पक्का भरोसा था कि वह उसके ख़िलाफ़ कुछ भी सुनने को तैयार ही नहीं होता था। उसने अपने पिता की इस सलाह की भी अनसुनी कर दी कि नायर को वापस इंग्लैंड भेज दे क्योंकि उसकी वजह से भारत में कंपनी की बड़ी बदनामी हो रही थी।

जब कभी विक्टर बम्बई आता, नायर उसकी खुशामद में जुट जाता। चापलूसी भी वह ऐसे होशियारी भरे अंदाज़ में करता था कि दूसरे जो उसकी तारीफ के पुल बांधते थे, उसके मुकाबले उसे विक्टर की मीठी-मीठी बातें खूब सुहाती थीं। पता नहीं क्यों उसके प्रति नायर के अंदाज़ में बदलाव पर विक्टर का ध्यान ही नहीं गया। जब वह दोनों लंदन में थे, तब नायर इस सच को क़तई नहीं छुपाता था कि वह समझदारी के मामले में विक्टर से ऊंचे दर्जे का है। विक्टर को क्या करना चाहिए और क्या नहीं, यह बताने से लेकर उसे कॉम्यूनिज़्म पर भाषण देने में उसे बड़ा अच्छा लगता था। विक्टर के साथ वह कभी बदतमीज़ी या तीखेपन से पेश नहीं आता था, लेकिन जब तब वह उसके *बुर्जुआ* तौर-तरीकों के लिए उसे टोक दिया करता था। वह खुद एक ऐसा कॉम्यूनिस्ट था जो भूखा रहना और फटे-पुराने कोट से काम चलाना जानता था। ऐसा करके वह खुद को दूसरों से ज़्यादा बेहतर समझता था। विक्टर को कोई फर्क नहीं पड़ता था इन बातों से। वह तो नायर को एक ऐसे हाज़िरजवाब दोस्त के रूप में देखता था जिसने कसैले व्यवहार के बावजूद लंदन के सोचने-समझने वाले लोगों के बीच अपनी पहचान बना ली थी। अब नायर विक्टर को अपने विशेष होने का एहसास कराने लगा था। वह हर मुद्दे पर विक्टर की बात मान लिया करता था और शायद ही कभी अपने विचार आगे

रखता था। अगर विक्टर ज़रा ग़ौर कर पाता तो वह पकड़ सकता था कि नायर जब उससे बात करता था तो उसकी मुट्ठियां बंध जाती थीं, और वह अब उससे निगाहें मिलाकर बात नहीं करता था। सच तो यह था कि विक्टर की ज़बरदस्त कामयाबी की बदौलत उनके बीच समीकरण बदल गये, साथ ही नायर के मन में कड़वाहट भी बढ़ गयी। अब उसे विक्टर को बड़ों जैसी इज़्ज़त देनी पड़ती थी। ऐसा करने से उसका दिल जलता था, लेकिन इससे वह बच भी नहीं सकता था, क्योंकि उसे विक्टर के साथ की सख़्त ज़रूरत थी।

विक्टर इस सब से बेख़बर था। जब कोई नायर के खिलाफ़ कुछ कहता तो विक्टर या तो उसकी बात काट देता या बिलकुल चुप रह जाता।

नायर की कमियों को छुपाने के लिए विक्टर खुद ज़्यादा मेहनत करता। वह अपनी ग़लती मानने वालों में से तो था नहीं। ऐसे में उसे दिल्ली के बजाय बम्बई में ज़्यादा समय बिताना पड़ता था।

बम्बई के ऊंचे लोगों की जमात से विक्टर की पटरी नहीं खाती थी। उनमें से ज़्यादातर के सीधे-सादे कारोबार थे जिनके लिए, विक्टर की तरह, इधर-उधर ज़्यादा दिमाग़ दौड़ाने की ज़रूरत नहीं होती थी। उनका दिमाग़ बस यहीं तक दौड़ता था कि किस तरह और ज़्यादा मुनाफ़ा कमाने के लिए अपने कर्मचारियों और इनकम टैक्स वालों को अंधेरे में रखा जाए। आमतौर पर उनकी लेन-देन खातों के बसहर वाली नक़दी से चल जाता था। देश के भविष्य में उनकी कोई ख़ास दिलचस्पी नहीं थी। उनकी ज़िंदगी में हर चीज़ की इफ़रात और शानोशौकत तो थी, लेकिन सचमुच अच्छा क्या है इसकी समझ उनमें से कम ही लोगों को थी। विक्टर उनसे दूरी बनाए रखता था, लेकिन शहर के दूसरे बाशिंदे भी उसके जैसे नहीं थे—दूसरे लोगों और उसके बीच दर्जे और फ़ितरत के लिहाज़ से काफ़ी चौड़ी खाई थी। उसे काम के सिलसिले में हर महीने बम्बई में कई-कई दिन बिताने पड़ते थे, लेकिन वहां के लोगों के साथ वह कम से कम मेलजोल चाहता था। जब लोग लगातार नायर की शिकायतें लेकर उसके पास आते, तो वह दफ़्तर जाने से भी कतराने लगता। तभी उसे

इस दिक्कत का बेमिसाल हल मिल गया।

उन दिनों वह कई देशों के दौरे पर था। अपने बेड़े में जोड़ने के लिए जहाज़ तलाश रहा था। उसने एक याट के बारे में सुना। हाल ही में स्वर्ग सिधारे ग्रीस के एक करोड़पति की यह नौका बिकाऊ थी। वह इस याट को देखने एथेन्स चला गया। बिना पाल की यह याट मोटर से चलती थी। उसमें बारह केबिन थे। एक बड़ा-सा लाउन्ज था। और एक डाइनिंग हॉल। उसने सौदा तय कर लिया, और याट के कैप्टन से उसे बम्बई पहुंचाकर भारतीय चालक दल को सौंपने को कह दिया। विक्टर घर लौटा तो ऐसा लग रहा था जैसे उसने अपने लिए नयी दुलहन तलाश ली है। उसने अपने इस नये-नवेले खिलौने की तसवीरें घर भर को दिखाईं। उसने सब को बताया कि कितने लोग उसमें बैठ सकते हैं। कितनी तेज वह चल सकती है—कराची से बम्बई, बम्बई से गोवा, वहां से मद्रास और फिर कलकत्ता, सारा सिर्फ़ एक हफ़्ते में। 'लेकिन तू इसका करेगा क्या? उसकी मां ने भोलेपन से पूछा।' 'क्या करूंगा, मां? मैं उसमें रहूंगा। वहीं से अपना कारोबार चलाऊंगा, वहीं बोर्ड मीटिंग होंगी, पार्टी होंगी। देखती जाओ, तुम्हें खुद इससे प्यार हो जाएगा। कोई शोर नहीं, कोई खिच-पिच नहीं, कोई बदबू नहीं। सिर्फ ताज़ी हवा और जहां तक नज़र पहुंचे—समुद्र ही समुद्र। आने दो, मैं चाहूंगा कि तम सब लोग बम्बई आकर उसे देखो।'

जैसे ही उसे बम्बई में याट के आने की ख़बर मिली, उसने पूरे परिवार को बम्बई ले जाने के लिए एक डकोटा हवाई जहाज़ चार्टर किया। सब लोग एक रात जय भगवान टावर्स में ठहरे। अगली सुबह उन्हें कारों से गोटवे ऑफ इंडिया के नज़दीक याट क्लब ले जाया गया जहां विक्टर की याट खड़ी थी। वहां पहले से ही भीड़ सी लगी थी। उधर से गुज़रते लोग उसे देखने के लिए ठहर जाते थे। किसी ने इतनी बड़ी और सुंदर नौका नहीं देखी थी। विक्टर की मां ने तो उसके लिए नाम पहले से ही सोच रखा था—जल भारती। सारे परिवार को पूरी याट दिखायी गयी। उनके लिए अलग कमरे थे, और हर कमरे के दरवाज़े पर लिखे नाम से पता चल जाता था कि कौन सा कमरा किसका है। परिवार के लोग डेक

पर खड़े हो गये और किनारे पर खड़े लोगों के हिलते हाथों के जवाब में हाथ हिलाते रहे। तभी मैरीन ड्राइव के इलाके में सायरन की मोटी-सी आवाज़ गूंजी और जल भारती याट क्लब से निकल एलिफैंटा टापू की ओर चल पड़ी। सारे परिवार की पिकनिक का इंतज़ाम था। पहले सबने गुफाएं देखीं और फिर दोपहर के भोजन के लिए याट पर आ गये। सब खुशी में डूबे थे। सबसे ज़्यादा खुश थी भारती, जो अब चार साल की हो चुकी थी। वह याट की तरफ़ इशारा करते हुए हर किसी को बताती फिर रही थी—'मेरा जिहाज़।'

'हां बेटा, तेरा जहाज़,' उसकी दादीमां ने उसे भरोसा दिलाया, 'तेरे पापी ने तेरे लिए ही तो लिया है।'

वहां से सब गोवा गये। दो दिन वहां समुद्र के किनारे बीचों पर सैर-सपाटे का मज़ा लिया।

'यहां तो कुछ बढ़िया होटल होने चाहिए।' विक्टर ने कहा। 'यह जगह तो दुनिया भर से सैलानियों को अपनी ओर खींच सकती है।

लेकिन पहले पुर्तगालियों से छुटकारा मिल जाए। उनका यहां क्या काम। अब तो जंग भी खत्म हो गयी है, अंग्रेज़ों को यहां से जाने में ज़्यादा वक़्त नहीं लगेगा। एक बार उन्हें बाहर निकाल दिया जाए, फिर हम फ्रांसीसियों और पुर्तगालियों के भी बिस्तर बंधवा देंगे।' विक्टर ने गांधीजी को अपनी याट के बारे में बताते हुए लिखा। हमेशा की तरह फ़ौरन जवाब आया—हल्की सी झिड़की थी उसमें—हमेशा अपने देश के ग़रीबों को याद रखना। जो तुमने हासिल किया है उसे सिर्फ दौलतवाले का खिलौना न बनने देना।

गांधी की यह बात विक्टर को चुभ गयी थी। उसे अपनी बात तो रखनी ही थी। फ़ौरन एक चिट्ठी लिखी—बापू, अपने देश के भविष्य को लेकर हमारे नज़रिये में कितना भी फर्क क्यों न हो, लेकिन आपसे मुझे प्रेरणा मिलती रही है। जिसे आपने मेरा महंगा खिलौना बताया है उसके लिए मुझे डांटने-फटकारने का आपको पूरा हक है। लेकिन मैंने उसे खेलने के लिए नहीं मंगाया है। मैं उसपर से अपना कामकाज चलाना चाहता हूं। पागल कर देने भीड़भाड़ से दूर समुद्र के शांत माहौल में। आप जानते

ही हैं कि अपने देशवासियों के लिए मैंने जितना मैं कर सकता था किया है। मैंने एक लाख से ज़्यादा लोगों को रोज़गार दिया है। उन्हें रहने के लिए मुफ़्त मकान दिए हैं। उनके बच्चों के लिए पढ़ाई और उनकी सेहत की देखरेख के इंतज़ाम मैंने कर रखे हैं। रिटायर होने के बाद भी उन्हें प्राविडेंट फंड और दूसरे फायदे मिलते हैं। मुझे पूरा विश्वास है कि इस सब को तो आप ठीक मानते होंगे। अगर मानते हैं तो आपके मुंह से हां सुनकर मुझे खुशी होगी।

बापू नरम पड़ गये। एक बार फिर एक अपनी बात उन्होंने एक लाइन में लिख भेजी—मैं तुम्हें अपना बेटा मानता हूं, मुझे बस इतना ही कहना है।

कुछ हफ़्ते बाद परिवार के सब सदस्यों को नौकरों समेत हवाई जहाज़ से दिल्ली भेज दिया गया। विक्टर बम्बई में ही रुक गया। लेकिन उसके रोज के ढर्रे में कुछ बदलाव आया। शुरू में तो वह सारी सात और दिन का ज़्यादातर वक़्त जय भगवान टावर्स के ऊपरी माले वाले अपने घर में बिताता था, और, बकौल उसके —जल भारती पर शाम के एक-दो घंटे एक चक्कर मार आता था। लेकिन अब उसने अपना इस रोज़ के कार्यक्रम बिलकुल उलट कर रख दिया। वह रातें याट पर बिताता, सुबह कुछ घंटों के लिए अपने दफ़्तर जाता और दोपहर को फिर वापस याट पर आ जाता। उसे लगा जैसे ऐल्ब्यॉन म्यूज़ वाले उस फ़्लैट में अकेले बिताए बरसों के दौरान जैसी शांति उसे मिलती थी, वह फिर मिलने लगी है। जब वह याट पर होता तो उसे लगता कि वह कुछ भी कर सकता है। खुद पर ऐतबार बढ़ जाता। अकेले में बिताए पलों की अहमियत अब वह समझने लगा था, लेकिन अपने बूढ़े होते माता-पिता को नहीं समझा सकता था। वो तो जब देखो उस पर दोबारा शादी करने के लिए दबाव

डालते रहते थे। हर बार वह इस बात को सिरे से नकार देता था। उसे किसी साथी की ज़रूरत नहीं थी। साथी के लिए उसके पास वक़्त ही नहीं था। हालांकि कभी-कभी उसे किसी जवान औरत के साथ अकेले में कुछ वक़्त बिताने की तलब लगती थी, लेकिन जब कभी किसी ने उसकी ओर इस नज़र से देखा तब वह खुद पलटकर पीछे हट गया। उसे रखैल भी नहीं चाहिए थी, क्योंकि उसके लिए भी कुछ भावनात्मक ज़िम्मेदारी जुड़ी होती हैं। और कानाफूसी तो होती ही। यही बात किसी भारतीय वेश्या के साथ रहने पर भी लागू होती है। बम्बई और दिल्ली में वेश्याओं के पास जाने से कहीं समझदारी का काम था लंदन, पेरिस और हैम्बुर्ग में ये काम करना। वैसे, उसके दिमाग़ में पहले ही इतनी चीज़ें भरी रहती थीं, जो उसे सेक्स से ज़्यादा ज़रूरी लगती थीं।

इस बीच, अंग्रेज़ों ने आखिरकार भारत की बागडोर भारतीयों के हाथ सौंपने का फ़ैसला किया। लेकिन देश को दो टुकड़ों में बांट कर। हिंदुस्तान की ज़मीन पर एक ऐसी जंग शुरू हुई जिसमें भाई-भाई के खून का प्यासा हो गया। सिंधु के किनारे से लेकर हुगली के पार तक, जहां देखो हिंदू और सिख एक तरफ़ और मुसलमान एक तरफ़ हो गये। दोनों एक दूसरे के गले काटने लगे। यह वह भारत तो नहीं था जिसका सपना विक्टर ने अपनी जवानी के दिनों में देखा था। जिस दिन भारत को आज़ादी मिली, विक्टर दिल्ली में ही था। सारा शहर हिंदू और सिख शरणार्थियों से भरा था जो पाकिस्तान से भागकर आए थे। वह मुसलमानों को उनके घरों और दुकानों से खदेड़ रहे थे। बेघर हुए लोगों ने ऐतिहासिक इमारतों, फुटपाथ और चौराहों पर डेरे डाल रखे थे। उसके पिता ने कई पहरेदार अलग से मंगवाए थे और घर के गेट भी बंद करवा दिए थे ताकि लोग उनके बगीचे में रहने न चले आयें। वह भारी तनाव में था। बड़बड़ाए जा रहा था–'अंग्रेज़ों को यहीं रख लो। हम लोग इस देश पर राज करने के क़ाबिल नहीं हैं। आज़ादी की ये सारी बातें कोरी बक-बक है.... हम तो गुलाम बने रहने के लिए ही पैदा हुए हैं।' उससे कोई बात करना आसान नहीं था। और बापू गांधी पूर्वी बंगाल के किसी दूरदराज़ के गांव चले गये थे। वहां के लोगों को यह बताने कि वह एक ही ईश्वर की संतान

हैं, भले ही उसे अलग अलग नामों से पुकारते हों। एक अकेली विक्टर की बेटी सबसे ज़्यादा खुश नज़र आ रही थी। स्वतंत्र भारत का तिरंगा झंडा लिए सारे घर में इधर-उधर नारे लगाती फिर रही थी—भारत माता की जय! महात्मा गांधी की जय! इनकलाब ज़िंदाबाद!

विक्टर ने दिल्ली में हो रहे आज़ादी के किसी जश्न में हिस्सा नहीं लिया, और बम्बई लौट गया। इस शहर में भी जश्न का माहौल था। शहर भर की इमारतों पर तिरंगे लहरा रहे थे और सड़कों पर नारे लगाते हुए जुलूस निकले जा रहे थे। नायर ने भी जय भगवान टावर्स पर तिरंगा फहराया था, और सारे कर्मचारियों को चाय और सस्ते बिस्कुट खिलवाए थे। वह फूला नहीं समा रहा था। उसे बम्बई की स्टेट कमेटी का अध्यक्ष चुना गया था, और उससे संसद में सीट दिए जाने का वादा भी किया गया था।

विक्टर ने अपने दफ़्तर में करीब एक घंटा बिताया, फिर बिना किसी को बताए गेटवे ऑफ इंडिया जाकर अपनी याट में जा पहुंचा। उसने कैप्टन से कहा कि उसे खुले समंदर में ऐसी जगह ले जाकर लंगर डाल दे जहां से ज़मीन न नज़र आती हो। वह बिलकुल अकेले में रहना चाहता था, हर तरह के खलल से दूर, बिलकुल अकेला।

उसने खुद को बाकी दुनिया से इतना अलग-थलग पहले कभी महसूस नहीं किया था। वह देश जिसे वह अपना देश समझता था, जिसके खुशहाल भविष्य के लिए वह मज़बूत नींव रख रहा था, उसे अंग्रेज़ों, कांग्रेस और मुस्लिम लीग ने मिलकर बिलकुल ऐसा बना दिया था कि पहचाना नहीं जा रहा था। सियासी चालबाज़ियों का बाज़ार गरम था। आखिरकार सियासत करने वालों की जीत हुई थी। उसकी निजी ज़िंदगी में भी हालात बिगड़ रहे थे। उसके पिता की सेहत खराब होती जा रही थी। आज़ादी और बटवारे के बाद आ रहे शरणार्थियों को देखकर वह जिस तरह बड़बड़ा रहे थे, उससे तो हर किसी को मानना पड़ा था कि वह बीमार हैं। वह अनमने से रहने लगे। कुछ दिन बेहद उदास रहते, फिर कुछ दिन ज़्यादा जोश में रहते घंटो बिना थमे बातें करते रहते। उनके साथ हमेशा अगर कोई रहता था तो वह थी सख़्तजान वेलेरी बॉटमली। वह ध्यान रखती

थीं कि उसके दफ़्तर का कामकाज चलता रहे, डॉक्टर देख जाए, उन्हें दवाएं वक़्त पर मिलती रहें, और साथ ही वह खुश रहें। विक्टर की मां तो जैसे उनके इस बढ़ते बेचारेपन का मज़ा ले रही थीं। अगर विक्टर के पिता ने शादी के बाद के इतने बरसों में इतनी बेरहमी से उन्हें एक तरफ़ डाल रखा था तो अब उन्हें भी कोई हक़ नहीं था ये उम्मीद करने का कि वह उनका ध्यान रखें। विक्टर की मां को तो अब जैसे सिर्फ़ अपनी पोती भारती में दिलचस्पी थी। विक्टर समझ गया कि उसके पिता बस अब कुछ ही दिनों के मेहमान हैं। अगर उसे पिता का सहारा न होता तो वह इस मुकाम तक नहीं पहुंच सकता था। उसे अब खुद को यह समझाना होगा कि अब बहुत दिनों तक वह उसके साथ नहीं रहेंगे।

एक वक़्त था जब उसे एक दूसरे शख़्स से सहारे की उम्मीद रहती थी—नायर से। लेकिन वह भी बदल चुका था। विक्टर भी उसके बारे में होने वाली तमाम बातों को अनसुनी करने लगा था। वैसे इन बातों को उसने कभी अहमियत नहीं दी थी। लेकिन वह समझ पा रहा था कि नायर सिर्फ़ उसकी कंपनियों के जनरल मैनेजर के तौर पर, ऊपर से दूसरे पायदान पर बने रहने के अलावा, कुछ और उम्मीदें भी पाले था। वह विक्टर पर कांग्रेस को चंदे में मोटा पैसा देने के लिए दबाव बनाता, और वामपंथी पत्रिकाओं के सम्पादकों की ख़ातिरदारी पर खर्च करता था। ज़ाहिर था कि वह जय भगवान एन्टरप्राइज़ेज़ की मदद से राजनीति में अपनी जगह बनाना चाहता था। विक्टर को इस बात से दिक्कत थी। उसने सोच लिया कि वह नायर के रास्ते में नहीं आएगा, लेकिन अब अपने कामकाज और आगे की तैयारी के लिए उसे नायर पर भरोसा भी नहीं रह गया था। ज़िंदगी में पहली बार विक्टर महसूस कर रहा था कि बिलकुल अकेले होने का मतलब क्या होता है।

विक्टर के मन में जो बुरे-बुरे ख़याल आ रहे थे उन्हें हक़ीकत में बदलते देर नहीं लगी। अक्टूबर की एक सुबह विक्टर जल भारती की डेक पर आरामकुर्सी में पड़ा समुद्र से आ रही हवा का मज़ा ले रहा था कि तभी उसे खाड़ी की ओर से लहरों को चीर कर आती एक मोटरबोट दिखाई दी। वह जल भारती के बगल में आकर रुकी। मोटरबोट चलाने वाले ने ज़ोर से आवाज़ लगायी—'साहब के लिए बहुत ज़रूरी तार है।' वह वेलेरी का भेजा एक छोटा-सा संदेश था—'तुम्हारे पिता को स्ट्रोक और ब्रेन हेमरेज हुआ है। हालत नाज़ुक है। फ़ौरन आ जाओ। तुम्हारी बहनों को ख़बर कर दी है।"

विक्टर ने याट वापस किनारे ले चलने का आदेश दिया। वहां उसकी कार खड़ी थी। उसने अपने सेक्रेटरी से कहा कि टाटा से एक प्राईवेट हवाई जहाज़ किराये पर ले लिया जाए। नायर ने उसके साथ जाने का फैसला किया। उसी दिन दोपहर बाद, जब वह दिल्ली के पालम हवाई अड्डे पर उतर, एअरपोर्ट की बिल्डिंग की ओर जा रहे थे, प्रेस फोटोग्राफ़रों और रिपोर्टरों की एक टोली उनके पीछे लग ली। विक्टर ने भांप लिया कि जिस बात का उसे डर था, वही घट गयी है। वह ख़बरनवीसों से कटते हुए बिलकुल अकड़कर चलते हुए सीधे *अराइवल लॉन्ज* की ओर बढ़ता गया। बाहर उनके लिए कार खड़ी थी, और अख़बार वालों की एक और टुकड़ी भी। नायर ने उन्हें अपने तीखे अंदाज़ में झिड़का—आप लोगों को कोई शर्म है कि नहीं? इन्हें अभी-अभी अपने पिता के गुज़र जाने की ख़बर मिली है और आप उनका इंटरव्यू लेना चाहते हैं? कितनी बुरी बात है! पीछे हटिए!' फिर विक्टर का हाथ पकड़ वह कार की ओर ले गया। वही पहले वाला नायर फिर सामने आ गया था। विक्टर ने पहले जैसा अपनापन महसूस किया। उसका एहसान माना। ऐसी कठिन घड़ी में उसके साथ और कोई होता यह वह सोच भी नहीं सकता था।

अख़बार वालों की गाड़ियां उनका पीछा करती हुई घर तक आ गईं। घर के बाहर और अंदर लॉन में शोक जताने वालों की भीड़ थी। वर्दी पहने चपरासी मट्टू की अर्थी पर चढ़ाने के लिए गवर्नर जनरल, प्रधानमंत्री, कैबिनेट मंत्रियों और औद्योगिक घरानों के प्रमुखों की ओर से फूल-मालाएं

लेकर आ रहे थे। जैसे ही विक्टर के आने की ख़बर फैली, बड़े-बड़े लोगों का तांता लग गया। वह शोक जताने आते, और फूल-माला चढ़ाते हुए या घरवालों से बात करते हुए अपनी तसवीरें खिंचवाकर चले जाते। विक्टर और उसके परिवार के लिए ये ग़म के पल थे, लेकिन लोगों ने इसे जनसंपर्क का एक मौका बना कर रख दिया था। भीड़ को चीरती हुई वेलेरी बॉटमली आयी और विक्टर को गले से लगाते हुए बोली—'तुम्हें सबको हिम्मत बंधानी है। यहां अपनी मां और बहनों के साथ बैठो।' वह फिर लोगों के बीच से होती हुई अपनी कॉटेज की ओर चली गयी। उसे मालूम था कि अब उसकी कोई ज़रूरत नहीं रह गयी है।

विक्टर ने अपने जूते उतारे और ड्रॉइंग रूम में घुस गया, जहां उसके पिता का शरीर बर्फ की सिल्लियों के बीच ज़मीन पर रखा था। अगरबत्ती की महक के साथ मिली मुरझाए फूलों की खुशबू फैली थी। एक कोने में बैठे पंडित संस्कृत के श्लोक पढ़ रहे थे। शायद ही किसी की समझ में आ रहे हों श्लोक। लेकिन उनकी आवाज़ सन्नाटे से कहीं बेहतर थी। उसकी मां अपने पति के सिरहाने बैठी बंधे गले से रोते-रोते फफक पड़ती थीं। भारती उनके बगल में बैठी चुपचाप रोए जा रही थी। मट्टू का मुँह आधा खुला था और उनकी नाक में रूई भर दी गयी थी। विक्टर आकर अपने मां और बेटी के साथ बैठ गया। उसने दोनों को बाहों में भर लिया। उसका ढांढस टूट गया और वह बच्चों की तरह रो पड़ा। भारती ने उसकी ओर देखा और रोना बंद कर दिया। सब कुछ भूल विक्टर की ओर एकटक देखने लगी। फिर बोली—'रो मत पापी, मुझे तुम्हारे रोने से डर लगता है।' विक्टर ने उसे कस कर बाहों में भींच लिया। 'नहीं रोऊंगा, बेटा, नहीं रोउंगा,' बेटी का मन रखते हुए वह बोला—'हमें दादी मां की ख़ातिर हिम्मत रखनी चाहिए।' दोनों बाप-बेटी ने अपनी आंखों से आंसू पोंछ डाले। वह दोनों खुद को संभाल रहे थे कि तभी गवर्नर जनरल शोक जताने आ गये। विक्टर से मिलने के बाद उन्हें धीमी आवाज़ और दुखभरे अंदाज़ में कुछ कहते सुन कुल सात साल की भारती जैसे अचानक बड़ी हो गयी। उसने दरबान को हुक्म दिया कि साहब से पूछे बिना किसी को कमरे में न आने दिया जाए। 'मेरे पिता बहुत थक गये हैं। हमें उनका ध्यान रखना

चाहिए।' दरबान भौचक्का था। उसके चुप होने के साथ उसने—'जी मेमसाहब!' कहते हुए मुस्तैदी से सैल्यूट मारा।

शोक जताने के लिए आए लोग जब चले गये, तब विक्टर वेलेरी की कॉटेज में गया। उसकी अकेली खिड़की से धीमी रोशनी आ रही थी। घर से बस चंद कृदम की दूरी पर होते हुए भी वह रात के अंधेरे में दूर नज़र आ रही थी। शायद वेलेरी को विक्टर के आने की उम्मीद थी। वह बोली—'आओ विक्टर, एक-दो पेग ले लो, तुम्हें इनकी ज़रूरत है। मैंने तुम्हारे साथ खाने के लिए कुछ चिकेन सैंडविच भी मंगवा लिए थे। मुझे मालूम है कि आज घर में खाना नहीं बनाया जाता।' यह कहकर उसने दो गिलासों में स्कॉच उड़ेली, और उन्हें सोडे से भर दिया। एक गिलास उठाकर विक्टर के हाथ में दे दिया। वेलेरी की आंखों से साफ था कि वह रोई थी। और पहली बार उसने यह भी महसूस किया कि वेलेरी अब बूढ़ी हो चली थी।

'अच्छी पारी खेली उन्होंने, चुप्पी तोड़ते हुए वेलेरी बोली। अपने परिवार और दोस्तों के लिए बहुत कुछ किया। मेरे साथ भी बहुत भलाई की।'

'वह अच्छे पिता थे, विक्टर ने अपनी कही। मैं बहुत बातों के लिए उनका एहसानमंद रहूंगा।'

कुछ देर दोनों बिना कुछ बोले बैठे रहे। बिलकुल शांत। फिर वेलेरी बोली—'मैं समझती हूं कि अब मेरी यहां कोई ज़रूरत नहीं नहीं रह गयी। है। मुझे इंग्लैंड लौट जाना चाहिए। मेरे माता-पिता नब्बे पार कर चुके हैं और मैं भी तो कोई जवान नहीं होने जा रही हूं। लेकिन हम संपर्क में रहेंगे, ठीक हैं न?'

'हां, क्यों नहीं, विक्टर बोला। तुम परिवार की एक सदस्य ही बन गयी थीं। जब कभी लंदन जाना हो तो ऐल्बियॉन म्यूज़ वाला फ़्लैट इस्तेमाल करना। तुम्हें प्रॉविडेंट फंड से अच्छी रकृम मिलेगी। और कोई ज़रूरत होगी तो मैं तो हूं ही।'

'खुश रहो, विक्टर। ईश्वर की मेहरबानी से, तुम्हारे पिता से, और तुमसे मुझे बहुत कुछ मिला है। तुम अपने परिवार का ध्यान रखो। तुम्हारी

बहनें भी अब तक आ गयी होंगी।'

जाते वक़्त विक्टर ने वेलेरी से कहा—'धन्यवाद, वेलेरी। मुझे पता है कि तुम मेरे पिता की ज़िंदगी में खुशियां लायीं। मैं चाहता हूं कि तुम्हें मालूम हो कि मैं इसके लिए तुम्हारा बहुत आभारी हूं।'

वेलेरी की आंखें भर आयीं। उसे लगा जैसे उसके कलेजे से भारी बोझ हट गया। धन्यवाद विक्टर। तुम पर हमेशा ईश्वर का साया रहे।'

उसकी बहनें और उनके पति अंतिम संस्कार के लिए अगली सुबह पहुंचे। शवयात्रा की तैयारी तड़के ही शुरू कर दी गयी थी। मट्टू के शरीर को रातों-रात हरिद्वार से लाये गये गंगाजल से नहलाया गया। सिर से पांव तक सफेद कपड़े से ढक कर दो बांसों से बनी टिकटी पर लिटाया गया, और रस्सी से बांध दिया गया। पौने नौ बजे गाड़ी आयी जिसमें उनकी मिट्टी उठनी थी।

विक्टर ने देखा कि उसकी मां ने अपने बेवफ़ा पति के पैर छूए। अर्थी को उठाकर गाड़ी में रख दिया गया। जैसी ही गाड़ी चली वह बच्चों की तरह फूट-फूट कर रो पड़ी। बंगले के बाहरी गेट से निकल नदी की ओर चली, पचास से ज़्यादा कारें उसके पीछे-पीछे हो लीं। सारे रास्ते पुलिस तैनात थी। जिधर से शवयात्रा निकलती, उधर लोगों की आवाजाही रुक जाती।

यमुना के किनारे, घाट पर, भारी भीड़ जुटी थी। मंत्रियों और अधिकारियों के कंधे जय भगवान टेक्सटाइल्स के कर्मचारियों के कंधों से टकरा रहे थे। चिता पर ढेरों फूल-मालाएं चढ़ाई गयीं। फिर हटा दी गयीं। ग्यारह बजे विक्टर के हाथ में जलती हुई फूंस का गट्ठर पकड़ाया गया। उसने चिता की परिक्रमा करते हुए कई जगह अग्नि दी। चिता से लपटें फूट पड़ी। करीब दर्जन भर पंडों के मंत्रोच्चार के स्वर लकड़ी के चरचराने की आवाज़ पर भारी पड़ रहे थे। अंतिम विदाई की बात मन में आने से विक्टर के पेट में हौल सी मच रही थी। उससे राहत पाने का इंतज़ार कर रहा था विक्टर कि भारती ने आकर अपने छोटे-छोटे हाथों में उसका हाथ थाम लिया। उसे राहत मिल गयी।

उसी शाम बापू गांधी का पोस्टकार्ड आ गया। उन्होंने लिखा—'मौत

ज़िंदगी का ही एक पहलू है। कभी न कभी हममें से हर किसी की मौत आती है। बहुत ज़्यादा दुखी मत हो। सिर्फ़ यह सोचे कि तुम्हारे पिता तुम्हारे लिए विरासत में क्या छोड़ गये हैं और तुम उसे कैसे आगे बढ़ा सकते हो। ऐसा करने से तुम्हें हिम्मत मिलेगी। तुम्हारे दुख के इस वक़्त में तुम्हें, तुम्हारी मां, बहनों, और परिवार के सदस्यों को मेरा प्यार। तुम्हारा, बापू।" विक्टर ने कार्ड जेब में रख लिया। हमेशा के लिए संजो कर।

एक हफ़्ते बाद वेलेरी बॉटमली ने मट्टू परिवार से विदा ली। लंदन के लंबे सफ़र के लिए विक्टर और भारती उसे पालम हवाई अड्डे तक छोड़ने गये। फिर कभी वह भारत नहीं आयी।

विक्टर के आई.सी.एस. बहनोई दिल्ली में ही रह रहे थे, उन्हें पूरे परिवार के साथ शांति भवन में रहने के लिए राज़ी किया गया ताकि विक्टर की मां और बेटी की देखभाल हो सके। इसके बाद विक्टर बम्बई लौट गया। अपने पिता को अग्नि के हवाले करने और उनकी राख को गंगा में प्रवाहित करने के करीब तीन महीने बाद तक वह ढीला-ढाला रहा। पता नहीं क्यों उसे महसूस होता रहा कि अभी उसका दुःख कटा नहीं है। इसके चलते वह पूरे मन से काम भी नहीं कर पा रहा था। उसने कुछ दिन काम से दूर रहने का फैसला किया और अपने याट पर कहीं दूर घूमने निकल पड़ा। वह गोवा में लंगर डाले था जब उसे फिर बुरी ख़बर मिली। उसके दूसरे पिता भी नहीं रहे। बापू की हत्या कर दी गयी थी। वह बुरी तरह परेशान हो गया। कैसी जंगली कौम का है वह जिसने अपने संत जैसे पिता को ही मार डाला? अब उसकी समझ में नहीं आ रहा था कि अब उसे दिलासा कौन देगा? उसने महसूस किया कि कि यह यह गोवा के समुद्र में अपनी याट में आराम करने का नहीं है। वह बम्बई लौट आया। अगले दिन बापू के लिए बुलायी गयी कर्मचारियों की शोक सभा में हिस्सा लेने के बाद उसने दिल्ली के लिए विमान पकड़ा। वह चाहता था कि ऐसे वक़्त में अपनी मां के पास मौजूद रहे। मां को भी गहरा सदमा लगा था। वह अपना सिर हाथों पर टिकाए बैठी बार-बार यही रट लगाए थीं—'कलयुग आ गया है! लोग अपने बाप को मारे डाल रहे हैं! कौन जाने हमें कब मार दिया जाए। अपना ध्यान रखना बेटा।

बड़ा बुरा वक़्त है ये।'

'मां, मेरी फ़िक्र मत करो। मुझे कोई नहीं मारने जा रहा है। उसने भरोसा दिलाया। मैंने अभी लोगों के साथ इतनी भलाई नहीं की है।'

उस रात विक्टर खुद कार चलाकर निगमबोध घाट पर जा पहुंचा, जहां मुर्दे जलाए जाते हैं। सुबह तक वहीं बैठे-बैठे वह चिताओं के बुझते शोले देखता रहा। वह मौत को बिलकुल करीब से देख लेना चाहता था। वह मौत को देख पाया या नहीं, लेकिन उजाला होने पर वह खुद को पहले जैसा कमज़ोर और लाचार नहीं समझ रहा था। वह लौट जाएगा, भारत की खुशहाली के लिए अपनी कोशिशें जारी रखेगा, चाहे भारत के लोग इस लायक हों या नहीं।

कई बरस बीत गये। विक्टर ने खुद को काम में पूरी तरह डुबो दिया। अब वह देश भर में अपनी मिलों और फैक्ट्रियों के दौरे करने के साथ जय भगवान टावर्स में पहले से कहीं ज़्यादा वक़्त गुज़ारने लगा। जहाज़रानी के कारोबार को लेकर उसे अब भी फ़िक्र रहती थी, लेकिन नायर के राजनीति में और ज़्यादा मशगूल हो जाने से, अब वह नये और बेहतर मैनेजर रख सकता था, बिना नायर को नाखुश किए।

अगर आप उसके काम को उसकी ज़िंदगी से निकाल दें, तो विक्टर के लिए ये तय करना मुश्किल हो जाता कि वह क्या करे। काम के बाद अगर उसे किसी से लगाव था तो वह थी उसकी बेटी भारती। वह दिल्ली से एक फोन कर दे तो विक्टर फ़ौरन हवाई जहाज़ पकड़ कर दिल्ली उड़ जाता। चाहे कुछ ही घंटे बाद उसे फिर लौटना पड़े। उसके लाड़-प्यार का ही नतीजा था कि उसकी गैरमौजूदगी को वह अपनी और दादीमां की बदनसीबी मानती थी। साथ ही मनमौजी और जिद्दी हो गयी थी। उसने दो स्कूल बदले, दोनों पसंद नहीं आये, तो किसी और स्कूल में दाखिला

लेने से उसने मना कर दिया। उसे घर पर ही ट्यूशन पढ़ाने वाले आते थे, लेकिन किसी इम्तिहान में बैठने को वह तैयार नहीं होती थी। वैसे वह खुद बहुत कुछ पढ़ती रहती थी, और जहां तक बातचीत का सवाल है, वह हर तरह के लोगों में अपनी जगह बना लेती थी। आमतौर पर वह दूसरों को कमतर मानती थी। इस बात का उसके शक्ल-सूरत से भी कुछ वास्ता था। वह आम लड़कियों से कुछ अलग सी दिखती थी। उम्र के हिसाब से कुछ ज़्यादा ही लंबी, और छरहरी। लेकिन दूसरे कश्मीरी पंडितों की तरह दूध सी गोरी नहीं थी। क्योंकि वह अपनी दादी के साथ ही ज़्यादातर वक़्त बिताती थी, इसलिए खुद भी कांटा-छुरी और *चीज़ और वाइन* के मामले में अनाड़ी थी। उसकी बुआओं के बच्चे खाने-पीने का सलीका न होने और ज़्यादा ढीले-ढाले कपड़े पहनने के लिए उसका मज़ाक उड़ाते थे। हालांकि उनके मज़ाक से उसके दिल को चोट लगती थी, लेकिन वह उन्हें कम पढ़े-लिखे बेवकूफ़ कहकर नज़रअंदाज़ कर देती थी। जब उसे ज़्यादा परेशान किया जाता तो वह ऐसी बुरी तरह उन्हें लताड़ती थी कि फिर कई हफ़्तों तक वह लोग उससे दूर ही रहते थे। दिल्ली में उससे तीखी ज़बान शायद किसी की रही हो।

एक शाम उसकी बुआएं शांति भवन आ पहुंचीं, जब विक्टर समेत पूरा परिवार वहां मौजूद था। उन्होंने सलाह दी कि भारती को स्विट्ज़रलैंड के किसी फ़िनिशिंग स्कूल भेज दिया जाय। भारती ने अपने पूरे जी-जान से इस बात का विरोध किया, लेकिन बाकी सबकी दमदार दलीलों के आगे विक्टर बिना कुछ कहे उनकी बात मानने को मजबूर हो गया। भारती ने इसके लिए कभी अपनी बुआओं को माफ़ नहीं किया। उसे खासतौर से याद है एक बुआ ने कहा था—'भाई, इसमें अपने खानदान के मुताबिक खूबियां होनी ही चाहिये। हमारा ख़ानदान कोई ऐसा गया-बीता नहीं है कि हम इसके बेशऊर होने का ख़तरा उठा सकें।'

भारती सिर्फ़ तेरह साल की थी जब उसे लुज़ान के नज़दीक के एक ऐसे स्विस फ़िनिशिंग स्कूल में भेज दिया गया जहां उसे होस्टल में ही रहना होता था। जो चार साल उसने वहां बिताए उनमें खुशी का तो जैसे नाम ही नहीं था। उसे वहां की ठंड, ज़रूरत से ज़्यादा साफ़-सुथरा माहौल, और

एक दूसरे से कटे-कटे रहने वाले लोग बिलकुल भी उच्छे नहीं लगते थे। उसकी गर्मजोशी भी जाती रही और वह खुद भी अलग-थलग रहने लगी। लेकिन अपने पिता से किए वादे को पूरा करने की ख़ातिर वह सब कुछ झेल गयी। विक्टर बीच-बीच में उससे मिलने के लिए स्विटज़रलैंड के चक्कर मार आता था, इसलिए भारती को कुछ राहत थी। चार साल पूरे होते ही उसने अपना सामान बांधा और दिल्ली लौट आयी। उसकी स्कूली पढ़ाई पूरी हो गयी थी। अब वह और पढ़ने को कतई तैयार नहीं थी, चाहे उसके पापी ही क्यों न कहते कि उनकी दिली ख़्वाहिश है कि वह ऑक्सफोर्ड जाए।

'मैं अब बड़ी हो गयी हूं।' उसने अपने पिता को सफ़ाई दी। 'बड़े घरों के तौर-तरीके जान चुकी हूं। ये तो ज़रूर कहूंगी कि स्विटज़रलैंड जाने से इतना तो फ़ायदा हुआ। अब आपकी बहनों को मेरी वजह से कहीं शर्मिंदगी नहीं उठानी पड़ेगी। लेकिन और नहीं, पापी। अब मैं यहीं रहूंगी। आपके साथ।' विक्टर को ताज्जुब था कि उसकी बेटी ने इतना कुछ सहा लेकिन उसे कुछ भी पता नहीं लगा। वह अपनी बेटी को बेहद चाहता था। उसने उसी की बात मान ली। 'मुझसे भूल हुई बेटा, मुझे ज़रा भी अंदाज़ नहीं था कि तुम इतनी नाख़ुश हो। चलो ठीक है, अब तुम यहीं रहोगी, और ऑक्सफोर्ड जाने या आगे की पढ़ाई की कोई बात नहीं होगी।'

भारती अब अपनी मर्जी से पढ़ती, दादीमां के साथ वक्त बिताती, और फिर अपने कमरे में यूं ही पड़ी रहती। हालांकि ख़ूबसूरत भारती अब जवान हो चुकी थी, लेकिन वह अपनी उम्र के नौजवानों में कोई दिलचस्पी नहीं लेती थी। उसके दोस्त नहीं थे और वह चाहती भी नहीं थी कि दोस्त हों। उसकी ज़िंदगी का कोई मकसद नहीं था।

स्विट्ज़रलैंड से वापसी के एक साल बाद विक्टर ने तय किया कि अब वक़्त आ गया है जब बाप-बेटी को खुलकर बात करनी चाहिए। विक्टर ने उससे कुछ दिनों के लिए बम्बई बुलाया। ताकि वहां से समुद्र के रास्ते गोआ या कोचीन की सैर को जा सकें। उन्हें बातचीत के लिए वक़्त मिल सके। 'मुझे तो बड़ा अच्छा लगेगा।' भारती बोली। 'मेरे हिसाब से तो शांति भवन में बहुत भीड़ है। दिमाग को थोड़ी शांति मिलेगी तो

अच्छा ही है। कभी-कभी तो मुझे डर लगता है कि यहां पागल न हो जाऊं।'

तीन दिन बाद विक्टर और भारती हवाई जहाज़ से बम्बई चले गये। विक्टर अपने वरिष्ठ लोगों से मिलकर कंपनी की रिपोर्ट और बैलेंस शीट इकट्ठी करता रहा ताकि उन्हें याट पर देख सके। नायर तो बस भारती की सेवा में लगा था। उसे गुलदस्ते देता और उसकी खूबसूरती की तारीफ़ करता। खुद को चाहने वाला आदमी, वह भारती की तीखी नाक और तीखी ज़बान दोनों का दीवाना था, क्योंकि यह उसे उसके जवानी के दिनों की याद दिलाते थे। भारती इस बात की आदी तो थी नहीं कि कोई मर्द उस पर लट्टू रहे। वह भी उसके पिता जैसी उम्र का कोई शख़्स। लेकिन उसे नायर का ध्यान रखना अच्छा लगता था।

विक्टर और भारती आराम से चलते हुए हफ़्ते भर भारत के पश्चिमी तट के साथ चले। गोआ रुकते हुए कोचीन पहुंचे। वहां एक दिन एक रात रुके—ईंधन भरा और ताज़े फल-सब्ज़ियां, ताज़ा मुर्गे का मीट और मछली खरीदी। विक्टर ने तो ज़्यादातर वक़्त अपने केबिन में फ़ाइलों के साथ बिताया। उन्हीं में एक फाइल में वह रिपोर्ट थी जिसमें उसकी कंपनियों में काम करने वालों के लिए पहाड़ों में कहीं एक हॉलीडे होम लेने की बात थी, क्योंकि होटल उन्हें बहुत महंगे पड़ते थे। विक्टर को यह बात अच्छी लगी। उसने फाइल पर लिखा—देखें कि क्या गंगा के किनारे कोई ऐसा मकान मिल सकता है जो हरिद्वार से ज़्यादा दूर न हो। जहां गर्मी और सर्दी दोनों में ही मौसम खुशगवार हों और हमारी कंपनी के लोग छुट्टियां मनाने आपने परिवार के साथ वहां जा सकें। उनसे बहुत कम पैसे लिए जायें। वहां एक खानसामा और तीन लोगों का स्टॉफ रखा जाय। वहां की परंपरा को देखते हुए वहां सिर्फ़ शाकाहारी भोजन ही बनाया जाय।

उस वक़्त विक्टर को क्या पता था कि उसकी ज़िंदगी में आगे चलकर इस हॉलीडे होम की कितनी अहम भूमिका होगी।

भारती अपने साथ काफी किताबें और पत्रिकाएं लायी थी। उसका ज़्यादातर वक़्त पढ़ते या डेक पर टहलते हुए, या फिर एक तरफ़ ज़मीन

और दूसरी तरफ़ खुला समुद्र निहारते बीतता था। दोपहर के खाने के वक़्त बस थोड़ी देर के लिए बाप-बेटी मिलते थे। रात के भोजन के वक़्त वह कुछ ज़्यादा देर साथ होते, जब विक्टर सोडे के साथ स्कॉच के दो पेग लेकर अपना कोटा पूरा करता था। उसने अपनी बेटी से भी कहा कि फीकी फ्रेंच वाइन पीकर देखे। स्विट्ज़रलैंड में वह शराबों के चक्कर में नहीं पड़ी, लेकिन यहां उसे खाने के पहले और उसके साथ वाइन पीना अच्छा लगने लगा।

बम्बई लौटते हुए विक्टर ने अपनी बेटी से बातचीत की, जिसके लिए वह उसे साथ लाया था। 'भारती मैं अब पचास पार कर चुका हूं। इसका मतलब यह नहीं है कि मैं बूढ़ा हो गया हूं, लेकिन अब मुझे काम का बोझ कुछ ज़्यादा लगने लगा है। इसके बाद मेरे पास पढ़ने-लिखने और आराम करने के लिए वक़्त नहीं बचता है। तुम अब इतनी बड़ी हो गयी हो कि मेरा कुछ काम संभाल लो। आखिर तुम मेरी अकेली वारिस हो। अब मैं सोचता हूं कि तुमने डिग्री और डिप्लोमा के लिए कॉलेज न जाकर अच्छा ही किया। ज़िंदगी में उनकी ज़्यादा अहमियत नहीं है। अहमियत है तो काम के तजुर्बे की। जितनी जल्दी काम शुरू किया जाय उतना अच्छा है।'

'क्या सोचा है आपने?' भारती ने पूछा।

'मैं समझता हूं कि तुम्हें हमारी सारी फैक्टरियों का दौरा करना चाहिए। हर जगह एक हफ़्ता या कुछ और दिन लगाओ, देखो कि कामकाज कैसा चल रहा है, और वहां कुछ नया करने की ज़रूरत तो नहीं है। हमें दूसरों से एक कदम आगे रहना चाहिए। बाहर जाओ। मैनचेस्टर, शेफ़ील्ड, जर्मनी, अमेरिका ; देखो कि क्या वह लोग हमसे अच्छा माल बना रहे हैं। दवाएं बनाने के काम को देखा जा सकता है। हम काफ़ी घटिया दर्जे की दवाएं बनाते हैं और बहुत कुछ हमें विदेशों से मंगाना पड़ता है। हमारे यहां बिजली की कमी है। बिजली और चाहिए। वक़्त के हिसाब से रेलवे में सुधार की ज़रूरत है। चौड़ी सड़कें चाहिए, जैसी जर्मनी और इटली में हैं। बहुत कुछ करना है। इंग्लैंड से शुरू करो। वहां ऐल्बियॉन में हमारा छोटा-सा फ़्लैट है। वहां ठहरो, वहीं से काम करो। एक सेक्रेटरी

रख लो, जो तुम्हारी मदद करे।'

भारती हर बात में सिर हिलाकर हामी भरती रही। वह सोच रही थी कि दुनिया में इतना कुछ उसे खुद देखना है। और उसपर नज़र रखने वाला भी कोई नहीं होगा। हैरत में डालने वाली तमाम चीज़े उसके सामने आती गयीं।

भारती अगले कई महीने हवाई जहाज, ट्रेन और कार से भारत में दौरे करती रही। अपने पिता के लगाये कारखाने देखे। हर कहीं उसका स्वागत किया गया। उसने देखा लोग कैसे हालात में काम कर रहे हैं और उनके परिवारों को किस तरह की दिक्कतें हैं। उसकी फुर्तीली चाल और सीधे काम की बात करने की आदत से सब प्रभावित थे। वह खुद ज़्यादा नहीं बोलती थी, लेकिन दूसरों की बातें सुनती थी और कह देती थी कि वह उनकी बात अपने पिता तक पहुंचा देगी। उसका अंदाज़ कई लोगों को प्रधानमंत्री की बेटी की याद दिलाता था, जो अकसर अपने पिता के साथ देश भर में दौरे करती थी। बेशक भारती आम कर्मचारियों के साथ उनके घरों में जाती थी, चप्पल पहनकर तपती धूप में उनके साथ घूमती थी, लेकिन जय भगवान के साथ लोग जैसा अपनापन महसूस करते थे, वैसा भारती के साथ नहीं। वह तो उनके लिए भगवान जैसा था।

बम्बई लौटने से पहले हरिद्वार और ऋषिकेश के बीच गंगा के दाहिने किनारे पर एक स्थानीय राजा से खरीदे कंपनी के हॉलीडे होम में एक हफ़्ते के लिए रहने चली गयी। उसमें मरम्मत का काम चल रहा था। हरी पहाड़ियों के बीच उस जगह के माहौल में भारती का मन लग गया। चट्टानों पर से नदी के बहने की आवाज़ धीमी-धीमी सुनाई देती थी। लगातार। वह जगह टिहरी गढ़वाल की ओर जाने वाली सड़क से कोई एक मील दूर थी। सबसे नज़दीकी पड़ोस की बात करें, तो जगह-जगह

से टूटी-फूटी एक इमारत थी। उसमें एक ऐसी महिला तांत्रिक ने आश्रम बना रखा था, जिसके पास एक पालतू शेर, कई काले कुत्ते और कुछ शिष्य थे। भारती ने बड़े ही रसीले अंदाज़ में अपने पिता को फोन पर उस जगह के बारे में बताया—'ऐसी जगह है जहां मैं सारी ज़िंदगी गुज़ार सकती हूं। नदी, पहाड़, चारों तरफ़ हरियाली और ऐसी शांति जिसमें दिमाग़ खुल कर काम करे। मैं यहां उतनी ही ख़ुश रह सकती हूं जितना आप अपनी याट पर।' यह सुनने के बाद विक्टर ने हॉलीडे होम का नाम भारती भवन रखने का फैसला कर लिया।

भारती की गैरमौजूदगी में विक्टर ने यूरोप में अपने कारोबार से जुड़े लोगों को अपनी बेटी के दौरे के बारे में लिखा, तो उन्होंने विश्वास दिलाया कि अगर भारती आती है तो उसके लिए सारे इंतज़ाम कर दिए जाएंगे। नायर ने सुझाया कि सिर्फ़ कारोबार पर ध्यान देने के बजाय भारती यूरोप के नेताओं से मिले। वहां कला दीर्घाएं, नाटक, बैले और शास्त्रीय संगीत के कार्यक्रम भी देखे। नायर का कहना था—'उसे अपना दायरा बढ़ाना चाहिए। एक तरह से वह भारत की घूमती-फिरती राजदूत होगी। उसे ऐसा होना चाहिए कि बड़े से बड़े लोगों के सामने भी अपनी बात रख सके।' नायर की इन बातों में विक्टर को दम नज़र आ रहा था। उसने बात आगे बढ़ाई—'अगर आप चाहें, तो मैं उसके साथ चला जाऊं और हफ़्ते दो हफ़्ते वहा रुककर भारती को उन नेताओं, कवियों और लेखकों से मिलवा दूं जिनसे मेरी बरसों से जान-पहचान है। इससे उसके लिए रास्ता खुल जाएगा। आगे तो वह सबकुछ ख़ुद संभाल ही लेगी।' यह बात भी विक्टर को जंच गयी। 'मैं भारती से पूछूंगा कि वह इस बारे में क्या सोचती है।' उसने कहा।

भारती को यह प्रस्ताव ठीक लगा। 'अगर कोई जानकार मुझे बताने वाला नहीं होगा तो मैं तो खो ही जाऊंगी। नायर रहेंगे तो काफ़ी मदद मिल जाएगी।'

उसके पिता ने उसे चेताते हुए कहा—'ध्यान रखना, बड़ा बेढब आदमी है। लोगों से लड़ बैठता है। तुम्हें होशियार रहना पड़ेगा।'

'मैंने तो उनके बारे में ऐसा कुछ नहीं महसूस किया।' भारती ने

जवाब दिया। 'मेरे साथ तो हमेशा अच्छी तरह पेश आते हैं।'

'बाद में मुझसे यह मत कहना कि मैंने तुम्हें सतर्क नहीं किया। मैं उसे कॉलेज के दिनों से जानता हूं। मुझे भी वह हमेशा ठीक ही लगा, लेकिन दूसरों को नहीं।'

कुछ दिन बाद भारती और नायर लंदन पहुंचे। भारत में नायर अपना केरल वाला कुर्ता और टखनों तक का सफेद लुंगी जैसा मुंडू पहनता था, लेकिन लंदन में उसने सैविल रो का बढ़िया सूट पहना और सिल्क की टाई लगायी। लंदन में दिसंबर की ठंड से बचने के लिए भारती ने शहतूश का कीमती शॉल कंधों पर डाला। हालांकि दोनों की उम्र में काफ़ी फ़र्क था, लेकिन उनकी जोड़ी खूब जमती थी।

नायर भारती का खूब ख़याल रखता था। रोज़ सवेरे उसे लेने ऐल्बियॉन म्यूज़ आता तो लाल गुलाबों के गुलदस्ते के साथ दिन भर के कार्यक्रम की सूची वाला छपा कार्ड लेकर—टेट गैलरी जाना है। सेवॉय में दोपहर का खाना विदेशमंत्री के साथ। टावर ऑफ़ लंदन की सैर। दि ऑबज़र्वर के संपादक के साथ शाम का खाना। अगाथा क्रिस्टी के माउसट्रैप यानी चूहेदानी नाटक का शो। ....रोज़ के कार्यक्रम अलग होते थे। पंद्रह दिन के लिए उसने इधर-उधर आने-जाने के लिए एक रॉल्स-रॉयस भाड़े पर ले रखी थी, जो शाम को उसे इयूस्टन स्टेशन के पास कहीं ऑक्सफोर्ड के ज़माने के उसके अड्डे पर छोड़ आती।

हालांकि वह भारती का पूरा ध्यान रखता था, लेकिन एक जगह से दूसरी जगह जान की उसे हमेशा जल्दी मची रहती थी। दिन हो रात, खाने के नाम पर वह बस टमाटर का सूप और चाय पर चाय पीये जाता। लंदन आकर उसे कुछ हो गया था। वह तीस साल पहले वाला नायर बन गया था। जब दूसरे खाते थे, तो वह बैठा प्लेट में परोसी चीज़ों को कांटे और चम्मचों से इधर-उधर सरका कर खेला करता। आखिर में बिना झूठा किए वह प्लेट वापस लौटा दिया करता। 'नायर, आप भूख और ठंड से मर जाएंगे, अगर आपने ठीक से खाना खाना शुरू नहीं किया।' एक बार, खाने के वक़्त यह कहते हुए भारती ने नायर की प्लेट में उबली सब्ज़ियां परोस दीं। पहले वह आलुओं में कांटे से छेद करता रहा, फिर एक-एक करके

उन्हें उठाता, आधा काटकर खाता और बाकी फिर प्लेट में रख देता। 'क्या मैं तुम्हें भुखमरी का शिकार नज़र आता हूं?' जिन्न जैसी हंसी हंसते हुए उसने पूछा। 'तुम लोग कुछ ज़्यादा ही खाते-पीते हो। गांधी हैं न? एक गिलास बकरी का दूध, कुछ खजूर और कुछ दूसरे मेवे से काम चला लेते हैं। फिर भी उनके पास ऐसी ऊर्जा है कि उन्होंने अंग्रेज़ सरकार को उस समय हिलाकर रख दिया जब उसकी ताक़त अपनी पूरी उठान पर थी।'

'वह हमेशा से ही ऐसा है, तीस साल से तो मैं ही इसे ऐसा देख रही हूं।' लंच पर मिली नायर की एक पुरानी दोस्त ने भारती को बताया। 'इसकी किसी भी पुरानी मित्रों से पूछो, सब इसकी देखभाल करना चाहती थीं।'

भारती ने सुन भी रखा था कि नायर की कई अंग्रेज़ लड़कियों से दोस्ती थी, जिनमें से कुछ तो सम्पन्न परिवारों से थीं और उसके तपस्वियों जैसे जीने के अंदाज़ की ओर खिंची चली आती थीं। उसका ध्यान रखने में उन्हें मज़ा आता था। हालांकि भारती उसकी बेटी जैसी उम्र की थी लेकिन वह भी बच्चे की तरह उसकी देखभाल करना चाहती थी। कई बार शहर में इधर-उधर आते-जाते उसने नायर को ठंड से कांपते देख नायर के लिए उसका दिल पिघल जाता था। 'आपके हाथ बर्फ़ जैसे हो रहे हैं!' एक रात भारती ने उससे कार में कहा। 'लीजिए, अपने हाथ और पैर मेरे शॉल से ढक लीजिए। खूब गर्म है।' शहतूश के एक शॉल में दोनों ने अपने हाथ ढक रखे थे। कड़ी-कड़ी उंगलियों वाले उसके हाथ, किसी खूंखार जानवर के पंजे जैसे। जबकि उसके हाथ गुनगुने और नर्म, किसी को दोष न देने वाले, क्योंकि वह तो अभी बच्ची ही थी, अट्ठारह से भी कम की।

दोनों क्रिसमस के दिन लंदन में ही थे। शहर वीरान सा नज़र आ रहा था। नायर ने ईटन तक चलने का सुझाव दिया ताकि भारती देख सके कि उसके पिता किस स्कूल में पढ़े थे। स्कूल तो बंद होगा, लेकिन वह स्कूल की इमारत तो देख सकते हैं, और नज़दीक ही विंडसर कासेल भी। भारती झट तैयार हो गयी। ये उसका आखिरी दिन होगा नायर के साथ क्योंकि उसे अगली सुबह की फ़्लाइट से भारत लौटना था। नायर के साथ दूर तक ड्राइव पर जाने की बात उसे जंची। आखिर वह अब

तक अजीब सी आदतों वाले इस इंसान को पसंद करने लगी थी, जो उसे अपना इतना वक़्त दे दिया करता था। धूप निकली हुई थी, फिर भी भारती ने नायर की ओर अपने शॉल का एक सिरा बढ़ा दिया। हाथ रखने के लिए। फिर उसके हाथ अपने हाथों में ले लिए। अभी से उसे नायर की कमी अखरने लगी थी।

जब वह दोनों लौटे, तब तक अंधेरा हो चुका था। शाम की प्रार्थना सभा के लिए चर्च के घंटे बजने लगे थे। भारती ने गैस का चूल्हा जलाया और नायर के लिए चाय बनायी। उसने फ्रेंच *बोज़लेई* वाइन की एक बोतल निकाल कर चायदानी और नमकीन बिस्कुटों की प्लेट के साथ मेज पर रख दी। इस बीच नायर ने गैस पर अपने हाथ गर्म किये। 'देखो मेरे हाथ,' उसने भारती के दोनों गालों को अपने हाथ में लेते हुए कहा, 'अच्छी तरह गर्म हो गये न?' भारती उसके और करीब आ गयी। नायर ने उसके माथे को चूम लिया।

दोनों मेज़ पर बैठ गये। नायर चाय की चुस्कियां लेने के साथ नमकीन बिस्कुट कुतर-कुतर कर खाता रहा, और भारती वाइट वाइन के बड़े-बड़े घूट भरती रही। वैसे वह अमूमन दो छोटे गिलास से ज़्यादा नहीं पीती थी, लेकिन लेकिन आज वह तीसरा हाथ में लिये थी। सारे दिन लंच के नाम पर एक सैंडविच के सिवा कुछ खाया तो था नहीं, सो उसे नशा चढ़ने लगा। ज़बान लड़खड़ाने लगी। उसने ग़ौर किया कि नायर ने घड़ी देखी। 'आप को जाने की जल्दी है न? अभी रुकिये, कुछ देर बाद चले जाइयेगा।' लड़खड़ाती ज़बान से भारती ने गुज़ारिश की।

'लगता है तुमने कुछ ज़्यादा पी ली है,' उसने कुछ इस तरह मुसकराते हुए कहा, जैसे सब कुछ उसके मन के मुताबिक हो रहा हो।

'थाथियम, मैं कुछ देर लेटती हूं। आप.... कहीं चले मत जाना।' उसकी लड़खड़ाती ज़बान में तुतलाहट का एहसास था।

भारती सोफ़ा-कम-बेड पर लेट गयी। नायर उसके तकिए के बगल में आकर बैठ गया। अपनी सूखी लकड़ी सी लगने वाली उंगलियां भारती के माथे पर फेरीं। फिर उसने मौके का फ़ायदा उठाते हुए भारती के होठों को चूमा, सोचते हुए कि कहीं वह उसे झिड़क न दे। उलटे, निढाल पड़ी

भारती में अचानक जान आ गयी। इससे पहले कि नायर अपने होठ उसके होठों से हटाता, भारती ने उसके बाल पकड़ लिए। बालों से उसे अपनी खींचते हुए उसके होठ अपने होठों पर कस लिए। सुनो, भर्रायी सी आवाज़ में उसने पूछा—'मैं जाने से पहले तुम्हारे लिए क्या कर सकता हूं?'

'मुझे प्यार करो,' उसने उत्तेजना से कराहते हुए कहा। 'मुझे कभी किसी ने प्यार नहीं किया है।'

भारती के इस तरह मिन्नत करके बुलाने के बाद अब नायर को और किस बात का इंतज़ार था। विक्टर से अपना पुराना हिसाब भी वह चुकता कर लेना चाहता था। इससे अच्छा बदला वह और क्या ले सकता था कि उस पर अहसान करने वाले की किशोरी बेटी को अपने मोहजाल में फंसाकर उसका चरित्र ख़राब कर दे। उसने उसके कपड़े उतारे, फिर अपने उतारे, और अगले ही पल फूहड़पन के साथ उसकी छाती के उभरों में अपना मुंह धंसा दिया। उसके स्तनों को तब तक चूमता-चाटता रहा जब तक वह पागलपन की हद तक उत्तेजित नहीं हो गयी। उसने अपना लिंग उसके शरीर में प्रवेश किया तो वह 'आउच!" करके चीख उठी, लेकिन फ़ौरन बोली—'रुकना नहीं।' नायर ने वैसा ही करने की कोशिश की, लेकिन वह अपनी जोड़ीदार का मन भरने तक खुद पर काबू नहीं रख पाया। ठहर नहीं पाया। चंद तेज़ झटकों में ही ढह गया। उसने अपनी पतलून के बटन लगाए, और तेज़ी से वहां से निकल लिया। सड़क पर पहुंचकर वह ऐसे खुलकर हंसा कि वहां कुत्ते को टहला रही एक बुजुर्ग महिला चौंक गयी।

कई क्रिसमस पहले उसके पिता ने जिस सोफ़ा-कम-बेड पर लंदन की एक वेश्या ने उसका ब्रह्मचर्य तोड़ा था, कई क्रिसमस बाद उसी सोफ़ा-कम-बेड पर भारती ने अपना कौमार्य एक पढ़े-लिखे भड़ुवे के हवाले किया।

जिस दौरान भारती और नायर लंदन में थे, तब अपनी मां से मिलने दिल्ली आए विक्टर की सेहत को एक झटका लगा। एक सुबह वह ग़ुसलखाने में था तब उसके सीने में इतनी ज़ोर की टीस उठी कि वह ज़मीन पर गिर पड़ा। डॉक्टर ने देखा तो बताया कि यह एन्जाइना का दर्द था, लेकिन घबराने की कोई बात नहीं है, बशर्ते वह खाने-पीने का ध्यान रखे, थोड़ी कसरत करे और बताई गयी दवाएं लेता रहे। लेकिन विक्टर घबरा गया था। अभी इतना कुछ करना बाकी था। अभी उसकी मरने की उम्र तो नहीं थी। उसे लगने लगा कि कुछ बुरा होने वाला है। उसके लिए क़यामत का वक़्त आ गया है। उसने अपनी वसीयत लिखी और डाक से अपने वकील के पास बम्बई भेज दी। उसका मन किसी काम में नहीं लग रहा था। शायद अपने हाल ही में खरीदे हरिद्वार वाले हॉलिडे होम में कुछ दिन बिताने से शायद कुछ फायदा हो। और अगर इससे कुछ फायदा नहीं हुआ तो वह कभी भी कुछ ही घंटों में दिल्ली पहुंच सकता है। दूसरे दिन वह कार से हरिद्वार के लिए रवाना हुआ। उसके सेक्रेटरी, रसोईये और निजी सेवक एक दूसरी कार में उनके पीछे-पीछे थे। बारह बजे के आसपास वह हरिद्वार पहुंच गये। वहां से ऋषिकेश की ओर करीब आधा रास्ता जाने के बाद उनकी गाड़ियां नदी की ओर ढलान पर उतर कर अपनी मंज़िल तक पहुंच गयी। विक्टर ने वहां जो कुछ देखा, उसे अच्छा लगा—फूलों भरी क्यारियों से घिरा बड़ा सा लॉन, और उसके बीच करारी धूप में चमचमाता सफेद दुमंज़िला मकान। उसे इस नज़ारे से ही कुछ राहत मिल गयी। मकान की देखरेख करने वाले *केअरटेकर* और वहां माली ने आकर उसके पैर छूए और उसे अंदर ले गये। अंदर एक बड़ा सा कमरा था जिसमें एक ओर खाने का इंतज़ाम था। इसके अलावा तीन सोने के कमरे थे और तीनों के साथ गुसलखाने भी अलग-अलग। खूब चौड़ा ज़ीना ऊपर की मंज़िल को जाता था। वहां भी दो सोने के कमरे थे, और बड़े से छज्जे पर खुलता एक ड्राइंग रूम भी। छज्जे से नीचे बहती नदी और सामने पहाड़ों का खूबसूरत नज़ारा दिखता था। विक्टर कुछ देर बिना पलक झपकाए कुदरत के करामाती नज़ारे को देखता रहा। 'बहुत सुंदर! मुझे यहां और पहले आना चाहिए था।' उसने *केअरटेकर* से कहा।

'जी हुजूर, राजा साहब भी शाम से यहां से गंगा को निहारते रहते थे, अंधेरा होने तक। ये जगह वह कभी बेचते नहीं, अगर उनका भाइयों के साथ आपसी झगड़ा न होता, और उनकी रियासत सरकार न छीन लेती। केअरटेकर ने बताया।

शाम की चाय विक्टर ने छज्जे पर ही पी, पहाड़ों को देखते हुए, जब तक कि उसके दिमाग़ से सारी उलझनें काफ़ूर नहीं हो गयीं। वह बैठा देखता रहा, सूरज को पहाड़ों के पीछे जाते।

तीज का फांक जैसा चांद संझा के तारे के करीब निकला था। ठंडी हवा चलने लगी। जिधर नदी जा रही थी, उधर से हवा के साथ बांसुरी की धीमी सी धुन भी आती सुनाई दे रही थी। बांसुरी के स्वर और धीमे पड़ते गये, फिर सुनाई देने बंद हो गये। विक्टर अंदर कमरे में चला गया।

दीये जला दिये गये थे। केअरटेकर चाय की ट्रे समेटने आया। विक्टर से बोला—'हुजूर, बिजली की कटौती चल रही है। घंटे भर बाद बिजली आएगी। मैंने आपके बिस्तर के बगल वाले स्टूल पर मैंने टॉर्च रख दी है। और गुसलख़ाने में लालटेन जल रही है। मैं नीचे सोऊंगा। बस आवाज़ लगा दीजिएगा, मैं ख़िदमत में हाज़िर हो जाऊंगा।'

विक्टर के निजी सेवक ने उसके लिए मेज़ पर स्कॉच, सोडा और बर्फ का डिब्बा रखा। खेतों और जंगलों के बीच कार का सफ़र, पहाड़ों की ताज़ी हवा और बांसुरी की धुन से उसकी जान में जान आ गयी थी। तेल के दीयों पर पतंगों का फ़ड़फ़ड़ाना और नदी के बहाव की दबी-दबी आवाज़ से माहौल रूमानी हो गया था।

स्कॉच धीरे-धीरे गले के नीचे उतरती गयी। वह हल्का महसूस करने लगा। अब उसके पास यह सोचने का वक़्त नहीं था कि मौत की दस्तक उसे यहां ले आयी थी। उसने खुद को समझाया—'जो होना है वो तो होगा ही। इतनी खूबसूरती फैली हुई है इस जहान में कि अगर उसके बीच मौत की भी जगह है तो क्या फर्क पड़ता है।" वह सिर्फ़ यही सोच रहा था कि काश! यह जगह उसने पहले खोज ली होती। यहां आधे दिन में ही उसकी तबीयत ठीक हो गयी थी। हल्का खाना खाने के बाद वह, मच्छरदानी के अंदर, बिस्तर में घुस गया। अगले दो दिन उसने आसपास के प्राकृतिक

इलाके में घूमते-फिरते बिताये, और नदी के किनारे-किनारे दूर तक टहलने गया। उसने नदी की तेज़ धारा में हाथ डाल, चुल्लू में पानी लेकर चेहरे पर डाला। बर्फ़ सा पानी था। टहलता हुआ वह उस आश्रम के आगे निकल गया जिसके बारे में भारती ने उसे लिखा था। उसके हॉलिडे होम से कुछ सौ गज़ दूर थी वह जगह। उसका दरवाज़ा बंद था। अनगढ़ से लोहे के गेट के एक ओर शेर पर सवार देवी दुर्गा की मूर्ति थी, जो बहुत अच्छी तराशी नहीं थी। दूसरी तरफ़ एक तख़्ती लगी थी जिसपर अंग्रेज़ी में लिखा था—'बिना आज्ञा अंदर आना मना है। शेर से सावधान।"

घर पहुंचकर उसने देखभाल करने वाले से उसके बारे में पूछा। हुज़ूर वो मां दुर्गेश्वरी का आश्रम है। बड़ी ताक़तवर तांत्रिक हैं वह। लोग कहते हैं कि हिमालय की ऊंची चोटियों के बीच किसी गुफा में उनका जन्म हुआ था। उनके पास शेरू नाम का एक शेर है। कहते हैं कि वह पूरी तरह शाकाहारी है। वह मां दुर्गेश्वरी के साथ-साथ घूमता है, कुत्ते की तरह। वह उसे अपने साथ गंगा में नहाने ले जाती हैं और दोनों साथ नहाते हैं। डर के मारे कोई उस तरफ फ़टकता भी नहीं। लोग उन्हें शेरों वाली मां कहते हैं। उनके दर्शन के लिए आपको उनकी मुख्य शिष्या से बात करनी होगी जो एक अंग्रेज़ महिला है।

विक्टर को वह अगले सवेरे अपने छज्जे से ही दिखाई दे गयी। वह ढाल से नीचे नदी की ओर जा रही थी। शेर उसके पीछे-पीछे चल रहा था। क्या नज़ारा था रोंगटे खड़े कर देने वाला। मां दुर्गेश्वरी की छाती पर केसरियां रंग का एक कपड़ा लिपटा था और कमर पर शेर की खाल। उनके एक हाथ में त्रिशूल था। काले लंबे बाल उनकी पीठ पर बिखरे थे। जब वह गंगा की रेती में उतरीं तो हवा के ज़ोर से उनके बाल पीछे को उड़ने लगे। और शेर—दुबला पर फुर्तीला, सीधे सामने को देखते हुए एक सी चाल से चल रहा था। एक जगह उस तांत्रिक महिला ने अपना त्रिशूल गाड़ दिया। जैसे यह जताना हो कि यह जगह उनकी है। उन्होंने शरीर पर लिपटा वह केसरिया कपड़ा हटा दिया। फिर शेर की खाल भी उतार दी। अपने बाल समेटकर उन्होंने सिर के बीचोंबीच जूड़ा बना लिया। अब उनका पूरा बदन उघारा था। पुराने हाथीदांत के से रंग की उनकी त्वचा,

बड़े-बड़े उभारदार स्तन और नितम्ब। योनि के पास काले बाल भी साफ़ नज़र आ रहे थे। विक्टर ने अंदाज़ लगाया कि उनकी उम्र पच्चीस-अट्ठाइस के आसपास रही होगी। कुछ देर वह अपने शरीर पर हाथ फेरती रहीं। फिर धारा की ओर बढ़ीं, और ठहरकर अपने शेर से कुछ कहा। शेर ने पूछ खड़ी कर ली, और धीरे-धीरे नीचे लाया। बर्फीले ठंडे पानी में फुर्ती से उतरकर उन्होंने हाथों से थोड़ा पानी अपने शरीर पर डाला। फिर वह गहराई की ओर बढ़ गयीं। अब उनका सिर ही दिखाई दे रहा थ। उन्होंने कुछ डुबकियां लगायीं। इस बीच शेर भी पानी में कूदकर उनके पास पहुंच गया था। जब वह उनके ज़्यादा करीब आ जाता तो वह उसके चेहरे पर छींटे मारकर उसे दूर भगातीं। जब तक उनसे पानी की ठंडक बर्दाश्त हुई, दोनों पानी में इसी तरह खेलते रहे। उनके पास तौलिया तो था नहीं, नदी से निकल कर दुर्गेश्वरी ने धूप में खड़े होकर अपना शरीर सुखाया। वह किनारे एक चट्टान पर बैठ गयीं और बालों में उंगलियां फेर कर बाल सुलझाए। फिर पहले की तरह जूड़ा बना लिया। उनके शरीर पर पानी की जो बूंदें बची थी, उन्हें शेर चाट गया। दोनों कुछ देर धूप में बैठे रहे। उन्होंने अपना शरीर फिर पहले की तरह उस केसरिया कपड़े और शेर की खाल से ढक लिया। इसके बाद उन्होंने जमीन में गड़ा अपना त्रिशूल निकाला और आश्रम की ओर चढ़ाई शुरू कर दी। कैलेंडरों में भारत माता की जैसी तसवीर विक्टर ने पानवाले की दुकान पर देखी थी, वह वैसी ही लग रही थीं। तभी उन्होंने घूम कर देखा तो उनकी नज़र छज्जे पर खड़े विक्टर पर पड़ गयी। उनके चेहरे पर गुस्सा छा गया। दूसरी तरफ़ देखते हुए वह तेज़ कदमों से आगे बढ़ने लगीं।

विक्टर कुर्सी पर बैठ गया। थक गया था वह। कई बरस बाद उसने किसी औरत को इस तरह देखा था—बिना कपड़ों के। वह कारोबार में इतना डूबा रहा था कि उसे सेक्स की कमी अखरती ही नहीं थी। उसे अंदाज़ ही नहीं था कि नदी में नहाती औरत को देखने का उस पर क्या असर होगा। जब उसने दुर्गेश्वरी को अपने गुप्तांग धोते देखा तो उसके लिए अपनी इच्छा को काबू में रखना मुश्किल हो गया। यह वह ललक थी जो कभी-कभी अधेड़ उम्र के लोगों को परेशान करती है। वह थर्रा

कर रह गया। सारा शरीर कांप रहा था। कुछ समय के लिए उसे यहां से भी हटना होगा। नज़दीक के शहर में अपनी चीनी मिल का अचानक दौरा करने के लिए वह कार से निकल पड़े। इससे दिन का काफ़ी समय कट जाएगा।

उस शाम जब वह स्कॉच का दूसरा गिलास भरने को था, उसके सेक्रेटरी ने आकर खबर दी—'हुजूर, मां दुर्गेश्वरी आपसे मिलने आयी हैं। मैंने उनसे कहा भी कि अपने साहब से पहले मिलने का समय तो तय किया नहीं है, लेकिन वह कह रही हैं कि उन्हें आपसे कुछ बहुत ज़रूरी बात करनी है, और वह दस मिनट से ज़्यादा वक़्त नहीं लेंगी।'

'कौन हैं वह?' विक्टर ने पूछा, ये जानते हुए भी कि वह कौन हैं और उनके आने का मकसद क्या है।

'वह एक साध्वी हैं जो पास वाला आश्रम चलाती हैं। शेरवाली!'

'क्या वह शेर को लायी हैं?'

'नहीं हुजूर, अकेले आयी हैं।'

'ठीक है, उन्हें अंदर आने दो।'

विक्टर कपड़े उतारना चाहता था। लेकिन वैसे नहीं जैसे उसके साथ हुआ। उसने उनके अंदर आने की आवाज़ सुनी। अंदर आते ही उन्होंने अंदर से दरवाज़ा बंद कर लिया। बिना अपना कोई परिचय दिए वह सीधे बोलीं—'गंगा माई के किनारे बैठ कर विस्की पीता है।'

विक्टर खड़ा हो गया और हाथ जोड़कर माफ़ी मांगने के अंदाज़ में बोला—'भूल हुई, माफ़ कीजिए।'

'और तू अपने बंगले के ऊपर खड़े होकर लड़कियों को नंगे नहाते देखता है, है? शर्म नहीं आती?'

विक्टर ने फिर माफी मांगी। इतना और जोड़ दिया—'दोबारा ऐसा नहीं होगा।' वह सोच रहा था कि इससे बात निपट जाएगी, और उसके पीने का सिलसिला आगे बढ़ सकेगा। मां दुर्गेश्वरी के मन में कुछ और ही था। अपना त्रिशूल दीवार के सहारे रखकर उसकी कुर्सी के सामने वाले सोफे पर पलथी मारकर बैठ गयीं। उनकी मांसल जांघें साफ़ नज़र आ रही थीं। विक्टर ने चाहा कि वह उस ओर न घूरे, लेकिन इससे क्या होता,

चाहत की प्यास से उसका मुँह पहले ही सूख रहा था।

'मुझे पता चला है कि तुम भारत के सबसे अमीर आदमी हो और तुम्हें अपनी धन-दौलत पर बड़ा गुरूर है।'

'जी, मांजी, ईश्वर की कृपा रही है मुझ पर। लेकिन मैं घमंडी नही हूं।'

'ईश्वर की बात करते हो? मुझे बताया गया है कि तुम ईश्वर में विश्वास ही नहीं करते, मंदिर नहीं जाते, पूजा नहीं करते। तुम अपने सिवा कुछ सोचते ही नहीं हो। घमंडी हो तुम।'

विक्टर ने उनकी बात नहीं काटी, क्योंकि वह सब कुछ सच ही तो था। उसने सोचा कि अब वार करने की बारी उसकी है। 'मांजी, आप सिर्फ मुझे मेरी औक़ात बताने और डांटने ही आयी थीं?'

'नहीं, मुझे और भी बहुत कुछ कहना है। हालांकि तुम मुझसे काफ़ी बड़े हो, लेकिन तुमने शास्त्र और दूसरी धार्मिक पुस्तकें नहीं पढ़ी हैं। तुमने जो कुछ सीखा, भौतिकवादी पश्चिमी संस्कृति से सीखा है जहां पैसे से ज़्यादा और किसी चीज़ की अहमियत नहीं है। वह सब माया जाल है। तुम्हें भ्रम के इस जाल से खुद को मुक्त करना है। क्या तुम योग की क्रियाएं करते हो? ध्यान लगाते हो? अगर करोगे तो ज़िंदगी की सच्चाइयों के पास पहुंचोगे।'

'मांजी मैं सीखना चाहता हूं। मुझे अपना शिष्य बना लीजिए।'

'अब तुम कुछ ठीक बातें कर रहे हो। मैं देख रही हूं कि तुम एक बीमारी के शिकार हो। मैं तुम्हारा इलाज कर सकती हूं। लेकिन अगर तुम सचमुच मेरे भक्त बनना चाहते हो तो तुम्हें पहले मेरे पैर छूकर आशीर्वाद लेना होगा। उन्होंने अपने पांव एक दूसरे से दूर, चौड़े से फैलाकर ज़मीन पर रख दिए।'

विक्टर को अब इस पहेली में मज़ा आने लगा। घुटनों के बल बैठ कर उसने मां दुर्गेश्वरी के पैर छूए। उसकी निगाहें फिसलती हुई उनकी जांघों तक पहुंच गयीं, और हाथ कांपने लगे। तभी मां दुर्गेश्वरी ने अपने दोनों हाथों से अचानक उसके सिर को पकड़ कर अपनी छाती की ओर खींच लिया। अपनी छाती पर बंधा कपड़ा उतार फेंका। साथ ही, विक्टर को आदेश दिया—'अब अपनी मां की छाती से दूध पी।'

विक्टर ने पहले एक, फिर दूसरे स्तन को पकड़ा। एक को मुंह में लिया और भूखे बच्चे की तरह उन्हें चूसना शुरू कर दिया। कुछ देर में वह एक छोड़ दूसरे स्तन पर जुट गया। फिर पहले वाले पर। उसने उनकी त्वचा से पसीने के साथ निकला नमक चाट डाला। मां दुर्गेश्वरी ने हाथ नीचे बढ़ाकर उसकी बेल्ट खोल दी और अपने पैरों के अंगूठों से पकड़कर उसकी पतलून नीचे उतार दी। उसके अंडकोषों और लिंग को सहलाने लगी। 'तुम्हें तनाव से मुक्ति चाहिए।' उन्होंने शेर की खाल उतारी और सोफे पर लेटते हुए बोलीं—'मेरे अंदर प्रवेश करो, लेकिन बहुत हिलना-डुलना नहीं।'

विक्टर ने उनके अंदर प्रवेश किया और उनके शरीर पर सीधे पड़े रहकर अपनी जीभ को उनके मुंह के हर हिस्से में खूब फेरा। वह हिली नहीं, लेकिन अपनी योनि की मांस-पेशियों से उन्होंने विक्टर को दूहना शुरू किया। विक्टर ने इससे पहले किसी औरत के साथ ऐसा अनुभव नहीं किया था।

खुद को पूरी तरह उनके हवाले करने का भी अलग ही आनंद था। शायद कुछ ज़्यादा ही, क्योंकि जल्दी ही उत्तेजना की बिजली सी उसके सारे शरीर में कौंध गयी और उसने अपना गर्म वीर्य उनके अंदर छोड़ दिया। उत्तेजना में मुंह से हूक न निकल जाए, इसलिए उसने उनके कंधे में दांत जमा दिये। इसे बाद वह उनके शरीर पर मुर्दे की तरह पड़ा रहा। मां दुर्गेश्वरी उसके चेहरे पर हाथ फेरती रहीं, बालों से खेलती रहीं। फिर बोलीं—'तुम बहुत जल्दी शांत हो गये। मेरे अंदर अभी भी आग धधक रही है। मैं तुम्हें योग सिखाऊंगी, ताकि तुम अपना वीर्य एक घंटे या उससे भी ज़्यादा देर तक रोके रख सको। और अगर तुम उसे बेकार नहीं जाने देना चाहते, तो अपने अंदर वापस भी खींच सकोगे।'

विक्टर ने सिर उठाकर हैरत भरी नज़रों से उनकी ओर देखा। 'चकराओ मत, यह संभव है। तुम्हारे इसी अज्ञान को मैं दूर करना चाहती हूं। जब मैंने तुम्हें अपनी ओर चुपचाप ताकते हुए पाया, तभी मैं समझ गयी थी कि तुम मनुष्य को प्राप्त होने वाले चरम सुख से वंचित रह गये हो। तुम मर्द सिर्फ जल्दबाज़ी में छुक, छुक, फट करना जानते हो। इसे

पूजा की तरह समझो तो तुम्हें इसमें इतनी तृप्ति मिलेगी जितनी करोड़ों रुपये कमाने से भी नहीं मिल सकती।'

'जी, माजी।'

'अरे, अब ये क्या माजी माजी लगा रखा है? तुमने अभी मेरे शरीर को भोगा है। तुम्हें पता है कि जो अपनी मां के साथ ये करते हैं उन्हें क्या कहा जाता है? मुझे दुर्गेश कहो।'

'मैंने नहीं, तुमने मेरे शरीर को भोगा है दुर्गेश! और मुझे कोई शिकायत भी नहीं है। पहले मुझे पता ही नहीं था कि यौन सुख इतना रोमांचक भी हो सकता है। जब पहली बार चौदह बरस की उम्र में मैंने पहली बार किसी से शारीरिक संबंध बनाए थे, तब भी ऐसा नहीं महसूस किया था।'

'स्वाभाविक है, तुम मुझसे नहीं मिले थे, तो कैसे ये जान पाते? मैंने तंत्र विद्या अच्छी तरह सीखने में बरसों लगाए हैं। मैं तुम्हें ऐसी-ऐसी चीज़ें दिखाऊंगी जो तुमने सपने में भी नहीं सोची होगी। तुम दंग रह जाओगे।'

विक्टर हंस पड़ा। 'मुझे कोई शक नहीं कि तुम ऐसा कर सकती हो। लेकिन मेरे साथ ज़रा होशियारी बरतना। मेरे डॉक्टर का कहना है कि मुझे ज़्यादा उत्तेजना से बचना चाहिए। हो सकता है कि मेरा दिल उसे बरदाश्त न कर पाए।'

'अरे, तुम चीर-फाड़ वाले डॉक्टरों की बात करते हो! वो क्या जाने? वो तो बस आपको काट-पीट कर सिल देते हैं, और समय से पहले मौत के मुंह में धकेल देते हैं। मेरे साथ तो तुम्हें अपनी जवानी वापस मिल जाएगी। सोलह साल के छोकरे सा दिल होगा तेरा।'

विक्टर को उसकी एक-एक बात सच लगी। उसके दिमाग़ में जो उदासी थी, उससे निजात दिला दी थी दुर्गेश्वरी ने। यौन सुख मौत के भय से मुक्ति दिलाने वाली सबसे असरदार दवा बन गयी थी।

'कल तुम मेरे पास आओगी न?' उसने पूछा।

'जब-जब तुम चाहोगे मैं आ जाऊंगी।'

'याद रखना, मैं तुम्हारा भक्त बन गया हूं, तुम मुझे ऐसे नहीं छोड़ सकतीं।' उसने दांत दिखाते हुए कहां। 'लेकिन अपने शेर को साथ मत

लाना।'

'शेरू जल जाएगा, अगर वह देख ले कि तुम मुझे खा रहे हो, तो वो तुम्हें खा जाएगा।' दुर्गेश्वरी यह कहकर हंस पड़ी। उसने दुर्गेश्वरी को अपनी बाहों में भरकर अपनी छाती को उसकी छाती से सटाते हुए कस कर भींच लिया। उसके नितंब सहलाता रहा, जब तक कि वह फिर से उत्तेजित नहीं हो गया।

'बस, बहुत हो गया।' दुर्गेश्वरी ने आदेश देने के अंदाज़ में कहा। 'कल के लिए भी कुछ छोड़ दो।' यह कहकर उसने विक्टर के होठों को चूम लिया।

'कल भी इसी वक़्त। मैं अपनी कार भेज दूंगा।' विक्टर ने बात पूरी की।

दूसरे दिन तड़के विक्टर अपने छज्जे पर पहुंचा कर इंतज़ार करने लगा। जल्दी ही मां दुर्गेश्वरी और शेरू नज़र आए। आश्रम से नदी की ओर पहाड़ी ढलान पर उतरते हुए। जहां दोनों बीते दिन नहाये थे, वहीं पहुंचकर दुर्गेश्वरी ने अपना त्रिशूल गाड़ दिया। फिर पहले की तरह अपने कपड़े उतार डाले। विक्टर सांसें थामे सब कुछ देखता रहा।

दुर्गेश्वरी से पहले विक्टर ने कई औरतों से शारीरिक संबंध बनाये थे। ज्यादातर वेश्याएं थीं, एक उसकी बीवी। लेकिन हर बार उसे न जाने काहे की जल्दी रहती थी, उनके शरीर का आनंद लिए बिना, सीधे उसी क्रिया में जुट जाता था। दुर्गेश्वरी के साथ भी कुछ ऐसा ही हुआ था, जब बीते दिन विक्टर ने पहली बार उसके शरीर को छूआ था। उसने ध्यान ही नहीं दिया कि उसका शरीर हर तरह से संपूर्ण था। उस सवेरे तक विक्टर को यह एहसास ही नहीं था कि औरत के कूल्हे कितने मादक हो सकते हैं। ज़्यादातर अंग्रेज़ महिलाओं के कूल्हों की बनावट मर्दों से ज़्यादा अलग नहीं थी। बैठने पर हड्डियां के लिए दोनों ओर छोटी-छोटी गद्दियों जैसे। उन्हें देखकर विक्टर ठंडा रहा जाता था। उसकी पत्नी के कूल्हे भी उन अंग्रेज़ औरतों जैसे ही तो थे।

इस युवा साध्वी की बात ही कुछ और थी। खूब बड़े-बड़े और गोलाई लिए हुए थे। बेहद आकर्षक। अगर उसे मौका मिले तो वह घंटों

उन पर हाथ फेरता रहे। पता नहीं क्यों उसके पूर्वजों ने औरत के कूल्हों की तुलना हथिनी के पीछे वाले हिस्से से की थी, ये उसकी समझ से बाहर था। होश-ओ-हवास में रहते हुए हथनी के कूल्हों पर कौन हाथ फेरना चाहेगा? लेकिन यहां तो गंगा के पवित्र जल में से निकली अप्सरा थी। पहाड़ियों के पीछे से उगते सूरज की ओर मुंह करके, नमस्कार करने के लिए दोनों हाथ ऊपर उठाए खड़ी थी। विक्टर को मिल रहा था उसके पीछे से मज़ा लेने और पूजने का सुख।

दुर्गेश्वरी भांप गयी थी कि उसे कोई ताक रहा है। उसने मुड़कर देखा। उसकी उम्मीदों के मुताबिक विक्टर छज्जे पर खड़ा था। उसने अपने दोनों हाथ ऊपर को उठा, नमस्कार की मुद्रा में हाथ जोड़े, और उसके पास जो कुछ दिखाने लायक था विक्टर को दिखा दिया। विक्टर ने ज़ोर से हाथ हिलाया। उसने सोचा—कितना सुंदर नज़ारा है—जैसे समुद्र की सफेद लहरों से निकलती यूनानी दंतकथाओं की प्रेम की देवी ऐफ़्रोडाइट। विक्टर ने दुर्गेश्वरी जैसी खूबसूरत और मुक्त विचारों वाली औरत पहले नहीं देखी थी। और न ही इतनी सम्मोहक। वह उसे नहाते, पानी में अपने शेर से खेलते और फिर किनारे पर शरीर को सुखाते देखता रहा। उसने भी लगातार विक्टर की ओर देखते हुए, अपने कपड़े पहने और चढ़ाई चढ़ते हुए आश्रम की ओर चली गयी।

विक्टर ने अपने सेक्रेटरी को बुलवाकर उससे कहा—'आश्रम जाकर देखो कि कैसा है। पता लगाओ कि क्या कोई रजिस्टर्ड संस्था है वह जिसका कोई बैंक खाता हो। कार ले जाओ।'

दो घंटे बाद सेक्रेटरी लौटा और उन्हें बताया—'हुज़ूर, टूटी-फूटी सी जगह है जहां सिर्फ़ एक दफ़्तर, एक दुर्गा मंदिर और ध्यान लगाने के लिए एक बड़ा हॉल पक्के बनें हैं। बाकी सारी जगह में फूस की झोपड़ियां हैं और उन्हीं के पास तीन भैंसों के बांधने के लिए शेड है। एक ट्यूबवेल है जिससे वह लोग अपनी सब्ज़ियों की क्यारियां सींचते हैं। करीब तीस लोग वहां रहते हैं जिनमें एक स्वामीजी हैं जो योग सिखाते हैं। एक अंग्रेज़ औरत है। शायद सारा कुछ वही चलाती है। उसने बताया कि यह एक रजिस्टर्ड धर्मार्थ संस्था है जिसका खाता ऋषिकेश के एक बैंक में है। बस

किसी तरह उनका गुज़ारा हो रहा है। पता लगा है कि उन्होंने रखवाली के लिए पाले गये कुत्ते दूसरों को दे दिये हैं क्योंकि उन्हें खिलाना भारी पड़ रहा था।'

इतना सुनने के बाद विक्टर ने आश्रम के नाम से सवा लाख रुपये का चेक काट दिया। लिफाफे में उसने एक पर्ची पर हिंदी में लिखा—'आपके सबसे नये भक्त की ओर से गुरु दक्षिणा।" लिफाफा मां दुर्गेश्वरी के हाथों में देने के लिए कहकर उसने अपने सेक्रेटरी को रवाना किया।

उस शाम विक्टर ने हजामत बनाने और नहाने में काफी समय लगाया। उसने अच्छी तरह साबुन लगाकर अपना बदन खूब रगड़-रगड़ कर साफ किया, और फिर *यू डि कलोन* डाल लिया। अपने दांत साफ़ किये, जीभी से ज़बान रगड़ी और अपने विदेश से मंगाए माउथवॉश से गरारे किए। ऊपर से अपनी सबसे अच्छी सिल्क की शर्ट और साफ पतलून पहनी। खुद को जवान और हर तरह से चुस्त-दुरुस्त महसूस करते हुए उसे अच्छा लग रहा था। गिलास में कुछ ज़्यादा स्कॉच उड़ेलकर पीने बैठा विक्टर बड़ी बेताबी से कार के आने का इंतज़ार कर रहा था। कार की आवाज़ के लिए चौकन्ने थे उसके कान।

एक खत्म करने के बाद, स्कॉच का दूसरा गिलास पी रहा था तभी उसे पोर्श में कार के ठहरने की आज़ सुनाई दी। वह फुर्ती से आने वाले का स्वागत करने सीढ़ियों से नीचे दौड़ पड़ा। जैसी ही अपना त्रिशूल लिए दुर्गेश्वरी कार से उतरीं, विक्टर ने झुककर उनके पैर छूए। अपने सेक्रेटरी और ड्राइवर को यह दिखाने के लिए कि वह साध्वी का सम्मान करता है।

वह विक्टर के साथ ऊपरी मंज़िल पर आ गयी। विक्टर ने उसके साथ एक कमरे में घुसते ही अंदर से कुंडी लगाई और उसे अपनी बाहों में भर लिया। 'पाखंडी! तू अपने स्टाफ को बेवकूफ बनाता है। एक पल तू मेरे पैर छूता है जैसे मैं कोई देवी हूं, और दूसरे ही पल तू इस तरह मेरे बाहें डाल देता है जैसे मैं तेरी रखैल हूं।' विक्टर ने उसकी बात नहीं काटी। वह वाकई में उसकी देवी भी थी और रखैल भी। इस वक्त वह विक्टर से जो जी चाहे करवा सकती थी। दुर्गेश्वरी का त्रिशूल लेकर

विक्टर ने एक ओर रख दिया, और उसे अपनी ओर खींचते हुए बोला—'सारी रात और सारा दिन मैं तुम्हारे बारे में सोच रहा था, तुम्हारा इंतज़ार कर रहा था। ऐसा मैंने पहले कभी किसी के लिए महसूस नहीं किया।'

'झूठा!' दुर्गेश ने कहा। 'ऐसे झूठ बोलने की कोई ज़रूरत नहीं है। मुझे कोई फर्क नहीं पड़ता कि तुमने विलायत में या भारत में, कितनी गोरी-चिट्टी औरतों को अपना हमबिस्तर बनाया है।'

'उन सबकी खूबसूरती को एक जगह कर दिया जाए तो भी तुम भारी पड़ोगी। और मुझे डाटना बंद करो। शाम बेकार की बातों के लिए नहीं है।' यह कहते हुए विक्टर ने उसे पकड़ कर धीरे से सोफ़े पर बैठा दिया। 'इससे पहले कि तुम मेरे होठों को बंद करो, मुझे यह बता दो कि जो बड़ी रकम तुमने आज सुबह भेजी है, वह कल रात का भुगतान है या वाकई आश्रम के लिए है?'

'अरे छोड़ो ये बातें!' विक्टर ने बेताबी से कहा—'सिर्फ़ एक तरीका है तुम्हें बक-बक करने से रोकने का।' यह कहते हुए विक्टर ने अपने होठ उसके होठों से जोड़ दिये और हाथ से ब्लाउज़ की जगह बंधे उसके केसरिया कपड़े को टटोला। उसने विक्टर की मदद की। जैसे ही उसके भरे हुए स्तन विक्टर ने देखे, उसने एक को अपने मुंह में ले लिया। वह जीभ से महसूस कर सकता था कि उसके स्तन पत्थर से कड़े हो गये थे।

'खुद को पूजा में झोंक दो।' और जब दुर्गेश्वरी विक्टर की पूजा से ज़रूरत भर खुश हो गयीं, तो उन्होंने विक्टर को अपनी ओर खींच लिया। फिर उसने विक्टर को अपने कपड़े उतारने में मदद की और फिर अपनी शेर की खाल उतारते हुए बोलीं—'बीती रात मुझे अपने हिस्से की आधी खुशियां ही मिली थी। आज मुझे बाकी का आनंद चाहिए।'

इस बार दोनों के लिए अलग ही अनुभव रहा। विक्टर ने उसके पैर के पंजों से शुरू करते हुए सिर तक अपने हाथों को शरीर की पूरी लंबाई में दोनों ओर फेरा और जीभ से जांघों के अंदर के हिस्से को चाटा। उसके स्तनों, होठों और गर्दन को दांतों से झिंझोड़ता रहा। दुर्गेश्वरी ने अपने अंदर और गहरे प्रवेश करने का संकेत देते हुए अपने नाखूनों को उसके कूल्हों में गड़ा दिया। पहले की तरह उसने पूरी ताक़त से अपने

अंदर की मांस-पेशियों से विक्टर को जैसे दूह लिया। इस सुखद एहसास को वह पहले भी जी चुका था, और अब तो वह देर तक खुद पर काबू रख सकता था।

इस बार तो दुर्गेश्वरी के लिए विक्टर की बराबरी करना मुश्किल हो गया। अपने कूल्हें उठा-उठा कर वह कराहते हुए कहने लगी—'हाय मर गयी। क़त्ल कर दे!' इस पर विक्टर ने अपनी कोहनियों और पंजों पर अपना शरीर टिकाए रखकर उसके शरीर में तब तक झटके देता रहा जब तक कि उसके उत्तेजना में पैर पटकने से सोफ़ा नहीं हिलने लगा। ऐसा लग रहा था जैसे कमरे में भूचाल आ गया हो।

ये सब करीब एक घंटे तक चला। दोनों बुरी तरह पस्त हो गये थे। विक्टर उसके शरीर के ऊपर से हट गया। साथ ही उसके गाल को चूमते हुए बोला—'दुर्गेश, मैं तुम्हें प्यार करता हूं। मैं अब तुम्हारे बिना नहीं रह सकता।'

दुर्गेश ने उसकी इस बात की अनसुनी करते हुए कहा—'देखो तुमने क्या किया है मेरे साथ! मेरे सारे शरीर पर दांत और नाखूनों से नोचने के निशान पड़ गये हैं। अब मैं अपने आश्रम के लोगों को कैसे मुंह दिखाऊंगी? वो सोचेंगे कि शेरू ने मुझ पर हमला किया है। तुम आदमी हो या शेर?'

'समझ लो, मैं तुम्हें प्यार करने वाला शेर-मर्द हूं। क्या तुम मुझसे शादी करोगी?'

'तुम आधे पागल भी लगते हो। पहले तो तुम ब्राह्मण हो, और मैं क्षत्रिय। हम संबंध बना सकते हैं लेकिन पति-पत्नी नहीं बन सकते। दूसरे तुम उम्र में मुझसे करीब पच्चीस साल बड़े होगे। और सबसे बड़ी बात तो यह है कि मैं आश्रम में रहने वाली साध्वी हूं। मैं तुम्हारी पार्टियों में अंग्रेज़ी में गिट-पिट करने वाली मेमसाहब नहीं बन सकती। इसलिए शादी की बात दिमाग़ से निकाल दो। शादी न मेरे लिए है न तुम्हारे लिए। तुम जब चाहोगे, जहां चाहोगे मैं तुम्हारे पास आ जाऊंगी।'

अब दोनों एक दूसरे से नज़रें मिलाकर बात नहीं कर रहे थे। विक्टर ने अपना सिर उसके कंधों पर टिका दिया और अपने हाथों से उसके स्तनों

को सहलाने लगा। बारी-बारी से उन्हें चूमने लगा। वह उसके अंडकोषों को धीरे-धीरे दबाती और उसके लिंग को सहलाती। दोनों अपने भविष्य को लेकर बातें करने लगे। वह नहीं चाहता था कि दुर्गेश से दूर जाए। वह भी यही चाहती थी कि जब तक वह उससे ऊब न जाए, उसके साथ रहे। चुप्पी तोड़ते हुए दुर्गेश्वरी ने पूछा—अच्छा ये बताओ कि तुम कोई वर्ज़िश वग़ैरह करते हो या नहीं? कोई योगासन जानते हो?' उसके जवाब का इंतज़ार किये बिना उसकी तोंद पर ढीली पर्त को खींचते हुए वह कहने लगी—'ये बीच के हिस्से में इतना ढीलापन है। मैं सुबह स्वामीजी को भेज दूंगी। वह तुम्हें कुछ आसन सिखा देंगे। प्राणायाम सिखा देंगे। चरम बिंदु पर ठहरना सिखा देंगे। उससे तुम अपने अंदर नयी ऊर्जा पाओगे। खुद को युवा महसूस करोगे। मैं नहीं चाहती कि मेरा प्रेमी समय से पहले ही बूढ़ा हो जाए। यौन संबंधों के लिए कई तरह की मुद्राएं मैं तुम्हें सिखाना चाहती हूं। उन्हें करने के लिए तुम्हें बिलकुल चुस्त-दुरुस्त होना चाहिए।'

अगली सुबह स्वामी धनंजय महाराज ब्रह्मचारी आ गये। वह और अजूबे निकले। छह फुट से ऊंचा क़द और शरीर पर कहीं जरा से भी अतिरिक्त मांस या चर्बी का नाम नहीं। फ़ौजियों की तरह एकदम सीधे खड़े होने वाले। कंधे तक लंबे चमकदार घुंघराले काले बाल और सफ़ाई से कतरी हुई काली दाढ़ी। उनकी उम्र का अंदाज़ लगाना मुश्किल था—वह पैंतीस के भी हो सकते थे, पैंतालीस के भी। वह महीन मलमल की धोती को कमर पर लपेट उसका दूसरा सिरा कंधे पर डाले हुए थे। चेहरे पर बिना कोई भाव लाए वह बोले—'मां जी ने बताया है कि आप योगासन सीखना चाहते हैं।'

'जी, स्वामीजी, मां दुर्गेश्वरी कहती हैं कि मेरी तोंद बढ़ गयी है। और योग क्रियाओं से मेरी यह गड़बड़ी दूर हो सकती है।' विक्टर ने अपनी तोंद को थपथपाते हुए कहा।

'देखते हैं। ज़मीन पर लेट जाइये।' स्वामीजी बोले।

विक्टर ज़मीन पर लेट गया। स्वामीजी ने अपने शरीर पर लिपटी सफ़ेद मलमल की तहों के बीच कहीं से एक इंचीटेप निकाला। उसका एक सिरा विक्टर की छाती के दाहिने स्तनबिंदु पर लगाकर वहां से दाहिने

अंगूठे तक की दूरी नापी। यही क्रिया उन्होंने बाईं ओर भी दोहराई। फिर बोले—'दोनों के बीच कुछ अंतर है। क्या आपको गैस की शिकायत रहती है?'

विक्टर हैरान रह गया। ये कैसा सवाल है जो एक अजनबी उनसे पूछ रहा है? क्या उनका मतलब है कि मैं पादता बहुत हूं? यह सोचते हुए विक्टर ने कहा—'हां, थोड़ी एसिडिटी रहती है। दोपहर बाद पेट में थोड़ी गैस बनती है। लेकिन जब मैं एक-दो विस्की ले लेता हूं तो खत्म हो जाती है।'

'पेट में गैस बनना अच्छा नहीं है। मैं अपको कुछ आसन सिखाऊंगा जिनकी मदद से आप बिना विस्की पीये गैस से छुटकारा पा सकेंगे। साथ ही मैं सांस लेने का सही तरीका यानी प्राणायाम भी सिखाऊंगा। कब से शुरू करें? सबसे अच्छा समय होगा सुबह का। पेट साफ़ होने के बाद योग की क्रियाएं करना सबसे अच्छा रहता है। और आप ऐसे ठीक तरह से बैठना सीखिए।' ज़मीन पर पलथी मारकर पद्मासन की मुद्रा में बैठते हुए उन्होंने बताया। 'या फिर ऐसे बैठिए।' स्वामीजी ने जापानियों और दर्जियों की तरह उकड़ूं बैठते हुए बताया। 'और पीठ को बिलकुल सीधा रखिए, कमान की तरह नहीं।' स्वामीजी ने समझाया। विक्टर ने स्वामीजी के बताये तरीके से बैठने की कोशिश की, लेकिन बैठ नहीं पाया। 'जल्दी नहीं है। रोज़ सवेरे ऐसा ही करने का अभ्यास करोगे तो करने लगोगे।'

दूसरे कई आसन भी स्वामीजी ने करके दिखाए। सिर के बल खड़े होकर किया जाने वाला शीर्षासन और धनुष की तरह शरीर को मोड़ कर किया जाने वाला धनुरासन। विक्टर लगातार उन्हें पूरे ध्यान से देखता रहा। उसे स्वामीजी का शरीर रबर का बना सा लग रहा था। 'ठीक से सांस लेना सबसे ज़रूरी है।' स्वामीजी ने पद्मासन लगाते हुए आगे कहा। फिर उन्होंने अपनी एक उंगली से एक ओर का नथुनां दबाते हुए दूसरे नथुने से गहरी सांस ली। फिर पूरे दम के साथ सांस छोड़ी। यही क्रिया उन्होंने दूसरे नथुने से भी दोहराई। 'लेकिन पहले आपकी गैस की समस्या की चर्चा करते हैं। आपकी तरह ही शहरों में रहने वाले जो देर तक कुर्सी पर बैठकर काम करते हैं, उन्हें सबसे ज़्यादा गैस की समस्या होती है।

मैं आपको सिखाऊंगा कि अपने पेट की पेशियों की वर्ज़िश करते हुए गैस से छुटकारा पाया जाये।' उन्होंने अपने पेट की पेशियों को इस तरह ऐंठना शुरू किया कि उनके सीने से लहर सी निकल कर कमर तक जाती नज़र आने लगीं। फिर उन्होंने पद्मासन की मुद्रा में बैठे-बैठे अपना भार हथेलियों पर डालते हुए खुद को ऊपर उठा लिया और ज़ोर की आवाज़ के साथ गैस छोड़ी। बड़ी मुश्किल से विक्टर ने अपनी हंसी रोकी। स्वामीजी ने उसकी उलझन समझते हुए कहा—'गैस कोई हंसने का विषय नहीं है। देखिए, मेरी गैस में कोई बदबू नहीं है—इसे कहते हैं उत्तम पदवी का पाद।'

विक्टर सोचने लगा कि कितनी देर और उसे ये सब देखना-सुनना पड़ेगा, लेकिन तभी स्वामीजी ने अपनी मुद्रा बदली। वह पीठ के बल लेट गये। फिर अपने घुटनों को मोड़कर वह गर्दन तक ले आये। बोले—'ये है पवन मुक्त आसन, जिससे गैस से छुटकारा मिल जाता है।' इस बार उन्होंने महीन आवाज़ के साथ देर तक धीरे-धीरे गैस छोड़ी। 'ध्यान दीजिए, बदबू नहीं है।' स्वामीजी ने कहा। विक्टर अब परेशान होने लगा था। उसे लगा कि पादों का ये सिलसिला लंबा चलेगा। लेकिन स्वामीजी ने उसे ग़लत ठहराते हुए रीढ़ की हड्डी के लिए, गर्दन के लिए, आंखों और फेफड़ों के लिए आसन बताये। एक घंटे बाद उस दिन का पाठ पूरा हुआ। विक्टर ने कुछ आसन करने की कोशिश की। थोड़ा प्राणायाम और गैस से छुटकारा दिलाने वाले आसन भी किए। उसे लगा कि उसकी सेहत में कुछ सुधार ज़रूर आ रहा था।

विक्टर ने सिर्फ दो-तीन दिन अपने हॉलिडे होम में बिताने की सोची थी, लेकिन उसे चार दिन हो चुके थे। इसपर भी वह अपनी छुट्टियों को और बढ़ाना चाहता था। जितना लंबा हो सके। वह आया तो था अकेले में ज़िंदगी और मौत के रिश्ते को समझने के लिए। लेकिन

दुर्गेश्वरी को देखने गंगा में नहाते देखने के बाद से उसने सेहत और मौत की संभावना के बारे में सोचने का मौका ही नहीं मिला।

उसने ग़ौर किया कि उसने ज़िंदगी के दो बड़े ही अहम पहलू—अच्छी सेहत और अच्छे सेक्स को नज़रअंदाज़ किया हुआ था। और इन पर ध्यान देने का वक़्त भी पूरी तरह से उसके हाथ से निकल नहीं गया था। आखिरकार उसे दो ऐसे शख़्स मिल ही गये जिनकी बदौलत दोनों को हासिल किया जा सकता था। उसने तय किया कि दोनों को हाथ से निकलने नहीं देगा।

अगली शाम दुर्गेश्वरी ने ज़ोर देकर खड़े-खड़े ही शारीरिक संबंध बनाने पर ज़ोर दिया। इसमें भी उसे मज़ा तो आया, लेकिन वह बुरी तरह थक गया। इसके बाद विक्टर ने कहा—'दुर्गेश मुझे अपने कारोबार और परिवार की ख़ातिर वापस लौटना है। लेकिन अब मेरे लिए दुनिया की किसी भी और चीज़ के मुकाबले तुम्हारी अहमियत ज़्यादा है। मैं तुम्हें खोना नहीं चाहता।'

'मुझे खोने की बात तुम्हें सोचने की ज़रूरत भी नहीं है। जब तुम चाहोगे, मैं तुम्हारे साथ होऊंगी। लेकिन मेरा आश्रम है, उसमें रहने वाले लोग हैं जो मेरे भरोसे रहते हैं और मेरा शेरू है जो आश्रम को अपना इलाका समझता है। आश्रम के बाहर अगर मैं उसके पास न रहूं तो चिड़चिड़ा हो जाता है। तुम और जल्दी जल्दी यहां आ जाया करना। अगर तुम मुझे लेने के लिए कार भेजोगे तो मैं दिल्ली भी आ सकती हूं। मैं बम्बई नहीं गयी हूं। कभी समुद्र नहीं देखा है। उम्मीद है तुम दिखाओगे।'

'हां, क्यों नहीं! और अपने आश्रम की तो चिंता ही मत करना। जब पैसे की कमी पड़ेगी तब मैं गुरु दक्षिणा दे दूंगा। तुमसे मैंने ज़िंदगी के बारे में इतना कुछ सीखा है जितना कोई गुरु नहीं सिखा पाता। मैं तुम्हारा और तुम्हारे शेरू का खूब खयाल रखूंगा। स्वामीजी की भी मैं तनख्वाह बांध दूंगा। मैं समझता हूं कि अगर तुम कुछ दिनों के लिए दिल्ली आओ तो अच्छा होगा। मेरी मां और बेटी से भी मिलना हो जाएगा। स्वामीजी को भी साथ लाना। इससे लोग बेकार की बातें कम करेंगे। स्वामीजी भारती को योग सिखा सकते हैं। वह कोई कसरत वगैरह नहीं

करती और बड़ी नकचिढ़ी सी हो गयी है। तो चलोगी न मेरे साथ?'

'तुम मुझे बीवी या रखैल न बनाओ, तो' —उसने नखखट सी हंसी के साथ कहा। 'अब से आप हमारे अन्नदाता हैं। आप कहें तो हम दिल्ली आ जाएंगे। आप कहें बम्बई चलो तो हम बम्बई पहुंच जाएंगे। लेकिन मैं और तुम, दोनों अपने आप में पूरी तरह आजाद रहेंगे।' विक्टर ने मान लिया कि ऐसा ही होगा।

कूदती-फांदती पहाड़ों से नीचे की ओर बहती गंगा, हाथ में त्रिशूल लिए मां दुर्गेश्वरी और उनके पीछे चलता उनका शेर, और स्वामी धनंजय महाराज ने अंग्रेज़ी अंदाज़ में जीने वाले विक्टर की दुनिया को ही उलट-पलट कर रख दिया था। अपने देश के बारे में उसने जो कुछ जाना था वह यूरोपियन लोगों की तरह जीने वाले अपने पिता के ज़रिए। ऊपर से गांधी की देशभक्ति का असर था। पवित्र नदी, तांत्रिक औरत और स्वामीजी भारत का वह हिस्सा थे जिसे उसने पहले जाना ही नहीं था। इन्हीं से उसकी उबाऊ हो चली ज़िंदग़ी में बदलाव आने लगा था। तांत्रिक साध्वी ने उसे दीवाना बना दिया था। ऊपर से विक्टर के हर अंदाज़ के जवाब में जिस जानदार ढंग से पेश आती थी, उससे विक्टर खुद को बिलकुल चुस्त-दुरुस्त महसूस कर पाता था। ताज़े जोश से सराबोर, वह दस दिन बाद दिल्ली लौटा। दो दिन बाद ही उसने मां दुर्गेश्वरी, शेरू, और स्वामीजी को लाने के लिए दिल्ली से एक स्टेशन वैगन भेज दी। भारती भी लंदन से लौट आयी थी, और पहले से कहीं ज़्यादा खुश लग रही थी। उसकी मां यह जानकर खुश थीं कि विक्टर गंगा माई के दर्शन के लिए गया, एक साध्वी का भक्त हो गया, और योग में दिलचस्पी लेने लगा। सिर्फ उसकी बहन-बहनोई को विक्टर के 'असली भारत" में पैदा हुए नये जोश के पीछे कुछ गड़बड़ी नज़र आती थी। विक्टर को भी उनकी परवाह नहीं थी।

मां दुर्गेश्वरी और उनके शेरू को ठहराने के लिए वही कॉटेज तैयार करवाई गयी जिसमें कभी वेलेरी बॉटमली रहती थी। घर के एक कोने वाले कमरे में स्वामीजी के ठहरने का इंतज़ाम किया गया। वह चाय के वक़्त पहुंचे। मां दुर्गेश्वरी ने विक्टर की मां को गले से लगा लिया और स्वामीजी ने उनके पैर छुए। घर के तमाम नौकर-चाकर मेहमानों के दर्शन की आस लगाए थे। लेकिन शेरू को देखते ही सारे भाग खड़े होते। मां दुर्गेश्वरी ने कहलवाया कि सब उनके पास आ सकते हैं और किसी को डरने की ज़रूरत नहीं है। उन्होंने अपने शेरू को ज़ंजीर से बांधकर रखने का फैसला किया। उन्होंने विक्टर से एक चांदी की जंजीर मंगवाने के लिए कहा। ज़ंजीर लाई गयी। और भक्ति के भाव से भरे नौकर-चाकर मां दुर्गेश्वरी के दर्शन के लिए आने लगे। जंजीर से बंधा होने के बावजूद आने वाले शेरू को देखकर पूछते–‘काटेगा तो नहीं?" मां दुर्गेश्वरी का जवाब होता–‘अगर आप उसे परेशान नहीं करेंगे तो वह बिलकुल पालतू बिल्ली की तरह रहेगा। बड़ा ही पुण्य आत्मा है।" अकेली भारती ऐसी थी जिसे पहले ही दिन से शेरू का ज़रा भी ख़ौफ़ नहीं था। वह उसका सिर सहलाती। और शेरू भी उसके पैरों से खुद को रगड़ता हुआ उसके आसपास घूमता था। आपस में उनकी सहजता देखकर ऐसा लगता था जैसे दोनों एक ही किस्म के जीव हैं। दूसरे दिन, विक्टर की मां को भी शेरू के गले में बाहें डालने के लिए मना लिया गया। उनके ऐसा करने पर शेरू ने उनका मुंह चाट लिया। सबको बड़ा मज़ा आया।

मां दुर्गेश्वरी ज़्यादा सामान लेकर नहीं आयी थीं। एक छोटी सी अटैची जिसमें शरीर के ऊपरी हिस्से को ढकने वाला एक और कपड़ा, एक केसरिया लुंगी, और शेरू के तीन कटोरे थे। एक दूध-चावल के लिए, एक पकी दाल और राज़मा वगैरह के लिए। इसी से उसका पेट भरता था। और एक पानी के लिए। दुर्गेश्वरी आदत के मुताबिक शेर की खाल बिछाकर ज़मीन पर सोती रहीं लेकिन शेरू को कुछ और भा गया। वेलेरी वाले कॉटेज का मुआयना करते हुए शेरू को वहां पड़ा सोफ़ा पसंद आ गया। सोने-बैठने के लिए यह सोफ़ा उसकी पसंदीदा जगह बन गया।

पहली शाम ही विक्टर दुर्गेश्वरी से मिलने कॉटेज में जा पहुंचा।

उसने दुर्गेश को बाहों में कस कर भींच लिया और उसके कानों में बुदबुदाया—'ऋषिकेश में बिताए तीन दिन स्वर्ग के तीन सौ दिनों के बराबर थे।'

'फिल्लम बहुत देखता है?' खिलखिलाते हुए दुर्गेश्वरी बोलीं।

'मैंने दस साल से कोई भी हिंदी फ़िल्म नहीं देखी है। कितनी झूठी सी लगती हैं। तुम्हारे लिए मेरा प्यार सच्चा है। चलो वक़्त बर्बाद न करें। मां खाने पर तुम्हारा इंतज़ार कर रही है। वह जल्दी खाती है न।'

'देखो मैं साफ़ नहीं हूं। प्यार-व्यार दो दिन और रुक सकता है। लेकिन हम प्यार की बातें और दूसरे ढंग से प्यार कर सकते हैं।'

विक्टर को कुछ निराशा हुई, लेकिन इसे मज़बूरी मानकर खुद वह दूसरे ढंग से प्यार करने बैठ गये। दुर्गेश्वरी ने विक्टर को बताया था कि वह तंत्र की मदद से सिर्फ़ अपने मुंह से एक खास आवाज़ निकाल कर उसे उत्तेजित कर सकती है। आज वही करके दिखाने बैठी। सचमुच पल भर में ही बिना छुए सिर्फ़ आवाज़ सुनकर विक्टर पूरी तरह उत्तेजित हो गया। किसी नौकर ने आकर दरवाज़ा खटखटाकर जब यह कहा कि माताजी खाने पर उन दोनों का इंतज़ार कर रही हैं, तब उन्हें होश आया। उठने से पहले दुर्गेश्वरी ने उसके अंडाशय को हाथ लगाया, और इतने से ही वह उसका वीर्य स्खलित हो गया। विक्टर भौचक्का रह गया।

शांति भवन में खाने के तौर-तरीके एक बार फिर बदल गये थे। कांच की प्लेट, कांटे, छुरी और तराशे हुए कांच के गिलास वगैरह सब नदारद थे। उनकी जगह अब चांदी के थाल, चांदी की कटोरियां और चांदी के ही गिलास थे। खाना भी सात्विक था। शुद्ध शाकाहारी। ताज़ी पूरियां, आलू की सब्ज़ी, दाल, दूसरी सब्ज़ियां, सादे चावल और दही। खाने के बाद मुंह मीठा करने के लिए खीर। सब हाथ से ही खा रहे थे। विक्टर को इस तरह खाने में दिक्कत तो होती थी लेकिन वह भी खाने के इस अंदाज़ का पूरा मज़ा ले रहा था। भारती को भी यह बदलाव अच्छा लग रहा था क्योंकि स्विट्ज़रलैंड में रहने के बाद भी उसकी बचपन की आदतें तो कहीं गयी नहीं थीं। विक्टर की मां इस बदलाव से सबसे ज़्यादा खुश थीं। उन्होंने तो शेरू को भी कुछ पूरी दीं। शेरू उन्हें चट कर गया। अब

अगर दिक्कत थी तो विक्टर की बहन और उसके आई.सी.एस. पति को। उन्हें सब कुछ अजीब-अजीब लग रहा था।

स्वामीजी से कहा गया कि वह योग सिखाना शुरू करें। सुबह घर के सदस्यों और नौकरों के लिए घर पर और शाम को दफ़्तरों में, वहां काम करने वालों के फ़ायदे के लिए। विक्टर दोनों बार मौजूद रहता। भारती देख रही थी कि इस सब से विक्टर के चेहरे पर रौनक आ गयी है। वह तो चाहती ही थी कि उसके पापी ऐसे ही खुश रहें। एक हफ़्ते के अभ्यास के बाद विक्टर स्वामीजी की मदद से पद्मासन और शीर्षासन करने लगा। उम्र छोटी होने से भारती का शरीर ज़्यादा लचीला था,, जिससे उसे योगासन सीखने में कोई खास कठिनाई नहीं हुई।

स्वामीजी आपने यजमान की बेटी पर ज़्यादा मेहरबान थे, अपने हाथ से उसके हाथ-पैर की मुद्रा ठीक करते। कभी-कभी तो वह उसके पैर और कमर पर हाथ रखने के बाद काफ़ी देर तक हटाते ही नहीं थे। वह इस छरहरी लेकिन तेज़-तर्रार नज़र आने वाली लड़की पर लट्टू थे। उसके व्यक्तित्व में लड़कों जैसा कुछ था जिससे उसकी खूबसूरती दूसरों से हटकर लगती थी। वह सोचते कि इस लड़की के पैर उसके पैरों पर लिपटे हों तो कैसा लगेगा। लेकिन वह जल्दबाज़ी में कोई क़दम उठाने वाले नहीं थे। अपनी छवि खराब करके जय भगवान की यजमानी से हाथ धोने का खतरा वह मोल नहीं ले सकते थे। इसके अलावा, वह भारती से डरते भी थे। यही डर उन्हें उत्तेजित भी करता था। उन्होंने तय किया कि फिलहाल उन्हें सिर्फ़ एक अच्छे योग शिक्षक की तरह काम करने पर ध्यान लगाना चाहिए।

विक्टर और भारती दोनों ही स्वामीजी से खुश थे। दोनों इस बात पर सहमत थे कि उन्हें अपनी कंपनियों के लिए योग प्रशिक्षक के तौर पर अच्छी तनख़्वाह पर रख लेना चाहिए और स्वामीजी बारी-बारी से सारी मिलों-फैक्टरियों में जाकर लोगों को योग सिखाएं। उन्होंने मां दुर्गेश्वरी के सामने इसकी पेशकश की। उन्होंने उन्होंने मुसकराकर जवाब दिया—'तो आप लोग स्वामीजी को मुझसे छीन लेना चाहते हैं, हैं? मुझे कोई दिक्कत नहीं है बशर्ते वह साल में चार महीने हमारे साथ आश्रम में रहें। उनकी

जगह तो वहीं है न।'

स्वामीजी बहुत खुश हुए। उन्हें लगा जैसे सारे भारत में योग का मिशन लेकर घूमने का उनका सपना अब पूरा हो जाएगा। और वह कुछ पैसा बचाकर अपनी बाकी ज़िंदगी सुख-चैन से बिता सकेंगे।

इस तरह मां दुर्गेश्वरी, शेरू और स्वामी धनंजय महाराज ब्रह्मचारी मट्टू परिवार का अभिन्न अंग बन गये। यहां तक कि विक्टर की बहनें और उनके परिवारों ने भी इस बदलाव का विरोध करना छोड़ दिया।

एक अकेला जो इन नये लोगों को मट्टू परिवार के घेरे में आने से खुश नहीं था, वह था नायर। वह कांग्रेस के उम्मीदवार के तौर पर संसद सदस्य चुन लिया गया था, जिससे उसे बम्बई और दिल्ली दोनों जगह कुछ-कुछ दिन रहना पड़ता था। दोनों ही जगह अब उसका विक्टर से मुलाकात करना मुश्किल हो होता जा रहा था। विक्टर अकसर अपने नये मित्रों के साथ जो व्यस्त रहता। जब उसे कुछ समय मिला विक्टर से मिलने का, तो उसने बिना किसी लगाव-लिपटाव के अपनी बात उसके सामने रख दी—'विक्टर, मुझे पता चला है कि भाला लेकर शेर के साथ घूमने वाली कोई नंगी औरत है। और एक दाढ़ी वाला आदमी है जो लोगों को सिखाता फिरता है कि सिर के बल कैसे खड़ा हुआ जाय? क्या तुम्हारा सिर फिर गया है?'

'शायद,' विक्टर ने ज़ोर से हंसते हुए कहा। 'तुम उनसे मिलो तो तुम्हारा भी सिर फिर जाएगा। जैसी पढ़ाई हमने की थी वह हमारी सोच को एक हद में बांध देती है। लेकिन अपना दिमाग तो खुला होना चाहिए न। तुम काले अंग्रेज़ बन गये हो।'

'अच्छा किया जो मुझे बता दिया कि मैं कौन हूं।' उसने कुढ़ते हुए कहा। 'लेकिन मैं सिर के बल खड़ा होने के बजाय पैरों पर चलना पसंद करता हूं। और मैं वाकई में नहीं जानना चाहता कि कुछ करने का सही तरीका क्या है। बहुत-बहुत शुक्रिया।'

उसे तब और भी ज़्यादा अफ़सोस हुआ जब भारती ने उसकी बात को सरासर काट दिया। भारती को उसने ऐसे घेरा जैसे वह उसे टोकने का अधिकार हासिल कर चुका है—'तुम इस काली दाढ़ी और लंबे बालों

वाले जंगली के साथ क्या कर रही हो? मुझे बताया गया है कि वह तुम्हें सिखाता है कि अपने बदन को अजीबोग़रीब मुद्राओं में कैसे तोड़ा-मरोड़ा जाए। क्या बेवकूफ़ी के काम कर रही हो?'

'अपनी ज़बान संभलो, नायर।' भारती चटक कर बोली। 'स्वामीजी योग के बेहतरीन शिक्षक हैं और बहुत ही अच्छे आदमी हैं। तुम उन्हें नहीं समझ पाओगे क्योंकि वह सिर्फ़ हिंदी में—मैं तुम्हें याद दिला दूं, भारत की राष्ट्रभाषा में बात करते हैं। तुम हिंदी में एक वाक्य नहीं बोल सकते। वो तो हमारी मिल के मज़दूरों ने आंख बंद करके तुम्हारा साथ दिया वरना तुम संसद भवन की ऐनेक्सी के पेशाबघर में भी नहीं घुस सकते थे।'

नायर को ज़ोरदार धक्का लगा। क्या यह वही लड़की है जिसे उसने सिर्फ कुछ महीने पहले ही पहली बार हमबिस्तर बनाया था। कौमार्य भंग किया था।

'कुतिया!' वह फुफकारा। जितना ज़हर उसके अंदर था, वह सारा इस एक शब्द में सिमट आया था।

उसने आंखे तरेरकर नायर की ओर देखते हुए बिलकुल धीरे-धीरे ठंडेपन के साथ कहा—'तू उस शब्द को दोहरा, और देख मैं कैसे तेरे सड़े चेहरे पर थप्पड़ जड़ती हूं। अब निकल बाहर!'

क़रीब एक महीने बाद कंपनी की सबसे बड़ी मिल, जय भगवान टेक्सटाइल्स, के मज़दूरों ने एक दिन की हड़ताल रखी और धमकी दी कि अगर उनकी मांगों को नहीं पूरा किया गया तो वह मिल बंद करवा देंगे। विक्टर ने नायर से कहा कि वह मज़दूरों से बात कर ले, तो नायर ने दोटूक जवाब दे दिया कि इस मामले में यह नहीं पड़ना चाहता क्योंकि मज़दूर उसके चुनाव क्षेत्र के हैं और उसके और कंपनी के हित मेल नहीं खाते। ऊपर से यह सुझाव दे डाला कि मज़दूरों की समस्या सुलझाने की

ज़िम्मेदारी वह भारती को सौंपे ताकि उसे तजुर्बा हो सके। विक्टर ने उसकी बात मान भारती से कह दिया कि वह इस मामले को देखे। भारती ने सारा मामला समझा। उसने दूसरी मिलों में मज़दूरों को मिलने वाली तनख़्वाह और जय भगवान टेक्सटाइल्स में मिलने वाली तनख़्वाह और दूसरी सुविधाओं की तुलना की। फिर उसने मिल में ही मज़दूरों की मीटिंग बुलाई। वह अपने साथ स्वामीजी को भी ले गयी क्योंकि सभी उनके योग प्रशिक्षण सत्रों में हिस्सा ले चुके थे। ग्रे रंग की सादी-सी सूती साड़ी पहन उसने पल्लू सिर पर डाल रखा था। एक मेज़ के पीछे बने चबूतरे पर माइक के सामने वह बैठ गयी। स्वामीजी उसके बगल में बैठे। बगल वाली दूसरी मेज़ पर भी एक माइक लगाया गया, जिसपर मज़दूरों के नुमाइंदों को बैठना था। कई हज़ार मज़दूर और उनकी पत्नियां वहां मौजूद थीं। भारती ने शुरुआत की—'भइयों और बहनों, मुझे बताया गया है कि आपको कंपनी से कुछ शिकायत हैं। आप मुझे बताएं कि वह शिकायतें क्या हैं ताकि मैं यहीं पर उन्हें दूर करने की कोशिश कर सकूं। मुझे बताएं कि आपकी समस्याएं क्या हैं।'

एक आदमी उठा और बगल की मेज़ पर माइक के सामने आ गया। उसके हाथ में काग़ज़ों की एक गड्डी थी। गला साफ़ करते हुए उसने बोलना शुरू किया—'मैडम भारतीजी।...' लेकिन भारती ने उसकी बात बीच में ही काटते हुए कहा—'मेहरबानी करके पहले अपना परिचय दें। मिल के किस विभाग में आप काम करते हैं?'

'मैं मिल में काम नहीं करता। मैं उस ट्रेड यूनियन का नेता हूं जिसके सदस्यों में बम्बई की कई दूसरी मिलों के साथ आपकी मिल के मज़दूर भी शामिल हैं। मैं अपने मज़दूर भाइयों की मांगों को आपके सामने रखना चाहता हूं।'

भारती फिर बीच में बोल पड़ी—'मैं आपकी बात नहीं सुनना चाहती। मैं सिर्फ वही सुनना चाहती हूं जो हमारे कर्मचारी कहना चाहते हैं।.... भाईयों और बहनों, आप लोगों में कोई नहीं है जो यह बता सके कि आपको क्या दिक्कतें हैं?' फिर उसने काग़ज़ का पन्ना ऊपर को उठाते हुए कहा—'यहां देखिए मेरे पास अपनी मिल में मिलने वाले वेतन और

दूसरी मिलों में मिलने वाले वेतन के आंकड़े हैं। मुफ़्त रहने की जगह, मुफ़्त इलाज का इंतज़ाम, बच्चों की पढ़ाई का इंतज़ाम, बिना पैसा कटे मिलने वाली छुट्टियां वगैरह को मिलाकर देखा जाए तो आपको जो मिलता है वह दूसरी मिलों से दुगना पड़ता है। आपसे झूठ बोला गया। मैं आपकी बहन जैसी हूं, और मुझे इस बात से तकलीफ़ होती है कि मेरे अपने भाई और बहनें मुझ पर और मेरे पिता से ज़्यादा एक बाहरी आदमी पर भरोसा करें। मुझे बताएं कि यह सब किसका किया-धरा है? हम सब मिल कर....'

यूनियन लीडर ने भारती की बात काटते हुए माइक में चीखना शुरू किया। 'आप अपना शोषण करने वाले की इस बिगड़ी हुई छोकरी को अपने एक साथी की बेइज़्ज़ती करने देंगे? ये लड़की मुझे गड़बड़ी फैलाने वाला कहने की हिम्मत कर रही है! इसे ऐसा सबक सिखाऊंगा कि यह ज़िंदगी भर नहीं भूलेगी। मैं इसे....'

भारती फिर उठ खड़ी हुई और अपने हाथ मज़दूरों की भीड़ की ओर करते हुए बोली—'भाइयों, क्या आप बैठे-बैठे देखते रहेंगे कि कोई आपकी बहन को धमकी दे रहा है? मैं जानती हूं कि यह किस तरह का सबक मुझे सिखाना चाहता है? क्या इतनी भद्दी बातें आप बर्दाश्त कर लेंगे, मेरे भाईयों?'

इस बात पर एकदम शोर मच गया। एक मज़दूर उठा और यूनियन लीडर से चिल्लाकर बोला। 'बंद करो ये बकवास और फ़ौरन हमारी मिल के गेट से बाहर निकल जाओ! वरना हम तुम्हारी ऐसी धुनाई करेंगे कि बाकी ज़िंदगी अपाहिज बन कर गुज़ारनी पड़ेगी।' उसने दोनों हाथ ऊपर को उठाए और बोला—'भारती बहन!....' और बाकी लोगों ने चिल्लाकर नारा लगाया—'ज़िंदाबाद!' यूनियन लीडर हाथों से भद्दे इशारे करता हुआ फटाफट भाग निकला।

कुछ मज़दूर और उनकी घरवालियों ने हाथों में चप्पलें लेकर उसे खदेड़ा। भारती ने जंग का पहला मोर्चा बिना हथियार उठाए ही फ़तह कर लिया था। बाद में उसने सारी बातें अपने पिता को बतायीं। विक्टर ने उसके कंधे थपथपाये और कहा—'शाबाश, मुझे तुम पर नाज़ है।'

तीन दिन बाद *थंडर* नाम के साप्ताहिक अखबार ने अंग्रेज़ी, मराठी

और हिंदी में भारती और यूनियन लीडर के बीच हुई झड़प को कई पन्नों में जगह दी। पहले पन्ने पर बड़े-बड़े अक्षरों में लिखा था—'पूंजीपति की बेटी ने मज़दूर नेता की बेइज़्ज़ती की।" खबर में खूब बढ़ा-चढ़ा कर लिखा गया था कि किस तरह उसे मज़दूरों की बात नहीं रखने दी गयी, उसे धमकी दी गयीं, और ज़बरदस्ती सभा से भगा दिया। जय भगवान के दिल्ली वाले घर, जय भगवान टावर्स, और उसकी याट की तसवीरों के साथ मज़दूरों के मकानों की तस्वीरें भी छापी गयीं। उनके नीचे लिखा था—'मालिक कैसे रहते हैं, और उसके मज़दूर कैसे रहते हैं।" कंपनी के निदेशकों को मिलने वाली तनख़्वाह और दूसरी सुविधाओं के बारे में अलग से छापा गया था। लेकिन उनकी लिस्ट में नायर का नाम नहीं था। मालाबार हिल में रहने वाला थंडर का संपादक नायर का क़रीबी दोस्त था। विक्टर और भारती सब समझ रहे थे।

स्वामीजी ने अखबार का हिंदी संस्करण पढ़ा। विक्टर, मां दुर्गेश्वरी और भारती के साथ सुबह का नाश्ता करते हुए उन्होंने सपाट ढंग से कहा—'किसी नमक हराम का काम लगता है।' किसी ने कोई नाम नहीं लिया।

कुछ ही दिनों बाद स्वामी धनंजय तीन महीने आश्रम में बिताने के लिए ऋषिकेश चले गये। उनके बाद मां दुर्गेश्वरी गयीं, विक्टर से यह वादा करके कि वह जल्दी ही लौटेंगी। विक्टर बड़ी बेसब्री से उनका इंतज़ार करता रहा, और उनके आने पर उसने उनसे वादा भी ले लिया कि अब वह एक महीने से ज़्यादा के लिए कभी नहीं जाएंगी। और इस तरह वह तांत्रिक औरत, उसका शेर, और योग सिखाने वाला स्वामी हर साल कई महीने बम्बई में बिताने लगे। कई बार तो पांचों जय भगवान टावर्स के दोनों ऊपरी मालों में रहते थे। मां दुर्गेश्वरी और शेरू विक्टर के अपार्टमेंट के गेस्ट हाउस में ठहरते थे जहां से शहर और खाड़ी का खूबसूरत नज़ारा, और खाड़ी में लंगर डाले उनका याट साफ दिखती थी। उसके नीचे वाले अपार्टमेंट में भारती रहती थी। भारती के नीचे वाले फ़्लैट को दो हिस्सों में बांट दिया गया था। एक में स्वामीजी रहते थे और दूसरा नायर के लिए था जो संसद के सत्र न चलने पर बम्बई आकर वहीं रहता था। अब

तक वह समझ भी चुका है कि वह एक अनचाहा बाहरी आदमी भर रह गया था। वह विक्टर से सिर्फ़ तभी मिलता था जब ज़रूरी हो, मां दुर्गेश्वरी से तो नमस्कार के बाद वह हर बार अंग्रेज़ी में यह कहना नहीं भूलता था कि इस जानवर को मुझसे दूर रखना। भारती को वह पूरी तरह से नकार देता था, यहां तक कि जब वह विक्टर के दफ़्तर में आती, तब भी वह उसकी ओर देखता तक नहीं था। उसकी नाराज़गी के केंद्र में थे स्वामीजी। उसने मान लिया था कि इस मुस्टंड जमूरे ने भारती के प्रेमी की जगह से उसे हटाकर खुद कब्ज़ा कर लिया है। वह उम्र में छोटा था, और देखने में नायर से ज़्यादा आकर्षक। और, ज़ाहिर है, योग के अलावा दूसरे कामों में भी उससे बेहतर। स्वामीजी भी नायर के साथ वैसा ही बर्ताव करते थे जैसा होड़ करने वाले को हराने के बाद उसके साथ किया जाता है।

एक दिन स्वामीजी सिक्योरिटी गार्ड को डांटते हुए नायर के कमरे में चले गये। उससे बोले—'नायर साहब, आप में क्रोध बहुत है। क्रोध कब्ज़ की तरह होता है। और योग से दोनों ठीक हो सकते हैं।' हालांकि नायर को हिंदी बोलनी नहीं आती थी, लेकिन वह क्रोध का मतलब समझ गया, और पलटकर अंग्रेज़ी में बोला—योगी जी, मैं अपने क्रोध और कब्ज़ से खुद ही निपट सकता हूं। मुझे उसके लिए सर के बल खड़े होने की कोई ज़रूरत नहीं है। मुझे माफ़ कीजिए।' स्वामीजी के कुछ समझ में नहीं आया लेकिन नायर ने उन्हें ऐसे हिकारत भरी निगाहों से देखा कि फिर कभी स्वामीजी ने उससे बात करने की कोशिश नहीं की।

नायर के दिमाग़ पर तनाव जब बहुत ज़्यादा बढ़ गया तो उसने सारी बातें खुलकर विक्टर के साने रखने का मन बनाया। वह मान बैठा था कि विक्टर की तरक्की में और जय भगवान इन्टरप्राईज़ेज़ को देश में सबसे सफ़ल और समृद्ध बनाने में उसका अहम किरदार रहा है। अपनी नज़रों में वह एक ऐसा शख़्स था जिसके बिना विक्टर का काम नहीं चल सकता। सिर्फ़ ऊपर वाले तीन मालों को जाने वाली लिफ़्ट में विक्टर से उसका आमना-सामना हो गया। 'विक्टर, मुझे तुमसे कुछ गंभीर बातें करनी हैं। लेकिन उस वक़्त हमारे आसपास और कोई नहीं होना चाहिए, तुम मेरा

मतलब समझ गये न।'

'मैं भी तुमसे कुछ बात करना चाहता हूं।' विक्टर ने जवाब दिया। 'काफ़ी समय से मैं तुमसे बात करना चाह रहा था।' उसने अपनी घड़ी पर नज़र डाली। फिर बोला—'अभी साढ़े नौ बजे हैं। दस बजे मिलते हैं। आसपास कोई नहीं रहेगा, वादा रहा।'

नायर विक्टर के अपार्टमेंट पहुंचा। वहां शेर की बू आ रही थी। वह समझ गया कि वह वनवासिनी और उसका जानवर कुछ ही मिनट पहले तक वहां थे। ज़ाहिर है, दोनों आपस में बेतरह जुटे होंगे। हो सकता है शेर ने उन दोनों पर चढ़ने की कोशिश की हो। नायर का वहां बैठने का मन नहीं हुआ।

विक्टर के आते ही नायर ने बिलकुल सीधे-सपाट ढंग से बोलना शुरू कर दिया—'देखो विक्टर, आजकल जो कुछ चल रहा है वह सब मुझे बिलकुल पसंद नहीं है। मैं तुम्हारे नये दोस्तों को समझ नहीं पा रहा हूं। अब तुम्हें फैसला करना है कि तुम मुझे यहां अपने सलाहकार के तौर पर चाहते हो, पिछले करीब तीस बरस की तरह, या फिर इन अजीबोग़रीब लोगों को जिन्हें तुम और भारती न जाने कहां से उठा लाये हो। मैं तुम्हारे भले के लिए इतनी बात रहा हूं।'

विक्टर के अंदाज़ से ऐसा लग रहा था जैसे वह बे मन से कुछ ऐसा कहने जा रहा है जो वह नहीं कहना चाहता, लेकिन उसने भी वैसे ही मुंहफट अंदाज़ में जवाब दिया—'मैं मानता हूं कि बहुत साल हमने साथ काम किया, बिना किसी आपसी मनमुटाव के। लेकिन अब मुझे लगता है कि तुम अपने रास्ते पर चलो तो अच्छा है। तुम्हारा राजनीति का कामकाज तुम्हारे लिए ज़्यादा ज़रूरी है। मैं इस बात को समझता हूं। चलो हम दोस्तों की तरह अलग होते हैं। एक दूसरे के लिए मन में बिना कोई बुराई लिए।'

नायर यह सुनने को तैयार नहीं था। कुछ देर वह कुर्सी पर बैठा रहा, सिर को हाथों से थामे। उसे समझ में आ गया था कि उसे कंपनी से निकाला जा रहा है। उसके साथ ग़लत सुलूक किया गया है, उसके साथ धोखा हुआ है, उसका अपमान किया गया है। गुस्से की तेज़ आग

उसके मन में धधक उठी। वह रातोंरात रईस बने इस बदगुमान बिगड़ैल और उसकी कुतिया सरीखी बेटी को एक दिन ज़रूर बता देगा कि उसके जैसे आदमी के साथ छिछोरापन करने का नतीजा क्या होता है। वह अचानक उठा खड़ा हुआ और बोला, 'ठीक है, मैं अपना इस्तीफ़ा आज ही भेज दूंगा। किस्मत तुम्हारा और तुम्हारे ढोर-ढंगरों का साथ दे।'

विक्टर ने बड़ी कोशिश की कि नायर के बारे में न सोचे, लेकिन उनके एक-दूसरे से अलग होने का अंदाज उसे अंदर तक हिला कर गया था। दोपहर के पहले का सारा समय वह यही सोचता रहा। दोपहर को उसे ठीक से नींद भी नहीं आयी। शाम की चाय के वक़्त उसने यह बात दुर्गेश्वरी और भारती को बतायी। उन्होंने स्वामीजी को बतायी। दुर्गेश्वरी ने सिर्फ़ इतना कहा—'मुझे और मेरे शेरू को वह पसंद नहीं करता। मुझे नहीं लगता कि वह अपने सिवा और किसी को भी पसंद करता है।'

फिर दुर्गेश्वरी ने अगरबत्ती का एक बंडल खोला और उन्हें जलाकर सिंहवाहिनी दुर्गा की मूर्ति के सामने रखे गुलदान में लगा दिया, साथ में अपने अन्नदाता की रक्षा के लिए प्रार्थना की। स्वामीजी सीधे-साफ़ ढंग से सोचने-करने वाले थे। वह बोले—'बुरा आदमी है। उसकी ज़बान पर ज़हर चढ़ा है। अहंकार, गुस्सा और बदला लेने की प्रवृत्ति है उसमें। उससे सावधान रहना।' भारती बिना कुछ कहे दांतों से अपने होठों को दबाने लगी।

नायर के जाने से पहले तक भारती और स्वामीजी के बीच गुरु-शिष्या से संबंध थे। उनकी ओर उसका खिंचाव तो था, लेकिन वह तब तक कोई पहल नहीं करना चाहती थी जब तक उसे साफ़ पता न लग जाए कि स्वामीजी के मन में उसके लिए कैसे भाव हैं। शायद सचमुच वह ब्रह्मचर्य व्रत का पालन करते हों, जैसा कि योगी और माताओं से उम्मीद की जाती है। इसलिए उसने अपना क़दम आगे बढ़ाने का साहस करने के बजाय योग के अभ्यास में लगी रही। अपने बड़े-बड़े मुलयम हाथों से जब वह उसकी मुद्रा ठीक करते थे तो भारती उनके रेशमी स्पर्श का आनंद लेती थी। सोचती कि काश वह उसके साथ ज़्यादा खुलकर पेश आएं, लेकिन स्वामीजी अपने सीमित दायरे से बाहर नहीं निकले।

एक दिन जब वह भारती को अभ्यास कराने आये तो कुछ अजीब से हाल में थे। भारती ने देख लिया कि वह धोती के नीचे कुछ भी नहीं पहने हैं। जब वह भारती की ओर आ रहे तो उनकी धोती के महीन मलमल के पीछे इधर-उधर डोलते भारी पेंडुलम जैसा उनका लिंग झलक रहा था। भारती मन ही मन मुस्कराई। स्वामीजी ने भारती से कहा–'जितना मैं तुम्हें सिखा सकता था, करीब-करीब वह सब तुम सीख चुकी हो। अब तुम्हें सिर्फ़ उन योगासनों का अभ्यास करते रहना है जो मैंने तुम्हें सिखाए हैं।'

बेचारगी जताते हुए भारती ने कहा–'नहीं, नहीं, स्वामीजी, मुझे हर रोज़ आपका मार्गदर्शन चाहिए वरना मुझसे यह सब नहीं होगा। मैं ऐसी ही हूं। बिलकुल अराजक। इसके अलावा, मेरे पिताजी कहते हैं कि मुझे गुस्सा जल्दी आता है। मुझे विश्वास है कि मेरी इस समस्या का आप ही कोई हल निकाल सकते हैं।'

स्वामीजी कुछ देर इस बारे में सोचते रहे, फिर अपनी दाढ़ी पर दोनों हाथ फेरते हुए भारती को आदेश दिया–'पीठ के बल सीधी लेट जाओ। देखता हूं कि क्या गड़बड़ी है।'

भारती से जैसा कहा गया उसने वैसा ही किया।

स्वामीजी ने अपनी धोती के फेंटे में से एक इंची टेप निकाला और उसकी नाभि से पैर के अंगूठों के बीच की दूरी नापने लगे।

'पिताजी कह रहे थे कि आपने उनकी छाती से अंगूठों तक की नाप ली थी। आखिर ये लिंग भेद क्यों?'

स्वामीजी ने अपनी दाढ़ी पर एक बार फिर हाथ फेरा और जवाब दिया– क्योंकि भारतीय महिलाएं नहीं चाहतीं कि गैर मर्द उनके स्तनों को हाथ लगाएं। इसके अलावा महिलाओं के स्तन अलग-अलग आकार के होते हैं। किसी के छोटे, किसी के बहुत बड़े। किसी के कड़े और एकदम खड़े तो किसी के नाभि तक लटकते हुए। समझ में न आये कि कहां से नापें।'

'मेरे तो नाभि तक नहीं लटकते, इसलिए नापने में कोई दिक्कत नहीं होनी चाहिए। और अपके छूने से मुझे कोई दिक्कत नहीं होगी।

आखिर आप मेरे गुरु हैं।' बिना उनकी ओर से कोई संकेत मिले भारती उठ बैठी। उसने अपना ब्लाउज़ उतारा, अपने ब्रा के स्ट्रैप खोले, उसे खींचकर निकाल दिया और फिर लेट गयी। स्वामीजी ने उसके स्तनों के *निपल* छुए। पल भर में ही उसके *निपल* कड़े हो गये। किसी पेंच की घुंडियों की तरह। 'तुम्हारे स्तन बहुत सुंदर हैं।' वह बोले। 'खूबसूरती से गोलाई लिए और तने हुए।' फिर अपने हाथों को फेरते हुए बोले—'अप्सरा जैसे।'

'चूम लो इन्हें।' भारती ने आदेश जैसे स्वर में कहा।

स्वामीजी ने एक एक करके दोनों को चूमा। एक बार, दो बार, बीस बीस बार चूम लिया उन्होंने। उन्हें जैसे अपनी खुशकिस्मती पर विश्वास ही नहीं हो रहा था।

'ये लुंगी में जो छुपा रखा है, उसे मेरे अंदर डाल दो।' उसने अपनी साड़ी को जांघों के ऊपर खींचते हुए उनसे एक और मांग की। स्वामीजी आगे बढ़े, अपनी लुंगी को एक ओर किया और अपना लिंग निकाल कर उसके शरीर पर झुक गये। स्वामीजी का लिंग अंदर जाते ही उसके मुंह से ज़ोर की 'हा...'' निकल गयी। उसने अपने दोनों हाथों से स्वामीजी के लंबे बालों को पकड़ कर खींचते हुए उनके होठों को अपने होठों पर टिका लिया। स्वामीजी अपना लिंग अंदर-बाहर कर रहे थे और उनकी दाढ़ी उसके स्तनों से रगड़ खा रही थी। भारती उनके कानों में बुदबुदायी—'स्वर्ग जैसा लग रहा है।'

'हमारे पवित्र ग्रंथों में भी यही कहा गया है कि दो प्रेमियों के बीच मैथुन की स्थिति ईश्वर के सबसे करीब पहुंचने जैसी है। हमें जीते जी स्वर्ग का इससे नज़दीकी एहसास और कहीं नहीं मिल सकता। बात पूरी करते ही स्वामीजी अपनी सांसों को लिंग के आगे-पीछे होने की गति से मिलाते हुए तेज़ी से जुट गये।'

भारती ने एक बार, और फिर दोबारा चरम सुख का अनुभव किया। उत्तेजना के उन पलों में उसका बदन थर्रा गया और गले से अजीब-सी आवाज़ निकल गयी। बुरी तरह थक कर चूर हो गयी थी, भारती, और पूरी तरह तृप्त भी। वह बिना हिले पड़ी रही। स्वामीजी ने अपना वीर्य

उसके अंदर नहीं छूटने दिया था और अपना लिंग वैसे ही निकाल कर लुंगी की आड़ में कर लिया।

भारती ने नायर के साथ दयनीय से मिलन की याद को अपने दिमाग़ से ऐसे निकाल फेंका जैसे वैसा कुछ हुआ ही नहीं था।

अगले छह महीनों के दौरान विक्टर एक-एक करके भारती को अपने कारोबार से जुड़े तमाम काम सौंपता रहा। वह अब इक्कीस साल की हो गयी थी। नायर दिल्ली आकर अपनी रही-सही साख को डूबने से बचाने में जुटा था। उससे भारी भूल हो गयी थी—उसका अंदाज़ा ग़लत साबित हुआ था। नायर और एक मंत्री जी अपनी पूरी ताक़त से चीन के गुण गा रहे थे, जबकि तीनों सेनाओं के प्रमुख और ज़्यादातर नेता कह रहे थे कि चीन देश पर हमला कर सकता है। चीन ने सचमुच हमला कर दिया। लड़ाई लंबी नहीं खिंची, लेकिन पूरी तैयारी न होने से नुकसान काफ़ी हुआ। नायर का मखौल बन गया। अब वह कांग्रेस के नेताओं के बीच अपनी छवि सुधारने के लिए दिन-रात जुटा था। यानी जय भगवान इंटरप्राइज़ेज़ के लिए शांति का दौर था। विक्टर, भारती और उनके बड़े अधिकारी आराम से मिलजुल कर काम कर रहे थे और उनकी काम करने की क्षमता बढ़ गयी थी। जंग में कंपनी ने खुलकर चंदा दिया था, जिससे कंपनी की साख बढ़ी थी। कुल मिलाकर सब कुछ अच्छा चल रहा था।

इसी बीच एक दिन कंपनी के जनसंपर्क विभाग का प्रमुख भारती के पास एक अजीब-सी समस्या लेकर आया। इस विभाग का कामकाज भारती ही देखती थी। 'मैडमजी, थंडर अख़बार का एक आदमी चाहता है कि हम उसके अख़बार में अपने विज्ञापन दें। मैंने उसे बताया कि हमारी कंपनी की नीति है कि हम सिर्फ़ राष्ट्रीय अख़बारों में ही विज्ञापन देते हैं, दूसरों में नहीं। फिर भी वह मान नहीं रहा है। उसका कहना है कि

अगर हमने विज्ञापन दिया तो वह ध्यान रखेगा कि हमें उसका फायदा मिले वरना बाद में हमें अपने फैसले पर पछताना पड़ सकता है। वह आपसे मिलना भी चाहता है।'

'उसे अंदर भेज दो। मैं उससे अकेले में बात करूंगी।' भारती ने जवाब दिया। उसे अंदर भेजा गया। छोटे क़द का काला-सा आदमी, अपना टोप उतारकर सीने के आगे करके पकड़े था। अंदर आकर उसने भारती के सामने कई बार झुककर नमस्कार किया।

'जी,' भारती ने उसकी ओर देखते हुए सीधे-सपाट ढंग से कहा, 'क्या कहना चाहते हैं आप?' उससे बैठने को भी नहीं कहा।

'मैडम-सर, हमारे पास मां दुर्गेश्वरी और स्वामी धनन्जय ब्रह्मचारी के बारे में कुछ ऐसी जानकारी है जिससे कंपनी की साख को बट्टा लग सकता है। अगर आप हमारे अख़बार को लगातार विज्ञापन देती रहें तो हमारे संपादक उस जानकारी को न छापने के लिए तैयार हैं।'

भारती ने उसे देर तक घूरा और फिर गुस्से से फुफ़कारी—'ब्लैकमेल? हिम्मत कैसे की? निकल जाओ फ़ौरन!' यह कहते हुए उसने घंटी बजा दी। जैसे ही चपरासी अंदर आया, भारती ने उसे आदेश दिया—'इस आदमी को अच्छी तरह देख लो। इसका चेहरा पहचान लो। इसे दफ़्तर के बाहर फेंक दो, और फिर कभी अंदर मत घुसने देना।'

थंडर के अगले अंक में पहले पन्ने पर विक्टर की मां दुर्गेश्वरी के साथ और भारती की स्वामी धनन्जय महाराज के साथ तसवीरें छपीं। साथ में तांत्रिक और योग शिक्षक के बीतों दिनों के बारे में सनसनीख़ेज और भद्दी कहानियां। टैब्ललॉयड के विशेष संवाददाता और उसकी रिसर्च टीम के मुताबिक मां दुर्गेश्वरी का असली नाम शांति देवी था और झांसी में उसके पति ने अवैध संबंधों का इलज़ाम उसे लगाकर घर से निकाल दिया था। और साध्वी बनने से पहले वह तीन मर्दों के साथ रह चुकी है। उसे अब भारत के सबसे अमीर आदमी ने शरण दी है। स्वामीजी पहले दुर्गा दास थे, एक ग़रीब किसान के कई बेटों में से एक। स्कूल की पढ़ाई भी पूरी नहीं की थी, लेकिन चोरी और अप्राकृतिक मैथुन करते हुए पकड़े जाने पर दो बार बाल न्यायालय में पेश हो चुके थे। बाल सुधार गृह में उन्होंने

योग सीख लिया था, और अब अपने पिता की अथाह दौलत की अकेली वारिस कुमारी भारती देवी समेत जय भगवान इंडस्ट्रीज़ के कर्मचारियों को योगासन सिखाते थे।

विक्टर ने बदनाम करने वाली इस रिपोर्ट के बारे में दुर्गेश्वरी को कुछ नहीं बताया। वह खुद अख़बार पढ़ती नहीं थी। न ही भारती ने स्वामीजी को कुछ बताया। वह सिर्फ़ हिंदी के अख़बार पढ़ते थे, और उनके यहां थंडर का हिंदी संस्करण नहीं आता था। लेकिन भारती ने अपने पिता से बात की—'यह तो सीधे-सीधे मानहानि का मामला बनता है। उस हरामज़ादे संपादक को अदालत में खींचकर उसपर भारी रक़म के लिए दावा किया जा सकता है।'

विक्टर ने मुसकराकर कहा—'बच्चों जैसी बात मत करो। अख़बार में हमारे ख़िलाफ़ कुछ भी नहीं है सिवा इसके कि हम दोस्त हैं। इस रद्दी को कचरे के डिब्बे में डाल दो और भूल जाओ।'

'आपको क्या लगता है कि इस सब के पीछे कौन है? मुझे तो नायर के सिवा और कोई नहीं सूझता।'

'मुझे नहीं लगता कि वह इतना गिर सकता है। यह सिर्फ़ हमें डराकर हमसे वसूली करने की एक नाकाम कोशिश भर थी।'

कई पत्रकार इस मसले को अपने अख़बारों में उठाना चाहते थे और इसके लिए विक्टर और भारती से मिलने की कोशिश करने लगे। लेकिन दोनों ने किसी से भी मिलने से इनकार कर दिया।

जो भी हो, थंडर को जय भगवान इंटरप्राइज़ेज़ के ख़िलाफ़ गंदगी फैलाने की मुहिम छेड़ने की भारी क़ीमत चुकानी पड़ी। जय भगवान को कच्चा माल सप्लाई करने वाली और बाज़ार में उसका माल बेचने वाली कई कंपनियों ने थंडर को अपने विज्ञापन देने बंद कर दिये। कई राज्यों की सरकारों और केंद्र सरकार के कई मंत्रलयों ने भी ऐसा ही किया। उसकी बिक्री में भी भरी गिरावट आयी। जय भगवान को छोटा-मोटा आदमी तो था नहीं कि कोई भी उसके साथ खिलवाड़ कर ले, वह तो राष्ट्रीय स्तर की हस्ती और आने वाली पीढ़ियों के लिए मिसाल बन चुका था।

टाइम्स ऑफ़ इंडिया ने उसके बचाव में पहले पन्ने पर संपादकीय लेख छापा। थंडर का नाम लिये बिना यह लिखा कि पीत-पत्रकारिता कैसे अपने पैर पसार रही है, और यह कि बेरोकटोक खेला जा रहा ट्रेड यूनियनों का खेल किस तरह उद्योग धंधे चौपट कर रहा है। और, किस तरह ग़ैरज़िम्मेदार राजनेता मज़दूरों को भड़का कर हड़तालें करवाते हैं। संपादकीय में यह भी लिखा था कि देश को कपड़े, चीनी, स्टील, सीमेंट, दवाएं और दूसरी चीज़ें बनाने में देश को आत्मनिर्भर बनाकर जय भगवान ने कितना बड़ा एहसान किया है। संपादकीय ने यह भी याद दिला दिया कि उसने हाल की जंग के दौरान देश के लिए कितना कुछ किया। संपादकीय को इस वाक्य के साथ खत्म किया कि जो लोग आकाश की ओर थूकते हैं, थूक उनके खुद के मुंह पर गिरता है।

बदनाम करने के लिए चलाई गयी यह मुहिम टांय-टांय फिस्स हो गयी। लेकिन गुमनाम ख़तों, विरोध में लिखे गये पत्रें और पैसे की मांग का सिलसिला जारी रहा। उन दिनों अपने सहकर्मियों की निजी ज़िंदगी के बारे में गुमनाम पत्र लिखकर मैनेजमेंट को भेजना राष्ट्रीय स्तर पर मनबहलाव का तरीका बन चुका था। जब किसी की नियुक्ति या पदोन्नति होती तो उसके साथ के लोग ऐसी चर्चा का बाज़ार ज़रूर गर्म हो जाता था कि उस शख़्स ने या उसके पति-पत्नी में से किसी ने गवर्निंग बॉडी के किसी न किसी सदस्य को किसी तरह खुश करके यह काम करवाया होगा। विक्टर ऐसी बातों का आदी हो चुका था। अब वह इन्हें पढ़ तो लेता था लेकिन कभी इन्हें गंभीरता से नहीं लेता था। विक्टर और उसके परिवार के लिए गाली-गलौज और भद्दी बातों से भरे कई भाषाओं में लिखे पत्र आते थे। विक्टर उन्हें भी पढ़ लेता था, फिर खुद पर मुसकराता और उन्हें फाड़कर रद्दी की टोकरी में डाल देता। तीसरे ख़त वह होते थे जिनमें लिखने वाले वक़्त और जगह बताकर उससे मनचाही रक़म पहुंचाने की मांग करते थे। लोग धमकी भी देते थे कि अगर ऐसा नहीं किया गया तो उसकी फलानी मिल में आग लगा दी जाएगी, या इससे बढ़कर, उसकी बेटी को अग़वा कर लिया जाएगा। मिल में किसी गड़बड़ी की बात से विक्टर को कोई फर्क नहीं पड़ता था, लेकिन भारती उसका

अपना ख़ून थी और वह भी अकेली, इसलिए उसकी हिफ़ाज़त को लेकर वह कोई ख़तरा नहीं मोल लेने के लिए तैयार नहीं था। वह अकसर अकेले ही ख़रीदारी करने चली जाती थी, या फिर मरीन ड्राइव, चौपाटी और नरीमन प्वाइंट तक टहलने। बहुत लोग उसे पहचानते थे। वह मानता था कि पुलिस में मामला दर्ज कराने से कुछ नहीं होता, क्योंकि बम्बई की पुलिस की अंडरवर्ल्ड के सरगनाओं से मिलीभगत की बात जगज़ाहिर थी। इसलिए, भारती को बिना बताए उसने अपने सबसे पुराने सिक्योरिटी गार्ड को हर वक़्त भारती पर निगरानी रखने के लिए चुपचाप उसका पीछे करने के लिए तैनात कर रखा था, इस हिदायत के साथ कि भारती के घर लौटते ही उसे जानकारी दी जाय।

उसकी सुरक्षा का बोझ विक्टर को परेशान करता था, क्योंकि वह ज़रूरत से ज़्यादा निडर और खुद्दार थी कि खुद एहतियात बरतने की बात तो सोच ही नहीं सकती थी।

विक्टर और भारती दिल्ली में ही थे जब विक्टर की मां घर में ही गिर पड़ीं। ज़बरदस्त डायबिटीज़ की शिकार थीं और उन्हें दिखाई भी नहीं देता था। वह कोमा में चली गयीं, और फिर ठीक नहीं हुईं। विक्टर उनके सिरहाने उनका हाथ अपने हाथ में लिए बैठा था जब उनके प्राण निकले। उसी शाम उनका अंतिम संस्कार कर दिया गया। और जैसा कि उसके पिता के मरने पर किया गया था, पूरा परिवार उनकी अस्थियों को गंगा में प्रवाहित करने हरिद्वार गया। इस बार भारती के दबाव डालने पर विक्टर ने सिर मुंड़वा लिया था। दिल्ली लौटने के बजाय उसने सारे परिवार को वहीं अपने हॉलिडे होम में कुछ दिन बिताने के लिए राज़ी कर लिया। शाम को उसने मां दुर्गेश्वरी को लाने के लिए अपनी कार उनके आश्रम भेजी।

दुर्गेश्वरी अपने साथ शेरू को नहीं लाई क्योंकि उनके दिमाग़ में शाम के लिए कुछ दूसरी बातें थीं। वह विक्टर का मुंड़ा हुआ सिर देखते ही समझ गयीं कि क्या हुआ है। लय में ओम नमः शिवाय, ओम नमः शिवाय का उच्चारण करने के बाद वह बोलीं—'तो माताजी का स्वर्गवास हो गया है। उन्हें भगवान शिव के चरण कमलों के निकट विशेष स्थान प्राप्त होगा।' कुछ देर सब चुपचाप बैठे रहे। विक्टर की आंखों में आंसू उमड़े और गालों पर लुढ़कते चले गये। भारती और उसकी बुआएं दुपट्टे नाक पर रख सिसकियों को दबाने की कोशिश कर रही थीं। यह सब देख मां दुर्गेश्वरी बोलीं—'जिस व्यक्ति ने अपनी आयु पूर्ण करके निर्वाण प्राप्त किया हो उसके लिए रोना ठीक नहीं है। यह तो खुशी मनाने की बात है।'

उनके शब्दों से सबको राहत मिली। वह शाम की पूज़ा के वक़्त तक वहीं बैठी रहीं। जाने से पहले उन्होंने कहा—'कल सवेरे उनकी आत्मा की शांति के लिए हम आश्रम में विशेष पूजा करेंगे। आप वहां होते हुए ही दिल्ली लौटें।'

हॉलिडे होम से रवाना होने के बाद सारी गाड़ियां आश्रम के गेट पर रुक गयीं। विक्टर ने देखा कि उसकी दी हुई गुरु दक्षिणा का सही इस्तेमाल किया गया था। मंदिर और ध्यान लगाने के कमरे के साथ वहां रहने वाले सभी भक्तों के कमरे भी पक्के बन चुके थे। माली भी रख लिया गया था। सब्ज़ियों की क्यारियां दुगनी जगह में फैल चुकी थीं। गेट से अंदर जाने वाले रास्ते के दोनों ओर फूल लगे थे, और दीवारों पर बैंगनी, गुलाबी और सफेद बोगनविलिया की बेलें चढ़ रही थीं। भक्त भी पहले से ज़्यादा नज़र आ रहे थे।

पूजा आधे घंटे चली। मां दुर्गेश्वरी ने अपनी गहरी और सम्मोहक आवाज़ में संस्कृत के श्लोक पढ़े। विक्टर और भारती के रोंगटे खड़े हो गये। उनका मंत्रोच्चार चरम पर पहुंचते ही आश्रम में रहने वाली अंग्रेज़ महिला बौखलाई सी आई और अपनी तांत्रिक गुरु के पैरों में गिर कर तेज़ी सिर को इधर-उधर करते हुए तड़पने से लगी जैसे पानी के बाहर मछली। आरती के बाद मां दुर्गेश्वरी ने उसे उठाया और आशीर्वाद दिया।

जैसे ही विक्टर के परिवार के लोग गाड़ियों में बैठने के लिए निकले, मां दुर्गेश्वरी विक्टर के क़रीब आई और धरे से बोलीं—'मैं कुछ दिन तुम्हारे साथ कुछ दिन दिल्ली में बिताना चाहती हूं। क्या तुम कल या परसों मुझे लेने के लिए कार भेज दोगे?'

विक्टर ने सिर हिलाकर हामी भरते हुए कहा—'चौथे की रस्म के बाद, जब दोनों बाहर वाली बहनें चली जाएंगी।'

तीसरी तो अपने पति समेत शांति भवन में ही रहती थी।

चौथा की रस्म के साथ ही शोक मनाने वालों का सिलसिला अचानक खत्म हुआ। भारती बम्बई चली गयी। विक्टर की दोनों बहनें अपने-अपने घर चली गयीं। शांति भवन में रहने वाली बहन ने अपने आई.सी.एस. पति के साथ कुछ दिन के लिए अपने सास-ससुर के पास कलकत्ता जाने का फैसला कर लिया। विक्टर ने दुर्गेश्वरी को लाने के लिए कार भेज दी।

अब घर में उनके सिवा कोई नहीं था, सारे घर पर उनका राज था, फिर भी होशियारी बरतते हुए विक्टर ने दुर्गेश्वरी को वेलेरी वाली कॉटेज में ठहराया। वह छोटी-सी जगह ज़्यादा आरामदेह थी, और कुल मिलाकर प्रेमालाप के लिए बड़े से मकान से बेहतर। विक्टर ने अपने नौकर से स्कॉच, सोडा, बर्फ और उम्दा कांच के तराशे हुए गिलास वहां रखने को कहा। दुर्गेश्वरी को उसके शराब पीने से कोई ऐतराज़ नहीं था। बल्कि कभी-कभी वह खुद भी एकाध घूंट उसके गिलास से पी लिया करती थी। एक बार उससे बोली—'ये जो चीज़ तुम्हें इतनी अच्छी लगती है, ज़रा मैं भी तो पीकर देखूं।और छोटा-सा घूंट भरते ही बोली— ओफ्फो, कोई स्वाद नहीं है, मेरे गले से ऐसे उतरता है जैसे आग का पानी हो। लेकिन मुझे हल्का-सा सुरूर दे देता है ये। मैथुन के पहले बड़ा मज़ा देता है।'

वह संभोग में लिप्त हो गये। वह बड़ी कोमलता से हौले-हौले कर रही थी। उसका इस तरह खयाल रख रही थी क्योंकि उसकी मां नहीं रही थी। चुम्बन के लम्बे-लम्बे कई दौर चले। इन्हीं के बीच दुर्गेश्वरी बोलीं—'मैं आज तुम्हें कुछ नया सिखाऊंगी। हम दोनों एक दूसरे की ओर करवट लेकर लेट जाएंगे। मैं बताऊंगी कि तुम मेरे अंदर कैसे प्रवेश करो। और तुम्हें बिना ज़्यादा उत्तेजित हुए वैसे ही रहना होगा। जिन औरतों के

साथ तुम रति क्रिया कर चुके हो, या करना चाहते हो, उनके बारे में कतई मत सोचना। अपने दिमाग़ को बिलकुल खाली रखना। मैं तुम्हें दुह लूंगी। तुम्हें चरम तक पहुंचने से रोक लूंगी ताकि तुम कई लगातार कई बार संभोग का आनंद ले सको।'

वह दोनों एक दूसरे को बाहों में जकड़े पड़े रहे। विक्टर उसके स्तन सहलाता रहा। काफ़ी देर बाद दुर्गेश्वरी ने कहा—'अब मैं थक गयी हूं।' और इसी के साथ विक्टर को धीरे से बाहर कर दिया। उसके शरीर से परे हट गयी। फिर नीचे झुककर उसके लिंग को चूमने लगी, जो अभी तक कड़ा और बांस की तरह खड़ा था। एक अजीब-सी शांति से भर गया था विक्टर का तन-मन। उसे ऐसा महसूस हो रहा था जैसे सारी दुनिया की खुशियां उसके कदमों में सिमट आयी हैं।

तीन दिन तक हर शाम उन्होंने इस क्रिया को दोहराया। हर बार उससे जुड़ने के बाद अलग होने पर विक्टर ने खुद को जीत की सी खुशी से भरा और पानी पर उतराने जैसा हल्का महसूस किया। उसकी चाल में एक अलग मस्ती होती और मन बिलकुल साफ। वह ज़्यादा मन लगा कर काम कर पाता था और दूसरों से उसका व्यवहार भी बेहतर होता था। काश ये सिलसिला जारी रहता।

लेकिन अच्छी चीज़े भी हमेशा नहीं रहतीं। यही हश्र होना था हाल में हाथ लगी मर्दानगी और चुस्त-फुर्तीले शरीर का। एक दिन तड़के उसे भारती का फोन मिला—'पापी, अपनी कपड़ा मिल के एक हिस्से में बीती रात आग लग गयी और मिल पूरी तरह तबाह हो गयी। तीन मज़दूरों की जानें गयी हैं।' उसकी आवाज़ में ज़रा भी घबराहट नहीं थी। 'मैं सीधे वहां जा रही हूं, देखती हूं कि ये सब कैसे हुआ। आप भी जितनी जल्दी आ सकें आ जाइए।'

विक्टर उसकी सुरक्षा को लेकर चिंता में पड़ गया था। 'भारती, तुम्हें वहां जाने की कोई ज़रूरत नहीं है। जनरल मैनेजर सब कुछ संभाल लेंगे। क्या तुमने पुलिस को खबर कर दी है?'

हां, हां, पापी।' उसने जवाब दिया। फिर बताने लगी—'जी.एम. वहां पहुंच चुके हैं। पुलिस भी आ गयी है। यूनियन वाले मैनेजमेंट के खिलाफ़

प्रदर्शन कर रहे हैं। मुझे वहां जाना ही होगा। आप भी जल्दी आ जाइए।'

विक्टर ने दुर्गेश को बताया। 'मैं तुम्हें अकेले नहीं जाने दूंगी। मैं तुम्हारे साथ चल रही हूं।' उसने ज़ोर देकर कहा।

दोनों अगली उड़ान से बम्बई चले गये। मिल के जी.एम. और कुछ पुलिस अफ़सर हवाई अड्डे पर आए थे। जी एम ने विक्टर को सारे हालात से रू-ब-रू कराया। 'सर, मामले ने एक ख़राब मोड़ ले लिया है। हादसे में मारे गये मज़दूरों के अंतिम संस्कार के बाद दूसरी मिलों के मज़दूर भी हड़ताल पर चले गये हैं, और अपनी मिल के सामने प्रदर्शन कर रहे हैं।'

मिल हवाई अड्डे से जय भगवान टावर्स के रास्ते में ही थी। पुलिस ने उन्हें सलाह दी कि दूसरी तरफ़ से निकल जाएं। लेकिन विक्टर ने उनकी बात नहीं मानी। बोला—'मैं अभी मिल जाऊंगा। मेरी बेटी कहां है?'

'सर, हमने उन्हें मिल पर न जाने के लिए बहुत मिन्नतें कीं, लेकिन वह मिल में आ गयीं। वैसे उनकी सुरक्षा के काफ़ी इंतज़ाम हैं।'

विक्टर और मां दुर्गेश्वरी गाड़ी से मिल के दरवाज़े तक पहुंचे। भारी भीड़ जुटी थी। पुलिस का एक हथियारबंद दस्ता सड़क पर बैठे मज़दूरों के सामने डटा था। पुलिस ने विक्टर की कार के लिए रास्ता बनाया और मिल का गेट खुलवाया ताकि विक्टर की कार अंदर जा सके। गेट से घुसते ही उन्हें भारती मिल गयी। गुस्से से आगबबूला।

ये सब बाहर के लोगों का काम था। भारती ने तैश में कहा। मैंने अपने मज़दूरों से बात की है, वह क़सम खा कर कह रहे हैं कि उन्होंने कुछ नहीं किया है। उनका कहना है कि अपने माई-बाप, अपने अन्नदाता पर चोट करके हम कहां जाएंगे। हम पागल नहीं हैं।

'फिर किसने किया किया? और क्यों?' विक्टर ने उतावलेपन से पूछा। 'और वो सड़क पर जो लोग हैं वो कौन हैं?'

'वो किसी न किसी यूनियन के सदस्य हैं। वही आदमी जो पिछली बार उनका नेता बना हुआ था, वही इस बार भी उनकी अगुवाई कर रहा है।'

विक्टर ने पुलिस से कहा कि वह मिल के कर्मचारियों को अंदर आने दे ताकि उनसे बातचीत की जा सके। वहां मौजूद पुलिस अफसर ऐसा

नहीं करना चाहता था, लेकिन विक्टर ज़ोर देता रहा—'ये मेरे लोग हैं। मुझे इनसे डरने की कोई ज़रूरत नहीं है। मेहरबानी करके वही करें जो मैं कह रहा हूं।' पुलिस वालों ने आखिरकार विक्टर की बात मानते हुए मज़दूरों को अंदर बुलाने के लिए मेगाफोन पर ऐलान किया। एक-एक मज़दूर की तलाशी ली गयी। कतार में मज़दूर अंदर जाते रहे। वो विक्टर को झुककर सलाम करते और ज़मीन पर बैठ जाते।

विक्टर ने उनसे पूछा—'क्या आपको मैनेजमेंट से कोई शिकायत है?'

जवाब में सारे के सारे चुप रह गये।

उसने मिल के जले हुए हिस्से की तरफ़ इशारा करते हुए अपनी बात आगे बढ़ाई—'हम, यानी आप और मैं मिलकर मिल के इस हिस्से को फिर से बना देंगे। हादसे में जान गंवाने वाले अपने साथियों को तो हम कभी वापस नहीं ला सकते, इस दुख के साथ ही अब हमें बाकी ज़िंदगी बितानी पड़ेगी। मुझे पता है कि इतने बरसों के बाद अब मुझे यह साबित करने की ज़रूरत नहीं है कि ऐसे हालात में हम ठीक क़दम ही उठाएंगे। मैनेजमेंट की तरफ़ से मैं हादसे में मारे गये हर मज़दूर के परिवार को एक-एक लाख रुपये का मुआवज़ा देने का ऐलान करता हूं। हम उनकी विधवाओं या बेटों को कंपनी में नौकरी भी देंगे।'

इस बात पर ज़ोरदार नारे लगने लगे—जय भगवान की जय!

'अगर आप बाहर मौजूद प्रदर्शनकारियों के नेता की बात भी सुनना चाहते हैं तो मैं उन्हें भी यहां बुलवा लेता हूं।'

लोगों की बुदबुदाहट से लगा कि वह भी ऐसा चाहते थे, इसलिए विक्टर ने अपने साथ खड़े पुलिस इन्सपेक्टर से कहा कि वह यूनियन लीडर से जाकर पूछें कि क्या वह मज़दूरों से कुछ कहना चाहते हैं। मौका मिला देख यूनियन का नेता अकड़कर चलता अंदर आ गया। माइक पकड़कर बोला—'भाइयों और बहनों, हम सब मज़दूर साथी एक हैं। हमारे सरोकार एक हैं। हम.....'

इससे पहले कि वह आगे कुछ कहता, विक्टर ने उसकी बात काटते हुए कहा—'उन्हें सच्ची बात बताओ। यह कि तुम किसी मिल में काम

नहीं करते।'

'जय भगवान तुम चाहते थे कि मैं बोलूं, इसलिए मुझे अपनी बात पूरी करने दो।' यह कहकर उसने आगे बोलना जारी रखा—'जैसा कि मैं कह रहा था, हमारे हित एक हैं। हमें अपना शोषण करने वाले पूजीपतियों के ख़िलाफ़ एकजुट होकर खड़ा होना चाहिए। आप तो जानते ही है कि हमें छप्पर और झुग्गियों में कैसे रहना पड़ता है। क्या आपने वो महल देखें हैं जिनमें ये लोग रहते हैं? नौकरों की फ़ौज के साथ। आपके मालिक के पास तो अपना जहाज़ भी है जहां वह दिन, अपनी रातें गुज़ारते हैं ताकि उन्हें देखना भी न पड़े कि बम्बई के ग़रीब कैसे रहते हैं। वहीं वह अपने दोस्तों के साथ मौज-मस्ती करते हैं। उनके साथ डायस पर जो आधी नंगी साध्वी महिला बैठी है, वह भी। व्यक्तिगत रूप से मेरी बात अपने ऊपर न लें।' विक्टर और दुर्गेश्वरी की ओर नज़रें घुमाते हुए उसने कह दिया।

दुर्गेश्वरी का नाम आते ही विक्टर ने आपा खो दिया। उसका चेहरा लाल पड़ गया और वह कुछ ऐसा कर गुज़रा जो कहीं से उसकी शख़्सीयत से मेल नहीं खाता था। वह चीते सी फुर्ती से अपनी मेज़ से उठा और लपककर यूनियन लीडर के चेहरे पर एक ज़ारेदार तमाचा रसीद दिया जिसके ज़ारे से यूनियन लीडर लड़खड़ाकर डायस से नीचे आ गिरा। मज़दूरों की भीड़ में शोर-सा मच गया। एक पुलिस अफ़सर ने सीटी बजायी। कई पुलिस वाले यूनियन लीडर की उठने में मदद करने के लिए आगे बढ़े। वह उसे ले जा रहे थे तो वह भद्दी गालियां बकता जा रहा था—'हरामजादा, मादरचोद, पता नहीं अपने आप को क्या समझता है! बहनचोद, तुझे जल्दी ही पता चलेगा कि कामगारों के नेता पर हाथ उठाने का क्या मतलब होता है!'

भीड़ में से कोई चिल्लाया—'साहब आपने ऐसा क्यों किया? उस मनहूस साध्वी के लिए। वह आपके लिए हमसे बढकर हैं। वह आपके लिए हमसे ज़्यादा है। वह अशुभ है। आपको बर्बाद कर देगी।'

विक्टर डायस से उतरकर भीड़ में घुस गया। 'किसने कही यह बात। सामने आओ। मेरा सामना करो।' उसने गरजकर कहा। बिलकुल सन्नाटा छा गया था। उसे ऐसे गुस्से में किसी ने नहीं देखा था। भारती

जब ऊपर आयी और उसे बाह पकड़कर साथ ले गयी। 'आइये पापी, यह लोग आपके क़ाबिल नहीं हैं।'

वह बिना आपस में कोई बात किए जय भगवान टावर्स आ गये। अपने कमरे में पहुंचने के बाद विक्टर बोला—'मुझे उस हरामज़ादे आदमी पर हाथ नहीं उठाना चाहिए था। मैंने ज़िंदगी में किसी पर हाथ नहीं उठाया। पता नहीं मुझे क्या हो गया।'

'गुस्से पर काबू नहीं रहा तो समझों सारा मामला हाथ से निकल गया। दुर्गेश्वरी ने धीरे से कहा। चलो, जो हुआ सो हुआ। अब देखना है कि आगे क्या होता है।'

'आखिर आपने देश के लिए इतना कुछ किया है न? चिंता मत कीजिए, सब ठीक हो जाएगा।' भारती ने हिम्मत बंधाई।

मां दुर्गेश्वरी चुप थीं। उन्होंने मन ही मन एक फैसला कर लिया था।

विक्टर को उस रात नींद नहीं आयी। जितना वह उस मुद्दे पर सोचता, उतना ही उसका विश्वास पक्का होता जाता कि यूनियन की इस हड़ताल और थंडर अख़बार की चलायी मुहिम के पीछे नायर का हाथ है। शायद मिल में लगी आग से कोई लेना-देना न हो, लेकिन विक्टर को अब इस बात पर भी पूरी तरह विश्वास नहीं था। यह सच है कि नायर ने बीते बरसों में भारत के भविष्य के बारे में सोचने के लिए नायर ने प्रेरित किया था, और उसकी किताब तैयार कराने में भी मदद की थी। लेकिन विक्टर ने भी तो नायर का कैरियर बनाया, उसे देश का सबसे ज़्यादा तनख़्वाह पाने वाला अधिकारी बनाया, एक ऐसे विधानसभा क्षेत्र से चुनकर संसद तक पहुंचने में उसकी मदद की जहां मलयालम कोई नहीं जानता था और अंग्रेज़ी जानने वालों को उंगलियों पर गिना जा सकता था। नायर क्यों उसके ख़िलाफ़ होने लगा? उसने किसी को कहते हुए सुना था कि किसी की भलाई करो तो समझ लो कि ज़िंदगी भर के लिए एक दुश्मन तैयार कर लिया। उसने तब इस बात को सच मानने से इनकार कर दिया था, लेकिन नायर की बदौलत उसे इस नज़रिये को सही मानना पड़ रहा था।

हां, विक्टर के अंदर एक बहस छिड़ी थी। वह खुद पर इस बात के लिए दबाव बना रहा था कि नायर के साथ हुए तजुर्बे के बाद देश के बाकी लोगों के लिए उसका मन खट्टा न हो जाय। लोगों ने तो उसका एहसान माना है। कई बार उसे इस बात का एहसास कराया है। कुछ लोगों ग़रीब देश में उसके शान-ओ-शौकत से जीने को बुरा मानते हों, लेकिन वह मानता था कि उसने यह सब अपनी गाढ़ी कमाई से जुटाया है। मान भी लिया जाए कि जल भारती फ़िज़ूलख़र्ची की चीज़ है, लेकिन इस वक़्त तो वह उन लोगों से दूर रहने के लिए काम आ रही थी जिनके साथ उससे अलग सोच रखते हैं।

नायर के मुंह मोड़ने के बाद अब तो वह पहले से भी ज़्यादा यही चाहता था कि उसका ये तैरता जज़ीरा भारत की ज़मीन से जितनी दूर रह सके उतना अच्छा है। वह बार-बार खुद को यही याद दिलाता रहता था कि उसे नायर, थंडर अख़बार के संपादक और यूनियन लीडर जैसे लोगों की वजह से अपनी सोच नहीं बदल लेनी चाहिए। भगवत गीता की जो लाइन उसे बापू ने कभी याद करने को दी थी, वह उसके मन में गूंज उठी—कर्मण्येवाधिकारते मा फलेषु कदाचन........ यानी आपका अधिकार सिर्फ अपना कर्तव्य करना ही है, न कि उसके फल के बारे में सोचना। उसने श्लोक को दबी ज़बान से दोहराया। कई बार। धीरे-धीरे उसकी दुविधा दूर होती गयी।

वह सुबह जल्दी उठा और बाकी सबको कहलवा भेजा कि वह याट पर कुछ दिन बिताने जा रहा है। जो चलना चाहे चल सकता है। सब तैयार हो गये। सुबह तड़के सूरज निकलने से पहले उन्होंने जय भगवान टावर्स छोड़ दिया। सिर्फ़ बहुत सुबह टहलने वाले की मरीन ड्राइव पर नज़र आ रहे थे। उन्होंने गेटवे ऑफ़ इंडिया के पास अख़बार ख़रीदे।

जल भारती के सीढ़ियों पर लगने का इंतज़ार करते हुए विक्टर ने सुख़ियों पर नज़र डाली। उसका अंदाज़ सही निकला। हर अख़बार के पहले पन्ने पर उसका नाम था। उनमें यूनियन लीडर का इंटरव्यू भी छपा था जिसमें उसने अपने ऊपर हमला करने के लिए विक्टर को अदालत में घसीटने की बात कही थी। विक्टर को मालूम था कि थंडर में तो उसके

और उसके नज़दीकियों की तस्वीरों के साथ उनकी निजी ज़िंदगियों के बारे में ऊलजलूल कहानियां छपी होंगी। वह देखेगा ही नहीं। और ज़मीन से दूर समुद्र में होने से कोई पत्रकार उसे बात करने के लिए अब परेशान कर नहीं पाएंगे। जैसे भी हो, उनसे उसके जनसम्पर्क विभाग वाले निपट लेंगे।

विक्टर डेक पर काफ़ी देर टहलता रहा। अपने मन की उलझनों को दूर करता रहा। उसे पक्का विश्वास हो गया था कि अपने देश और उसके लोगों के लिए कुछ करने का सबसे अच्छा तरीका यही है कि उनसे थोड़ी दूरी बना कर रखी जाय। ज़रा परे हटकर देखने पर अपना मकसद और नज़रिया साफ़ रहता है। ज़्यादा नज़दीक से दाग़-धब्बे ज़्यादा नज़र आने लगते हैं—हर चीज़ बदसूरत नज़र आती है और उनसे दूर भागने का मन करता है। यानी जल भारती ख़रीदना एक बेहतरीन फैसला था। इसकी वजह से ही तो वह भारत में रहते हुए भी खुद को भारत से दूर महसूस कर सकता था। ताज़ा पानी और खाने की चीज़ें लाने वाली मोटरबोट पर कंपनी के वह लोग भी आ जाते थे जिन्हें किसी फाइल पर विक्टर से मशविरा करने की जल्दी होती या उसके दस्तख़त लेने होते। काम में कोई खलल नहीं पड़ता। कितना अच्छा इंतज़ाम था यह। उसने सोचा कि अब वह जल भारती पर ही रहा करेगा।

कई अहम फैसले करके वह बम्बई लौट आया। मिल का जला हुआ हिस्सा फिर बनकर चालू होने में कुछ महीनों का समय लगना था। तक तब विक्टर का बम्बई में रहना ज़रूरी था। रोज़मर्रा के मसले वह भारती के भरोसे छोड़ देगा।

इस बीच उसने पता लगाया कि उसके ख़िलाफ़ उस यूनियन लीडर की शिकायत का क्या हुआ। उसे मालूम हुआ कि पुलिस ने उसकी एफ.आई.आर. लिखने से ही इनकार कर उससे कह दिया था कि अगर मामला दर्ज करना चाहता है तो सीधे अदालत में अपने वकील से अर्जी लगवाए। अब उसे भी क़ानून के सहारे विक्टर तक पहुंचने की उम्मीद कम ही थी। इसलिए वह अदालत को छोड़ विक्टर और पुलिस के ख़िलाफ़ अख़बारों में आग उगलने लगा। सिर्फ थंडर उसके साथ था। सभी बड़े

अख़बार और मैग्ज़ीन विक्टर और जय भगवान इंटरप्राइज़ेज़ की तरफ़ थे।

हताशा से भरे यूनियन का नेता मदद के लिए नायर के पास पहुंचा। नायर को संसद में पहुंचाने के लिए मज़दूरों के वोट दिलवाकर उसने नायर पर एहसान किया था। नायर भी विक्टर, उसकी बेटी और उनके नये दोस्तों से हिसाब बराबर करना चाहता था। नायर ने संसद में श्रम मंत्री से बम्बई की कपड़ा मिल में मज़दूरों की हड़ताल से निपटने में पुलिस के दमनकारी तरीके पर सवाल उठाया। दरअसल, वह खुद श्रम मंत्री बनना चाहता था। सवाल के जवाब में मंत्री ने पहले ही अपना लिखित बयान पेश कर दिया था। बयान में उन्होंने देश में कहीं भी किसी भी तरह के मज़दूर आंदोलन से इनकार किया था। इस पर नायर पूरक प्रश्न करने के लिए खड़ा हो गया। वह यह भी भूल गया था कि श्रम मंत्री उसी की पार्टी का है। नायर ने थंडर की कॉपी लहराते हुए कहा—माननीय मंत्रीजी कह रहे हैं कि कहीं कोई गड़बड़ी नहीं है। मैं उनका ध्यान इस साप्ताहिक की ओर खींचना चाहता हूं जिसमें बम्बई की सबसे बड़ी कपड़ा मिल में हिंसा की रिपोर्ट छपी है। मिल मालिक ने एक सम्मानित मज़दूर नेता की बेइज़्ज़ती की है, उन पर हमला किया है। पूंजीवादी अख़बारों ने इस मामले में चुप्पी साध ली। बस एक प्रगतिशील अख़बार के पास सच कहने की ताक़त थी। यह कहकर नायर अख़बार की कॉपी मंत्री को देने के लिए खुद उठकर गया। तभी पीछे की ओर से किसी सदस्य ने आवाज़ लगाई—'नमक हराम!'

अकड़ कर अपनी सीट की ओर बढ़ता नायर ठिठक गया। फिर सीट पर बैठने के बाद चिल्लाया—'किसी मजाल जो मुझे नमक हराम कह रहा है?'

जवाब में एक साथ तीन आवाजें सुनाई दीं—'हां, तुम नमक हराम हो। तुमने अपनी पार्टी के सहयोगी पर ही चोट नहीं की है, बल्कि तुमने अपनी मदद करने वाले की भी पीठ में छुरा भोंका है। कितने बरस तुमने जय भगवान का नमक खाया है?'

विपक्ष ने ज़रूर नायर की ओर से विरोध जताया। लेकिन मज़ा वह भी ले रहे थे। स्पीकर ने खड़े होकर कहा—'नमक हराम असंसदीय है। यह रिकॉर्ड में दर्ज नहीं हो सकता।'

परेशानी नायर के चेहरे पर झलक आयी थी। अपनी जगह खड़े होकर उसने स्पीकर को सम्बोधित किया—स्पीकर महोदय, मुझे और कुछ नहीं कहना है। इन पूंजीवादियों ने सिर्फ़ इस देश के स्वतंत्र प्रेस को ही नहीं बदल डाला है, बल्कि कई संसद सदस्यों को भी जेब में डाल रखा है!' इस पर मंत्रिपीठ में उठ खड़े हुए। स्पीकर को बीच में पड़ना पड़ा—'आपने संसद की मर्यादा को तोड़ा है। यह भी कार्रवाई में दर्ज नहीं किया जा सकता।'

'सर, मैं विरोध में बहिर्गमन करता हूं।' यह कहते हुए वह बाहर की ओर जाने लगा। इसपर बहुत सारे सदस्य ज़ोर-ज़ोर से मेज़ थपथपाने और बार-बार चिल्लाने लगे—'यही भला है, बाहर रहो!'

दूसरे दिन के अख़बारों ने नायर की बदमिज़ाजी के बारे में खूब नमक-मिर्च लगाकर लिखा। उसके ख़िलाफ़ कहीं गयी असंसदीय बातों को तो वो पी गये, लेकिन इस बात का पूरा ब्यौरा दिया कि किस तरह उसने अपनी ही पार्टी के मंत्री को निशाना बनाया, वह कैसे गुस्से में बाहर निकल गया और कैसे उसके जाने का सबने स्वागत किया। अख़बारों ने नायर के जय भगवान इंटरप्राइज़ेज़ में काम करने की बात का उछाला। यह भी साफ़-साफ़ लिखा कि नायर ऐसे संसदीय क्षेत्र से चुनकर संसद में पहुंचे हैं जहां उसके मालिक की मिलों में काम करने वाले बड़ी तादाद में रहते हैं। मतलब साफ़ था। नायर ने उस शख़्स को धोखा दिया था जिसकी बदौलत उसने सब कुछ हासिल किया था।

मां दुर्गेश्वरी विक्टर को कुछ बताना चाहती थीं। अपनी ज़िंदगी में उन्हें किसी फैसले या उसके नतीजे को लेकर इतनी बेचैनी नहीं महसूस हुई थी जितनी वह अब कर रही थीं। याट पर उन्होंने इस विषय को नहीं उठाया और न ही जय भगवान टावर्स लौटने के बाद के पहले

कुछ दिनों में। लेकिन अब वह इसे और नहीं टाल सकती थीं। एक सुबह विक्टर के फ़्लैट के छज्जे पर नाश्ते के दौरान उन्होंने विक्टर से कहा—'अब मेरे आश्रम लौटने का वक़्त आ गया है।' विक्टर ने उनका हाथ पकड़ लिया। 'हां, मैं खुदग़र्ज़ हो गया था, दुर्गेश। तुम्हें शेरू की याद आ रही होगी। हम अगले हफ़्ते के शुरू में जाकर शुरू का अपने साथ ले आएंगे। मैं हवाई जहाज़ चार्टर कर लूंगा। उसी से हम सब वापस आ जाएंगे। अब तक मुझे यह ख़याल क्यों नहीं आया।'

'तुम समझे नहीं,' दुर्गेश्वरी ने टोका—'मैं आश्रम जाने और फिर कभी न लौटने की बात कर रही हूं।' विक्टर के माथे पर बल पड़ गये। 'मैं समझा नहीं। क्या मैं पूछ सकता हूं कि तुम ऐसा क्यों कह रही हो?'

'हम साथ इसलिए थे क्योंकि हम एक-दूसरे को खुशी दे रहे थे।' दुर्गेश्वरी ने धीरे से समझाया। हमने खूब सुख भोगे। अब हम सिर्फ़ एक दूसरे की ज़िंदगी में कष्ट ला सकते हैं।'

'बच्चों जैसी बातें मत करो दुर्गेश। तुम उन बेवकूफ़ों की बात कर रही हो जो उस दिन मिल पर न जाने क्या-क्या बक रहे थे। उसे अपने दिमाग़ से निकाल दो। बिलकुल उड़ा दो। इतना सोचने की ज़रूरत नहीं है।'

दुर्गेश्वरी ने उसे आगे बोलने से रोकने के लिए अपना हाथ बढ़ाया। 'इसे ऐसे नहीं उड़ाया जा सकता। वो तुम थे जो मिल पर कुछ ज़्यादा आगे बढ़ गये थे। मैंने तुमसे शुरुआत में ही कहा था न कि हम दोनों स्वतंत्र रहेंगे। हमारे तुम्हारे बीच संबंध होगा, बंधन नहीं। तुम ऐसे पेश आने लगे हो जैसे तुम पति हो और मैं तुम्हारी पत्नी। इससे तुमने अपनी इज़्ज़त को खुद खतरे में डाला है और बेवजह दुश्मन बनाए हैं। अब लोगों की निगाहें हमेशा हम पर रहेंगी। हम चैन से नहीं रह सकेंगे। अब सुख कहां मिलेगा।'

विक्टर बेहद परेशान हो उठा। दुर्गेश्वरी जो कुछ कह रही थी, वह सब सच था। ऐसा सच जिसे स्वीकार करने को विक्टर तैयार नहीं था। 'मैं तुम्हारे बिना जीने की कल्पना भी नहीं कर सकता, दुर्गेश! पिछले दो साल मेरी ज़िंदगी का सबसे खुशी का दौर रहा है। मेरे लिए यह सब भूलना आसान नहीं होगा।'

'मैं भी कैसे भूल पाऊंगी। उसने अपनी बात पूरी करने में खूब वक़्त लगाया।' कई मिनट चुप रहने के बाद बोली—'मैं पेट से हूं। तुम्हारा बच्चा है।' उसने यह बात ज़मीन की ओर देखते हुए कही, इसलिए विक्टर को लगे धक्के और उसे हुई उलझन को उसके चेहरे पर नहीं पढ़ पायी थी।

संभलते ही उसने पूछा—'कितने दिन हुए हैं?'

'मुझे लगता है एक महीना, लेकिन जो होना था वो तो हो ही गया है।'

विक्टर ने कुछ नहीं कहा। लेकिन उसे लग रहा था जैसे वह जाल में फंस गया हो।

आशा है तुम इससे छुटकारा पाने के लिए नहीं कहोगे। यह हत्या होगी।'

'फिर हम क्या करेंगे अब?' यह पूछते हुए विक्टर अपनी खीझ को छिपा नहीं पाया था।

'किसी को पता न चले। ये हम दोनों के लिए बहुत भारी पड़ेगा। दक्षिण में मेरे पास एक जगह है जहां मैं कुछ महीने गुप्त रूप से रह सकती हूं। मैं बच्चे को वहीं छोड़ दूंगी। वहां उसकी ठीक से देखभाल हो जाएगी। चाहो तो तुम उसे बाद में गोद भी ले सकते हो।'

'शायद।' लेकिन दोनों जानते थे कि इस पर अमल नहीं किया जा सकता।

विक्टर जैसे हर तरफ़ से दुःख से घिर गया। उसने दुर्गेश्वरी को पकड़कर अपनी ओर खींच लिया। 'तुम मुझे कुछ दिन का वक़्त तो दोगी, दोगी न? कुछ समय के लिए शेरू को यहां ले आओ। सिर्फ़ कुछ हफ़्तों के लिए। मैं इसे तुम्हारी तरफ़ से मेरे लिए विदाई का तोहफ़ा समझूंगा।'

दुर्गेश्वरी ने अपनी बाहें विक्टर के गले में डाल दीं। काफ़ी देर तक दोनों चुपचाप बैठे रहे। दोनों में से किसी ने भी नहीं सोचा था कि उनकी अनोखी प्रेम कहानी का अंत इस तरह होगा। अपनी आंखों में आंसू आए देख मां दुर्गेश्वरी खुद हैरान थीं। कुछ देर बाद विक्टर से बोलीं—'मुझे लगता है कि ये बात भारती को पता होनी चाहिए। मैं खुद उसे बताऊंगी।'

भारती को तो काफ़ी पहले से शक था कि उसके पिता और दुर्गेश्वरी के बीच सिर्फ गुरु-शिष्य का रिश्ता नहीं है। पहले तो उसे इससे दिक्कत थी, क्योंकि वह अपने पापी पर सिर्फ़ अपना अधिकार समझती थी। लेकिन बाद में उसने इस बात से परेशान होना छोड़ दिया था क्यों उसे एहसास हो गया था कि दुर्गेश्वरी की वजह से उसके पिता कितने खुश रहते थे। विक्टर भी, ध्यान रखता था कि किसी बात से उसकी प्यारी बेटी को ठेस न पहुंचे। ज़्यादा से ज़्यादा समय उसके साथ रहता था ताकि उसे दुर्गेश्वरी से जलन न हो और वह यह भी न सोचे कि उसे नज़रअंदाज़ किया जा रहा है।

मां दुर्गेश्वरी ने जिस दिन विक्टर से जाने की बात की, उसके दूसरे ही दिन वह भारती से बात करने जा पहुंची। जब वह जय भगवान टावर्स में उसके दफ़्तर पहुंची, शाम हो गयी थी। ज़्यादातर स्टाफ चला गया था। दुर्गेश्वरी ने अंदर पहुंचकर दरवाज़ा अंदर से बंद कर लिया। भारती के ठीक सामने, मेज़ के इस ओर बैठ गयी। 'मैं तुमसे कुछ कहना चाहती हूं, भारती।' दुर्गेश्वरी ने बोलना जारी रखा—'मैं पेट से हूं। तुम्हारे पिता का बच्चा है।' इतना कहकर वह भारती के चेहरे को एकटक देखती भाव पढ़ने की कोशिश करने लगी।

'हम दोनों में से कोई बच्चा नहीं चाहता था, भारती।' दुर्गेश्वरी ने बात आगे बढ़ाई—'लेकिन अब कुछ नहीं किया जा सकता। मैं जीव हत्या नहीं कर सकती।'

'भावुक होने का नाटक मत कीजिए।' भारती ने कड़े शब्दों में कहा। 'उसकी ज़रूरत नहीं पड़ेगी।'

'मैं कुछ दिनों के चली जाना चाहती हूं। मैं बच्चा होने के बाद उसे ऐसी जगह छोड़ दूंगी जहां उसकी देखभाल हो सके।'

भारती बीच में बोली—'मैं सिर्फ़ इस बात की गारंटी चाहती हूं कि मेरे पिता को कभी यह पता न चले कि बच्चा कहां है। न ही प्रेस को पता लगे। किसी को भी यह पता नहीं लगना चाहिए। किसी को भी नहीं। तुम्हें मुझसे इतना वादा करना पड़ेगा।'

मां दुर्गेश्वरी ने दबी-सी आवाज़ में कहा—'वादा करती हूं। तुम्हारे

पिता यह बदनामी नहीं झेल पाएंगे। तुम्हें परेशान होने की ज़रूरत नहीं है। तुम जानती हो, मैं उन्हें चाहती हूं।'

बात यह तय होने के साथ खत्म हुई कि क़रीब दो हफ़्ते शेरू के साथ बम्बई में ठहरने के बाद, मां दुर्गेश्वरी हमेशा के लिए अपने आश्रम लौट जाएंगी। भारती ने इस बात पर भी ज़ोर दिया कि जल्दी से जल्दी कहीं और आश्रम बना लिया जाय। खर्च वह उठाने को तैयार रहेगी।

जून की नौ तारीख बम्बई वालों के लिए एक अलग अहमियत रखती है। इस दिन वह शहर में मानसून की पहली बारिश का इंतज़ार करते हैं। बाबुल नाथ मंदिर के दरवाज़े के जहां वालकेश्वर रोड शुरू होता है, वहां लगे स्टॉर्म गेज पर नज़र रखकर मौसम बदलने का पता लगाने की कोशिश करते है।

बारिश का मौसम शुरू होने से पहले ही लोग तैयारियां शुरू कर देते हैं। चौपाटी पर भेलपूरी, फलों का रस और पान बेचने वाले अपनी दुकानों को समेटना शुरू कर देते हैं। सारी चीज़े घर ले जाते हैं। ताकि बारिश की मार से उन्हें बचा सकें। चर्चगेट की तरफ़ सड़कों के किनारे छाते और रबड़ के बूट बेचने वाले जगह घेरकर अपना माल सजा लेते हैं। नारियल पानी वाले ग़ायब हो जाते हैं। उनकी जगह ले लेते हैं चना जोर गरम और भुट्टे बेचने वाले। खाड़ी के पानी में खलबली मच जाती है। मछुआरे अपनी नावें ऐसी जगह बांध देते हैं जहां बड़ी-बड़ी लहरें न बिखरती हों। कुछ दिनों में वहां एक भी नाव नज़र नहीं आती।

विक्टर के समय में जल भारती खराब मौसम की मार से बचाने के लिए सबसे आखिरी में हटायी जाती थी। चमकीली सी सफेद जल भरती को देखकर लोग मान लेते थे कि अभी मानसून आने में कुछ और वक़्त बाकी है।

फिर अचानक दक्षिण-पश्चिम की ओर से काले-काले बादल घुमड़ने शुरू होते। बादल कभी तीन, कभी सात और कभी दस को नज़र आते थे। लेकिन नौ तारीख़ लोगों के दिमाग़ में मानसून आने की तारीख़ के तौर पर बैठ गयी थी। बादल आते, बिजली चमकती और गरज-गरज कर अपने आने का ऐलान करते। कभी-कभी बादल चुपचाप सारे आसमान पर छा जाते और हल्की बूंदाबादी के बाद ही मूसलाधार बरसात शुरू करते। लोग खुशी मनाते। समुद्र की खुमारी दूर हो जाती। खाड़ी में जोशीली लहरों का जमघट लग जाता और किनारे की ओर दौड़कर, उससे टकरातीं। जैसे अपनी ताकत दिखाने की होड़ कर रही हों। किनारे बने बंधों से टकराकर लहरें झाग-झाग हो जातीं। उनका सारा पानी छींटों में बिखर जाता। मैरीन ड्राइव में चलने वालों को अचानक कई-कई फुट पानी घेर लेता और पूरी तरह भिगोकर ही छोड़ता। टहलने वाले ग़ायब हो जाते। सड़कें मटमैले पानी की नदियों में बदल जातीं। सड़कों पर जाम लग जाते। कुल मिलाकर कुछ दिनों के लिए बम्बई में जिंदगी थम सी जाती।

विक्टर हर साल मानसून के आने का इंतज़ार करता था। लेकिन मानसून आने के साथ लगातार होने वाली बारिश से भी वह बड़ी जल्दी ऊब जाता। उसे अपने फ़्लैट में रहना पड़ता। वह वर्जिश और सैर के बजाय वह सिर्फ़ योग करने भर का रह जाता था। अब उसमें दुर्गेश्वरी के साथ संभोग करने के लिए पहले जैसा दमखम नहीं बचा था। भारती और स्वामीजी का भी यही हाल था। ढेर सारे योगासन, बाकी सब कुछ नहीं के बराबर। शेरू भी चिड़चिडा सा हो गया था। खाता तो कम नहीं था, लेकिन उसका घूमना फिरना बहुत कम हो गया था। वात का रोगी हो गया था। दिन में दो बार मां दुर्गेश्वरी रेनकोट पहनकर उसे घुमाने ले जाती थीं। भीगना उसे पसंद नहीं था, सो बाहर निकलते ही दुर्गेश्वरी को ऐसे देखने लगता था जैसे वापस अंदर ले चलने के लिए फरियाद कर रहा हो। अंदर आकर सोफे पर पसर जाता और खर्राटे लेने लगता।

बम्बई में मानसून के दौरान जिंदगी कितनी भी नीरस क्यों न हो जाए, विक्टर खाना खाने के बाद मैरीन ड्राइव पर सैर करना नहीं भूलता। हलका सा रेनकोट डाल वह चर्चगेट के चौराहे तक जाता और वापस आ जाता। एक नौकर उसके सिर पर छाता ताने चलता। कम लोग सड़कों

पर निकलते थे। मानसून का कुछ हिस्सा बीतने के बाद पैरों में घुंघरू बांध कर मराठा लड़के सड़कों पर नज़र आने लगते। एक दूसरे की कमर में बाहें डाल घूम-घूम कर नाचते—छंग, छंग, छंग। हर रात वो गुड़ी पड़वा पर गणेश पूजा नाचने की तैयार करते थे। गणेश पूजा के बाद गणपति के विसर्जन के साथ समुद्र मानसून से पहले की तरह शांत हो जाता।

जिस साल दुर्गेश्वरी ने विक्टर को छोड़ कर जाने का फैसला किया, उस साल विक्टर के लिए मानसून कुछ ज़्यादा उदासी भरा था। काले बादल और ठंडी हवा उसकी इच्छा को बहुत बढ़ा देती थी। और उदासी को उससे ज़्यादा। वह फिर से खुद को बूढ़ा महसूस करने लगा था। वह दोनों एक दूसरे से दूर रहे। हालांकि वह चाहता था कि दुर्गेश्वरी हमेशा के लिए जाने से पहले कुछ दिन उसके साथ रहे, लेकिन उसने पाया कि जब वह उससे दूर रहता है तो कम दुःखी रहता था। वह दिन दफ़्तर में बिताता या फिर ड्राइवर के साथ कार से शहर घूमने निकल जाता। शाम को आमतौर पर दो पेग के बजाय एकाध और ले लेता, और जल्दी बिस्तर में चला जाता। मानसून बीतने का बेताबी से इंतज़ार रहता था उसे ताकि फिर वापस अपनी याट पर जा सके।

मानसून की वापसी तो और भी धूमधाम से होती थी। बादल अब काले नहीं रह गये थे। गोल-मटोल गाल फुलाए बादल अब पानी से खाली और सफेद पड़ गये थे। एक-दूसरे से टकराते तो कुछ बिजली चमक जाती या गरज सुनाई दे जाती। डूबते सूरज की आग से उनकी रंगत भी लाल हो जाती। लेकिन लोग समझ लेते थे कि अब बारिश कम शोर-शराबा ज़्यादा बचा है। चौपाटी की रेत पर भेलपूरी, फलों के रस और पान वाले फिर अपना धंधा जमाने लगते। मैरीन ड्राइव पर किनारे से टकराने वाली लहरों का जोश भी ठंडा हो गया था। मछुआरों की नावें फिर खाड़ी में दिखने लगीं। कितने सालों तक तो मछुआरों की नावें नज़र आने के कुछ दिन बाद ही विक्टर की जल-भारती भी अपनी जगह लंगर डाल लेती। उसे देख कर बम्बई के लोग तसल्ली कर लेते कि देश के हज़ारों परिवारों के अन्नदाता अब भी उनके बीच हैं।

उस साल विक्टर अपार्टमेंट छोड़ जल्दी से जल्दी जल भारती पर पहुंचने के लिए कुछ ज़्यादा ही बेचैन था। गोदी में जल भारती की मरम्मत

का काम चल रहा था। विक्टर रोज़ पता लगाता कि कितना काम हुआ है और कितना बचा है। जैसे ही उसे पता चला कि उसकी याट फिर लहरों में जाने के लिए तैयार हो गयी है, उसने पूरे महीने भर चलने लायक सामान उस पर पहुंचा दिया। उसने अपना फैसला अपनी बेटी, मां दुर्गेश्वरी और स्वामीजी को सुनाया—कि वह कुछ समय के लिए बिलकुल अकेले रहना चाहता है। और यह भी कि शनिवार की शाम को वह रवाना होगा।

उस दिन शाम के पांच बजे विक्टर जय भगवान टावर्स से निकला। गाड़ी गेटवे ऑफ़ इंडिया की ओर चली जहां जल भारती लंगर डाले थी। उसकी तागड़ को गेट की सीढ़ियों पर टिका दिया गया था। बस मालिक का इंतज़ार था। मैरीन ड्राइव पर घूमने-फिरने वालों की अच्छी-ख़ासी भीड़ थी। शोफद्घर ने चर्चगेट वाले चौक से गाड़ी बाई ओर मोड़ दी, फिर हाई कोर्ट और यूनिवर्सिटी को पीछे छोड़ ताज महल होटल के साथ वाले रास्ते पर पहुंच गया। वहां बहुत भीड़ थी। बड़े शहर की भीड़भाड़ से बच निकलने को उतावले विक्टर को तो ऐसा लग रहा था जैसे बम्बई शहर की सारी आबादी ही वहां आ जुटी हो। उसने ड्राइवर से कहा कि गाड़ी किनारे लगाए। भीड़ के बीच से जगह बनाकर, विशाल गेटवे तक और फिर उसकी सीढ़ियां उतरकर, जल भारती तक पहुंचने के सिवा और कोई चारा उसे नज़र नहीं आ रहा था। काफ़ी लोगों ने उसकी मर्सिडीज़ बेन्ज़ गाड़ी को पहचान लिया। गाड़ी से निकला तो बहुतों ने उसे ही पहचान लिया। किसी ने चिल्लाकर कहा—जय भगवान की....., और दर्जनों लोगों ने जय कहकर उनकी बात पूरी की। इसपर विक्टर ने अनमने से हाथ हिलाकर इस जयजयकार का जवाब दिया। वह तो इस भीड़ से दूर जाना चाहता था, ताकि फिर से चैन की सांस लें सके। विक्टर गेटवे से कुछ गज़ की दूरी पर रहा होगा, कि अचानक तड़तड़ गोलियां चलने की आवाज गूंजने लगीं। अफ़रातफ़री मच गयी। इधर-उधर भागते लोग एक-दूसरे पर गिरने-पड़ने लगे। इस भगदड़ का फायदा उठाते हुए वह कार वहां से भाग निकलने में कामयाब रही जिसमे हत्यारे आये थे। न कोई उसें रोक सका। और न ही किसी ने उसका नम्बर नोट किया। जब तक ड्राइवर अपने मालिक को ढूंढकर उस तक पहुंच पाता, वह अपने ही खून में भीगा पड़ा था, उसका मृत देह।

❑ ❑ ❑